KB272151

대한민국 소설포럼 대표작 선집 1

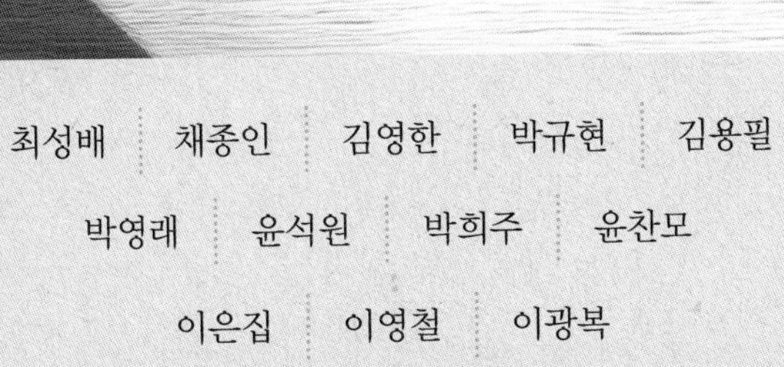

도서출판 청어

대한민국 소설포럼

대표작 선집 1

자기 구원, 존엄— 소설 쓰기

소설을 왜 쓰는가?

이 질문은 결국 왜 자신의 '감춰진 은밀한 내면'을 만천하에 '까발리려 하는가'의 물음과 맥락을 같이 한다. 사람들은 소설을 사회를 비판하기 위해, 현실을 기록하기 위해, 혹은 독자를 즐겁게 하기 위해 쓴다라고 말한다. 물론 틀린 말은 아니다. 그러나 작가는 그런 이유 이전에 훨씬 더 절박한 무언가가 있다. 글쓰기를 통해 자기 구원, 존엄을 찾고자 하는 것이다.

최인호 소설가는 글쓰기의 고통을 "고된 정신적 노동"에 비유한 바 있다. 그는 글쓰기가 결코 낭만적인 행위가 아니라 인간의 내면과 싸우는 치열한 작업이라고 말한다. 실제로 작가들이 말하듯 소설을 쓰는 과정은 즐거움보다는 고통에 가까운 시간이다. 쓰는 동안 작가는 끊임없이 자신의 기억과 감정, 돌아보고 싶지 않은 상처와 마주해야 하기 때문이다. 그러나 역설적으로 바로 그 고통 속에서 '글쓰기의 의미'가 발생한다. 작가는 말할 수 없는 것을 말하기 위해, 견디기 어려운 것을 견디기 위해 스스로 '불구덩이 속'으로 들어간다.

이러한 의미로 볼 때, 불구덩이 속의 단련을 통해 '자기 구원의 방식'이 실현된다. 인간은 자신을 완전히 이해할 수 없다는 사실 앞에서 종종 무력감을 느낀다. 그러나 글을 쓰는 순간, 그 삶은 단순한 사건들의 연속성이 아니라 하나의 의미 있는 경험으로 다시 태어난다. 작가는 소설 속 인물에게 자신의 감정을 나누어 주고, 인물의 삶을 통해 자신이 겪었던 혼란과 고통을 다시 냉철하게 뒤돌아본다. 이렇듯 소설은 인간이 자기 자신에게 도달하고자 관조(觀照)의 침묵 속에 스스로 이정표 역할을 하는 것이다.

결국 소설은 한 인간이 스스로를 이해하기 위한 고독한 작업이다. 작가는 이야기를 통해, 그 과정에서 상처가 치유되지는 않지만, 적어도 견딜 수 있는 형태로 바뀐다.
따라서 소설이 필요한 이유는 인간이 여전히 자신의 삶을 이해하려는 존재이기 때문이다. 그리고 그 이해의 과정에서 이야기는 하나의 길(나침판)이 된다. 소설가는 그 길을 먼저 걸어가는 사람이다. 그는 자신의 상처와 기억을 언어로 옮기며, 그 과정 속에서 스스로를 구원하려 한다.
어쩌면 소설은 세상의 존재를 구원하는 것이 아니라, 한 인간을 스스로를 구원하기 위해 존재하는 것인지도 모른다. 그리고

바로 그 지점에서, 이 세상 누군가 단 한 사람만이라도 내 소설
을 읽고 공감해 준다면, 변화될 수 있다면… 그것이 소설을 쓰는
이유와 소설가의 존재 이유이기도 하다.

—대한민국 소설포럼 작가 일동

차례

머리말

대한민국 소설포럼 대표작 선집 1

최성배

진남 해남 출생. 1986년《동촌문학》등단
장편『침묵의 노래』『바다 건너서』『내가 너다』『별보다 무거운 바람』『그 이웃들』『계단 아래』『맹수들』
소설집『물살』『무인시대에 생긴 일』『은밀한 대화』『개밥』『흔들리는 불빛들』『나비의 뼈』『찢어진 밤』『꿈을 지우다』
산문집『그 시간을 묻는 말』『흩어진 생각들』
시집『뜨거운 바다』外
창작문학상, 한국문학백년상, 한국소설문학상, 조연현문학상 수상

잠실(蠶室)

지옥철역의 계단을 거슬러 올라간다. 햇빛이 눈을 찌른다. 하얀 빛살은 회오리쳐 온통 눈을 헤집으며 안으로 들어온다. 눈부신 물살이 걷잡을 수 없도록 밀려 들어온다. 세상이 아려온다. 햇볕이 작살처럼 내리찍는다. 달궈진 테헤란로를 달리는 차량마저 빌딩들과 아파트 숲에서 되쏘는 열기로 숨을 죽인다. 그 틈바구니를 헤집고 가는 살갗은 소름처럼 땀방울이 돋는데, 빌딩들의 날 선 모서리는 날마다 낯설고 섬뜩하다. 시내버스를 타고 내려 걷는다. 내딛는 발걸음은 관성으로 움직인다. 누가? 내가!

긴 골목길로 들어선다. 짧아진 그림자는 내게서 떨어질 기미가 없다. 햇빛이 물러가도 껌처럼 붙어있을 게 빤하다. 어둠을 쑤시는 가로등 불빛이 기다릴 테니까. 뜨거운 기운이 머리부터 발끝까지 파고들어 절정에 다다른 암컷의 입김처럼 나를 핥는다. 목에서 등허리를 휘감아 도는 끈끈하고 불쾌한 마수를 견디기 어렵다. 목이 탄다. 시원한 물을 마시고 싶다.

— 커피도 조금만 마시면 몸에 좋대요.

둥근 얼굴을 쳐들며 또렷한 눈빛으로 아내가 말했었다. 별로 좋아하지 않은 시커먼 물을 마시기 시작한 것도 얼마 전부터다. 햇덩이가 머금고 있던 뜨거움을 독버섯처럼 퍼져가던 도시에 퍼붓는다. 뜨거운 햇볕 가득한 아스팔트 사막에서 왜 뜨거운 커피가 생각나는 것일까. 아내는 지금 초고층 아파트 안에서 남의 아이를 안고 서성거리고 있을지도 모른다.

— 창신동에서 왕십리로 중곡동에서 여기까지 밀려왔네요.

아내는 이삿짐 종이상자 속의 신문지에 둘둘 말아진 그릇들을 풀면서 말했다. 내가 툴툴거리며 맞받았다.

— 그게 어디 밀린 건가? 버리고 온 거지. 이제 중심지는 이쪽으로 변했어!

어제 같은 몇 년 전에만 해도 그랬다. 이제, 나는 갈수록 여려지고 아내의 눈빛은 결기 가득하다. 아내는 나에 대한 증오심의 불꽃을 어디에다 애써 감췄을까.

도심으로부터 삐져나와 사방으로 퍼져나간 생존의 세포들. 다세대, 다가구 주택들이 굴 껍데기처럼 닥지닥지 붙어있는 동네. 큰길 모서리의 빵집과 약국, 편의점, 부동산업소, 스마트폰 가게, 미용원, 분식집, 화장품 가게 건너 교회, 고만고만한 높이의 집들은 닮은꼴로 빼곡하게 들어차 있다. 사람들이 모여 도시를 이루며 바글바글 모여들수록 도시는 확장된다. 사람이 사람을 불러오고 동네들이 늘어나면 건물들은 장맛비 맞은 수풀처럼 자꾸 하늘 높이 자라난다. 뽕나무밭이 고층 숲으로 변한 것은 우연이 아니다. 하나둘 늘어난 빌딩들은 새로운 도시가 되었다. 돈이 돈을 먹어 치우며 더 높은 빌딩을 짓는다. 방해물이 된 군용기 활주로의 방향을 비틀어서라도 철골조는 위세 당당하게 하늘로 치솟는다. 레고 블록들은 차곡차곡 쌓여서 성채의 망루를 123층으로 만드는 중이다. 욕망은 와르르 쏟아져 모래의 시간 속으로 파묻혀버릴 것임에도 블록들을 결박시켜 바벨탑을 불러들인다.

＊

지옥은 오래된 건물의 지하 토굴이 아니라도 어디에나 있다. 나는 약을 꿀꺽 삼키고 지옥으로 들어가 염라대왕이 무서워 이부자리 속으로 숨는다. 세상이 너무나 무서워서 졸리지 않아도 시름시름 잠잔다. 어쩌면, 꿈을 꾸기 위하든 악몽을 내쫓기 위하든 또 다른 이승을 살기 위해 잠을 자는지도 모른다. 사물은 그대로인데, 아(我)와 타(他)가 뒤죽박죽이어서 또 다른 세계의 터널 같은 그 혼이 순간을 통과하는 시간에도 터널이 무너져 매몰되면 지옥이다. 암흑을 빠져나오려고 발버둥 치는 찰나에서 다음으로 넘어온다. 저승에서 꾸는 꿈인가, 생시인가.
— 문을 꼭 열어서 방 안 공기를 환기시키라고요. 반찬이 없다고 굶지 말고 밥은 꼭 챙겨 먹어요.
퉁명스러운 말 속에도 챙겨주는 아내의 마음은 새삼스러운 게 아니다. 밀폐된 공간에서는 산소가 부족해도 코골이를 한다며 그랬다. 아내는 밑반찬을 장만해서 유리그릇들에 담아 냉장고에 넣어두었다. 가끔 나도 모르게 짜증을 내도 아내는 모른 척 눈을 내리깔며 흘렸다. 식솔의 걱정과 먹을거리를 책임져야 할 나의 무능까지도 그녀는 한숨으로 넘겼다. 어떻든 불통의 벽은 서로의 입장을 너무 헤아려도 존재하리라. 불쑥불쑥 내미는 생각의 연결 고리들. 가끔 서늘한 기운이 내 몸을 툭툭 건들고 지나갈 때이면, 아내의 느낌은 어느새 내 곁에 떨어져 있다.

바깥은 늘 덥기만 한 게 아니다. 하얀 눈썹달을 삭풍이 후려치며 싸늘한 시간이 지나갈 때도 있다. 나는 이승에서 얻지 못한 생애의 슬픈 전생을 찾고 있는 것일까. 좁은 의식을 떨치지 못하여 낮에 전철에서 본 낯선 여인을 기억해 낸다. 화장기 없이 핼쑥한 그 여인은 꽤 무거울 것 같은 종이가방을 두 개나 꼭 안고 있었다. 여러 곳의 역을 통과할 때까지 여인은 눈을 뜨다 말다가 했다. 아내와 얼핏 닮은 그 여인. 소스라치게 깜짝 놀라 눈을 뜨면 이불 밖으로 삐져나와 새우처럼 쭈그리고 잠든 내 몸뚱이. 비몽사몽(非夢似夢)으로 몸이 쇠락하여 헛헛해지면 망상은 더욱 기승을 부린다.

빨강 털 곰이 샐쭉 웃는다. 서랍장 위에서 입을 헤벌리고 있는 얼룩덜룩한 호랑이와 춤추는 분홍 토끼, 넝쿨을 씹고 있는 초록빛 당나귀까지도. 동물들은 저마다의 색깔 옷을 걸치고 작은 마을을 이루고 있다. 아이의 손때가 묻은 장난감들은 남겨진 채 그대로다. 저들은 나를 내려다보며 비웃는 것 같다. 미련 곰탱이 같으니라고! 그럴까? 설마 아니겠지.

똥그란 눈을 별처럼 깜빡였던 아이는 말없이 널브러진 레고와 장난감들 속에서 지냈다. 아이는 흐트러뜨리고, 아내는 치우기를 게임처럼 해댔다. 그냥 놔두지 뭘 그래, 또 치워야 할 건데. 나는 되풀이되는 일상에 중독된 지 벌써 오래다.

낡은 빌라 입구의 꽃들이 시들시들 떨어질 무렵이었다. 쓰레기봉투를 버리고 팔뚝만 한 나무를 올려다보았다. 하얀 나비들이 다닥다닥 붙어있었다. 나는 머리를 흔들었다. 엉뚱한 이미지들만 머릿속을 빙글빙글 돌았다. 변비에 질린 염소똥처럼 낱말은 꼭꼭 숨어서 나타나지 않았다.

— 집 앞에 있는 그 하얀 나무가 뭐지?

아이에게 옷을 챙겨 입히던 아내는 눈을 똥그랗게 떴다. 아내는 이내 쓸쓸한 웃음을 지으며 반문했다.

— 목련꽃 말이에요?

아, 그래, 그래. 그걸 잊었다니. 어설픈 이미지조차 나를 떠나려 했다. 꽃잎은 하염없이 떨어지고 푸른 잎들은 삐죽삐죽 돋아 손바닥처럼 커졌다. 맞벌이하던 딸은, 맡겨놓은 아이를 데려가면서 못내 시선을 맞닥뜨리지 않았다. 그리고 아내에게 마지막으로 돈봉투를 내놓았다. 나는 못 볼 것을 본 것마냥 당황스럽고 난감했다.

— 엄마? 전세 대출금 내고 카드값을 막으려니까 죄송해요.

아내는 목구멍에 거미줄 칠 수 없다며 집을 나갔다. 아이를 봐주기로 했다는 것이다. 그리고 가끔 집에 들어왔다가 금방 사라졌다.

— 돈 많은 집인가 봐요. 멀지는 않아서 다행인데, 고층 아파트에요. 서울 시내와 한강이 한눈에 다 보이는 그런 곳.

✳

이따금 휴대전화가 울린다. 아내의 목소리 뒤로 칭얼대는 아이의 울음이 들린다.

— 병원에는 다녀왔어요? 병원 갈 적에 잊지 말고 서랍장에 넣어둔 돈 가져가요. 전기료하고 수도 요금은 통장에서 자동으로 빠져나갈 테니까.

아이의 주인이 누구라도 아내의 품에 안긴 아이는, 전생부터 그녀와 인연이었을 게다. 질긴 인연의 끈들이 언제부터 그녀의 운명을 지배하고 있었던 것일까.

심장 없는 동물들 사이에서 아내의 빛바랜 사진이 나를 내려다보고 있다. 울긋불긋한 단풍나무 옆에 기댄 아내의 얼굴이 어둡다. 아니다, 내 느낌에 따라 아내의 표정이 변한 듯싶다. 자식은 어미에게 우상이다. 체세포로 복제된 분신이다. 세상의 엄마들은 아이의 밥이다. 아내처럼 딸도 아이를 위해 인생을 소모한다. 그 모든 행위의 본질은 밥이다. 동물의 세계에서는 언제나 먹이에 대한 일이 승패를 좌우한다. 먹이를 거절하고 인간성을 지키려 했던 이들은 그저 위대하다. 자신의 육신을 감당할 수 없는 처지에 이른 사람들은 절망을 안고 뒹굴 수밖에 없다. 노동은 시간에 비례하여 에너지를 소비하고, 새로운 에너지를 축적하기 위한 것이다. 사람들은 순전히 에너지에 얽매어 일생을 산다. 죽어가는 삶을 위해 에너지를 만들고 에너지 때문에 희생한다.

로얄빌라와 희망빌라 B101호 사이의 비좁은 틈에는 아무렇게나 던져놓은 재활용품과 쓰레기봉투들이 뒤섞여 있다. 너절하게 쌓여있는 그것들은 감쪽같이 사라지지 않는다. 이 동네 사람들은 구멍을 들락날락하는 개미 떼처럼 아침저녁에만 잠시 소란스러울 뿐이다. 날마다 오가며 스쳐 가는 사람들은 대부분 서로를 모를 것이다. 알 턱이 없으며 알아야 할 까닭도 없다. 그들이 누군지, 나 또한 모른다. 익명성이란, 보장을 받기 위해 감추어야 할 일이다. 대부분의 인간은 오직 자신의 살 일에만 몰두한다. 가끔 차량의 경적과 배달 오토바이의 방귀 내뿜는 소리가 골목길의 가라앉은 공기를 한껏 휘젓는다. 도대체 어제와 오늘이 별 다를 바 없어 보인다.

몇십 년 전만 해도 납작한 아파트들이 다닥다닥 붙어있었던 잠실이었다. 시간은 낡은 건물들을 삭혀버렸다. 어느 시기에 재개발이라는 바람이 불어 이곳의 콘크리트 덩어리들은 빠개지고 그 자리에 하늘 높은 줄 모르게 아파트들이 뚝딱 지어졌다. 유리 벽으로 치장한 구조물들이 서로 경쟁하듯 늘어났다. 햇빛이 유리 벽을 툭 건드리면 난반사된 빛살은 사정없이 사람들의 눈을 찌른다. 반사 각도에 따라 불특정 다수와 건물 벽은 대립한다. 아파트꼭대기와 층마다 내비치는 화려한 조명 뒤에는 어둠이 웅크리고 있다.

이곳의 지명을 들을 때면, 땅콩껍데기 생각이 난다. 땅콩 대신 번데기가 들어있는 방. 누에들은 뽕잎을 갉아 먹고 마지막 잠을 자면, 2.5g의 고치가 되어 1,500m의 실을 인간들에게 빼앗긴다. 그것들은 제 아비와 어미처럼 날개를 달지 못한다. 씨앗과 알은 태아와 같을진대, 짝짓기는커녕 영영 깨어나지 못한 채 사라진다.

여릿여릿 다가오는 추억이 언제였던가. 마을의 한가운데 우리 집으로 화사한 햇살이 날아들었다. 고만고만한 아이들이 우르르 몰려왔다. 훌쩍거리는 누런 코를 소매로 훔치고 있던 아이들에게 대청마루에 앉아 있는 할머니가 손짓했다. 백발을 쪽진 할머니는 물레를 돌리며 누에고치의 실을 감고 있었다. 누에고치들을 대막대기로 휘젓는 할머니의 손등에 파리한 힘줄이 돋아났다. 뜨거운 감빛 물에 둥둥 떠 있는 하얀 죽음들. 그 모양은 마치 흙 속에서 파낸 땅콩과 흡사했다. 누런 껍질 속에 옹골차게 들어있었을 기름진 알갱이들은 이미 주검으로 햇빛을 보았다. 몸을 칭칭 감았던 명주실을 뺏긴 번데기는 먹잇감일 뿐. 아이들은 먼저 먹으려고 팔꿈치로 밀치며 서로 몸싸움하면서 줄을 섰다. 할머니의 손가락이 건져낸 번데기가 나오기 무섭게 일제히 어미 새가 물어온 벌레를 받아먹으려는 새끼들처럼 주둥이를 벌리며 한입씩 받아먹었다. 움츠려 굳어진 벌레가 내 입속으로 들어왔다. 그걸 깨무는 순간, 비릿한 구린내가 이비인후에 가득 차버렸다. 나는 구역질로 오장육부를 비틀어 짰고 온몸에 소름이 끼쳤다. '아이고! 하필이면, 내 새끼가 재수 없이 상한 걸 먹다니.' 다른 아이들은 멀쩡하게 입술을 핥았다. 손자가 먹은 번데기가 잘못되었다는 자조로 할머니는 탄식했던 걸까. 나는 이후 번데기에 대한 역겨운 혐오감에 시달려 길거리에서 파는 번데기조차 외면했다.

— 아저씨네 땅콩밭에 서리할 때는 생땅콩을 마구 씹어 먹었던 적도 있었잖아. 민수 너는, 비린내가 난다고 그것두 못 먹었지?

— 맞아, 그래그래. 그때는 전쟁 후라 단백질이 부족했어. 지금도 단백질을 사려고 모두 돈이라면 눈깔이 벌겋지 않더냐.

— 수놈들 하는 짓이 다 그렇지 뭐. 식솔들 쳐 먹이려고 별 지랄을 다 하는데 살인인들 마다할까.

— 야? 넌, 문구점 때려치웠다며? 네가 썼다는 그 시집들은 잘 팔리더냐?

사채업자와 정육점 주인과 퇴직 공무원까지도 제각각 내게 한 마디씩 뱉었다. 오랜만에 만난 이들은 현실과 추억을 넘나든다. 나는 단 몇 줄의 글들을 끼적거려 밥을 만들지 못하건만, 친구들은 그렇게 되묻곤 했다. 아니면, 말고! 흰 벌레들이 푸른 뽕잎을 사각사각 갉아 먹는 것처럼, 고향 친구들은 강냉이튀김을 아삭아삭 씹어 먹지 않았다. 친구들은 까마아득한 그림자에 매달려있었다. 가족과 자신의 몸뚱이를 위하여 에너지를 얻으려고 늙어버렸다. 짜글짜글한 이마의 주름살을 찡그리며 오래되어 망가진 레코드판처럼 추억만 되풀이했다. 아이들은 인생의 거품을 걷어낸 늙은이들의 기억이 된다. 오래된 그 압축파일이 금세 늙은이들을 아이로 만들어 버리다니. 추억은 잔인하다. 우리는 눈부신 어느 가을날의 잠자리 떼처럼 정신없이 날다가 사라지겠지. 모두 시간의 먹잇감일 뿐이다. 시간을 마구 퍼먹었던 대가는 죽음뿐이다. 느닷없이 머릿속이 시끄럽다. 잡다한 생각들은 서로 꼬리를 붙잡다가 사라진다. 나는 눈이 씀벅거려서 감는다. 눈꺼풀을 열면 눈이 또 아릴 것이다.

뚝, 뚜욱, 뚝, 뚝!

어디선가 물방울 떨어지는 소리가 들린다. 그 소리는 일정한 리듬을 타고 들린다. 열려있는 내 귀청은 갈수록 더 예민하다. 한참 후에 소리가 끊겼다. 잠은 소리와 함께 달아난다. 잠은 정치망 그물에 걸려들지 않는다. 쌍끌이 그물로도 잡을 수 없다. 달아난 잠은 쉽사리 오지 않을 터. 나를 겁박하며 뜬눈으로 지새우게 한 고뇌와 어지러움의 원인은 자꾸 고장 나서 막바지까지 이른 몸뚱이다. 몸뚱이의 망가진 부품과 이를 유지하려는 욕망의 엇박자는

자연의 이치다. 병원균이 잔혹하게 쓰나미로 밀려오는데 이 몸뚱
인들 어찌 감당할 것인가. 뭔가 거센 파도처럼 밀려오는 듯 머리
가 무겁다. 뱃속이 뒤틀려 메슥거린다. 이러다가 번데기처럼 오므
라드는 건 아닐까. 어떤 욕구가 남았기로 식탐은 끼니를 거머쥐
고 있는가. 나는 이제 정말 지겹도록 육신의 한계를 느낀다.

✻

　강가에 우뚝우뚝 솟아있는 초고층의 유리 벽 아파트들. 아내
는 맨 꼭대기에 서 있었다. 나는 아래를 내려다보았다. 천길만길
아득한 낭떠러지 밑에서 운무가 뭉게뭉게 피어올랐다. 아내가 밀
고 있는 유모차를 탄 아이는 앙증맞게 생겼다. 조막손을 오글오
글 쥔 아이가 천진난만한 표정으로 까르륵 웃었다. 나는 아내와
함께 유모차를 밀며 낡은 아파트와 호수공원을 지나 슈퍼마켓
같은 데를 돌아다녔다. 석양이 강물 위로 번졌다. 노을빛이 아내
의 눈에 반사되었다. 못내 서러운 느낌이 뭉클하게 내 가슴을 저
몄다. 나는 어찌어찌 뒤돌아보았다. 아! 저런! 어느새 그들의 실루
엣이 아스라이 초고층 꼭대기에 다시 붙어있었다. 유모차를 잡고
서 있는 아내가 아파트꼭대기에서 점점 멀어지며 내게 손을 흔들
었다. 아리아리한 꿈이었나보다. 비몽사몽을 잡아먹고 블랙홀에
서 나를 엿보는 또 다른 나!
　─ 베란다에 서서 내려다보면 우리가 사는 곳이 멀리서 다 보
여요. 여긴 너무 높으니까, 무서운 줄도 모르겠네요. 이대로 새가
되어 훨훨 날아갔으면 얼마나 좋을까.

가끔 아내는 전화했다. 위태로운 삶의 언저리는 그 시간마저 자유롭지 못하다. 하긴, 행복이란 영원히 존재할 수 없으니까. 행복을 지닌 사람들도 언젠가 새로운 난관에 봉착하게 되므로.

너무 더워서 문을 꼭 닫았다. 안 보다 바깥이 더웠다. 집 밖으로 내뿜는 에어컨들의 열기와 길바닥이 반사한 무더위가 집을 엿보았기 때문이다. 선풍기로는 등줄기에서 주르르 흘러내리는 땀을 감당할 재간이 없다. 살랑거리는 바람조차 실종되었나 보다. 컴컴한 밤이 되어도 열기는 수그러들지 못한다.

골목 구석구석에 처박힌 사람들을 지켜줄 것은, 에어컨 냉기와 텔레비전의 화면뿐이다. 드라마의 인물들은 하나같이 지지부진한 사연에 얽혀있다. 시시껄렁한 뉴스는 존재감마저 없을뿐더러 날마다 위태롭다. 누구나 자신에 관련된 사건만 눈과 머리채를 잡아당길 뿐이다.

지난해 낙태약을 불법으로 판매하는 국내 유통조직을 검거 후 한동안 뜸했던, 먹는 낙태약이 다시 인터넷상으로 암암리에 거래되고 있다는 소식입니다. 수술을 안 받고 낙태하려는 여성들이 임신 초기에 이 약을 복용하게 되면, 수정란이 자궁벽에 착상되지 못하여 유산되게 하는 효과가 있다고 합니다. 그러나 전문가들은 이런 약을 먹더라도 태아를 배출하는 후속 과정을 거쳐야 하므로 더 큰 문제를 발생할 수 있다며, 미국에서도 과다 출혈이나 심근경색, 사망 등 부작용 사례가 많다고 합니다.

이제 긴급뉴스의 자막이 지나가도 나는 놀라지 않는다. 나는 안다! 사람들의 생애는 날마다 흘러가고, 내일에 대한 희망 역시 속절없다는 것을.

✳

　어깻죽지와 종아리를 긁을수록 기분 나쁘게 간지럽고 가렵다. 어느 틈으로 들어와 어둠 속에 숨어 있던 놈의 짓일 거다. 하루 전에 사부작사부작 잠입했을 것이다. 대낮에는 어림없다. 놈에게는 〈에프 킬러〉가 뿜어대는 입자들이 있다. 더 무서운 핵폭발의 섬광처럼 눈 시릴 햇빛도 있다. 그러나 햇빛은 이 방에 잠깐 기웃거리다가 훌쩍 지나가 버린다. 놈은 단 한 개의 무기이며 삶의 원천인 비루한 주둥이를 내 살갗에 힘껏 쑤셔 박았으리라. 한로(寒露)가 지나고 상강(霜降)이 되어도 지독한 놈은 앵앵 소리를 낸다. 생존에는 누구나 목숨을 건다. 목숨, 그 하나밖에 없는 것을 지키려고 놈이나 나나, 아득바득 그 하나를 내던진다. 그래본들 놈이나 나나 삼라만상의 먹이사슬에서 벗어날 도리가 없다. 그러하거늘 놈의 생애도 무기력한 나의 일상에서는 찰나일 뿐이다. 이 몸이 잠들어있는 그 순간에도 헤아릴 수 없이 많은 바이러스는 본능적으로 몸 세포로 공격을 감행하겠지. 야들야들한 살덩이의 세포는 시나브로 빳빳해지며 단단한 뼈대조차 골다공증을 거쳐 바스러질 터다.

　나는 누워 그대로 눈을 떴다 감는다. 창가에 어리는 빛이 조금 밝아진다. 가로등 불빛일까. 날빛인가. 벽에 걸린 시계 침의 각도가 어슴푸레하게 들어온다. 밤이 슬그머니 도망간 건 틀림없으렷다. 동녘의 햇빛이 나타나리라. 서너 뼘만큼 한 창문에 어리는 빛은 부융한 자태로 바뀌어 간다. 얼굴과 목에서 또다시 꿈틀꿈틀 경련이 일어난다. 타인의 데스마스크가 내 얼굴에 붙어있는 느낌이다. 허접한 육신을 짜고 볶은 고통이 나를 쥐어짠다. 나는 두 손으로 머리를 감싸며 오도카니 앉아 있다.

칙칙 치익~ 전기밥솥에서 증기를 뿜는 소리가 들린다. 어떤 것이든 살아있음은 존재를 표현한다. 질질 끌고 온 몸뚱이가 갈수록 내게 슬슬 반항하고 있다. 어디서부터인지 차츰 마비가 되어 있을 내 몸은 분명 무너지는 신호를 보냈겠지. 망가질 몸뚱이를 억지로 끌고 온 나도 구질구질한 놈이다. 냉장고에서 유리 찬합을 꺼낸다. 잘게 썰어놓은 김치의 색깔은 벌겋다. 아내와 먹었던 돼지갈비와 잡채와 참나물과 수박을 떠올린다. 아내는 어깨가 아프다면서도 구석구석 깔끔하게 청소하고 떠났다. 파르라니 도드라진 굵은 힘줄이 아내의 종아리를 기어다녔다. 정맥염이다. 아내는 젖은 눈시울을 내게 들킨 적이 없다.

아내는 며칠째 들어오지 않은 모양이다. 낮에라도 잠깐 들어왔다면 어딘가에 그녀의 흔적이 있어야 한다. 남의 집에서 제대로 잠이나 들었는지 모르겠다. 타의에 의해 몸과 마음이 구속되면 노예가 따로 없다. 아내의 몸에 고여 있는 슬픔은 얼마나 될까.

나라가 빚쟁이로 전락할 그 어수선할 무렵, 사립학교 재단은 금융 비리와 관련되었다. 학교조차 구조조정의 대상이었다. 전교조 활동을 했던 후배를 감싼 일로 정보기관에서 조사를 받고 나온 것이 나의 꼬리표였다. 그렇다고, 밥그릇을 내동댕이칠 일이었던가. 중학교 국어 선생 십수 년의 퇴직일시금을 아내에게 내밀었다. 몇천만 원을 손에 쥔 아내는 동분서주했다. 초등학교 앞에서 어설프고 옹색한 문방구점을 했던 그 시절, 어둑한 가게 안으로 들어온 고사리손 이 나의 고객이었다. 학교에서 소용되는 문구류는 물론 과자와 장난감들도 놓고 팔았다. 꼬맹이들이 들고 온 구 깃구깃한 돈은 돌고 돌았다. 코 묻은 돈으로 밥을 먹을망정, 비 굴하게 눈치를 볼 필요가 없다는 빈약한 자존심. 구차한 삶은 원 래 비루하다. 한동안 우리 식솔은 그런대로 흘러갔다. 동네가 술 렁거렸다. 갑자기 판이 뒤집어졌다. 재개발로 초고층 아파트가 들 어선다는 것이다. 웃는 자와 우는 자가 한꺼번에 생겨났다. 전세 로 들어간 가게는 재개발의 쓰나미에 휩쓸려갔다.

내 몸이 비틀어지며 갈피를 못 잡은 것이 그 무렵이다. 뇌 영상 검사 결과를 보러 병원에 갔다. 복도에 있다가 아내에게 화장실 을 다녀오마고 잠깐 나갔던 터.

— 신경세포에 일종의 종양이 생겨 번지는 증세입니다.

의사는 판사가 판결문을 읽듯 아내에게 말했다. 문틈으로 보 인 그들은 밀통하는 사이처럼, 의사가 지분지분 말하고 아내는 심각하게 고개를 주억거렸다. 아내는 뭐가 불안한지 문밖으로 자 꾸만 고개를 돌렸다. 어쨌든 로또복권에 걸리듯 나쁜 악마가 내 게 당첨된 것이다. 언제나 인간은 확률의 문제에 걸려있다. 병원 문을 나서야 다리가 후들거렸다. 세상은 저리도 활기가 넘치는데 나는 이 세상에서 분리수거될 쓰레기였다.

아아앙, 아우앙~앙앙, 소리가 들린다. 소리의 진폭은 일정한 리듬을 타며 벽 안으로 들어온다. 내 귓전에 와 닿았다가 멀어지 고, 다시 또다시 머문다. 소리가 차츰 내 머릿속을 누른다. 어린 애의 칭얼대는 울음인가. 귓전을 맴도는 것은 혹시 고양이 소리 가 아닐까. 달팽이관에도 편견이 있을 수 있겠지. 가끔 한밤중에 쓰레기봉투를 할퀴는 녀석들의 짓거리를 본 적이 있다. 발정 난

암고양이가 내지르는 본능의 소리 말이다. 암컷과 수컷이 흘레붙는 짓은 온몸을 다 바치는 쟁투이니만큼. 아이의 울음과 고양이들의 소리가 뒤섞인 것은 아닐까.

— 여러 차례 낙태한 일 때문에 내가 그 죗값을 받고 있을 거라구요.

가끔 한숨을 쉬면서 아내가 내뱉었다. 아내는 자신의 말대로 죄업을 닦는 노릇에 얽매어있는지도 모른다. 휴대전화 메일로 보내온 그 아파트의 애 사진은 꼭 아내를 닮았다. 아니, 닮았다는 것은 나의 편견일지도 모른다. 그저 사람 종족은 윤곽이 비슷하면 닮은 법이다. 코와 입과 눈이 닮지 않은 사람은 거의 많지가 않다. 같은 유인원이므로 당연하다. 원래 사람의 눈은 3개였는데, 가운데 눈알은 퇴화되어 두개골 안으로 숨어버렸다고? 심미안이라는 것. 그래서 전혀 앞을 보지 못하면서도 사물을 보고 그림을 그리는 소경도 있다는 말이다. 듣고 배우는 인식의 테두리 안에서 인간은 죄와 벌을 맞추려 드는 것일까. 천국도 지옥도 모두 인식을 넘어서는 법이 없는 것 같다. 죄의식을 치유할 방법이 내겐 없다. 나는 못난 슬픔을 둘둘 감아 휴지처럼 버린다. 잔인한 시간을 기다린들 내 몸뚱이는 이제 막바지로 치닫고 있을 뿐.

＊

소나기는 뜨거운 계절을 식히며 가을을 부른다. 가로수도 시나브로 성장점을 멈출 것이다. 햇볕으로 데워졌으나 산들바람이 흩트려 버린다. 사방으로 뻗은 길을 따라 우뚝우뚝 서 있는 유리

구조물들. 거대한 인공의 실루엣들은 새어 나온 불빛으로 감싸인 채 어둠의 유혹을 견디지 못한다. 지하철역 출구들은 날숨과 들숨으로 인파를 빨아들이고 내뱉는다. 햇살이 내리는 아침에 흐르다가 그림자가 개 혓바닥처럼 길게 늘어질 무렵이면 둥지로 들어온다. 거리의 질서를 조급하게 만드는 일몰.

사람들이 밀려오고 밀려간다. 사람들은 시냇물 졸졸 흐르는 물살을 따라 점점으로 떠나가는 나뭇잎 같다. 마치 휘휘 늘어진 버드나무잎들을 한 움큼 훑어다가 펴서 물 위에 뿌리면 정처 없이 떠가듯. 이어폰을 낀 앳된 여자, 모자 쓴 젊은이, 핸드백을 들고 큰소리로 재잘거리는 여자들, 민틋한 빌딩들 아래를 달리는 배달 오토바이, 꿩 잡은 사냥꾼처럼 건들거리며 가방을 어슷하게 멘 남자, 종종걸음으로 지하철 구멍으로 빨려가는 여인. 옷 가게와 화장품 가게 쪽에서 시끄러운 음악이 사람들의 귀를 잡아당긴다. 인도 위로 바글거리는 수많은 머리가 들쑥날쑥하며 시냇물에 떠가는 나뭇잎들처럼 흘러간다. 지옥철의 구멍을 향하여 또는 지하철을 버리고, 둥지를 찾는 새들처럼. 무릇 모든 구멍의 역할은 얼마나 대단한가. 우리 포유류들은 구멍에서 태어나 죽어서도 구멍 속으로 사라진다.

씽씽 달렸던 버스들과 승용차들은 잠시 붉은 신호등에 갇힌다. 초록색 버스는 흡사 화물차다. 카드 찍는 소리만큼 마냥 승객들을 마구 싣는다. 옆구리의 문이 열리면 사람들은 우르르 내리고 탄다. 버스는 다음 정류장을 향하여 내쳐 멀어진다.

버스가 신호등을 기다린다. 일흔도 훨씬 넘어 보이는 늙은 여인이다. 은행나무 가로수 둥치에 기대어 초점을 잃은 채 멀거니

쪼그려 앉아 있다. 졸림도 아니건만, 오후의 빛살에 맞아 푸석한 얼굴이다. 빠글빠글 머리털을 볶은 여인은 붉은 꽃들이 점점이 박힌 헐렁한 바지와 빨강 꽃무늬가 추상적인 블라우스를 입었다. 자질구레한 비닐 자루들의 주둥이를 까서 펼쳐놓았다. 비닐 자루 안에는 콩, 인삼, 도라지, 잡곡 따위가 들어있다. 즐비한 상가 앞으로 행인들이 지나다니나 누구 하나 그 여인을 거들떠보는 사람은 없다. 은행나무의 긴 그림자가 여인의 얼굴을 겨우 아슬아슬하게 가려준다. 오후의 따가운 햇볕은 여인을 치근덕거리며 눈부시게 거리를 휘젓는다.

늙은 여인은 해가 질 무렵까지 저 물건들을 다 팔 수 있을까. 여인의 굵은 손마디처럼 삶의 질곡도 매듭지어졌을지 모른다. 푸른 신호가 들어와 버스가 움직이자 나는 고개를 돌리며 아내의 모습을 떠올린다.

몇 년 전이었지, 아마. 전세 버스는 밤새 달렸다. 태풍이 남쪽 먼바다로부터 몰려올 거라고 했다. 아내와 나는 승객들과 버스에서 내려 백담사를 거쳐 설악의 준봉을 향해 걸었다. 잿빛 옷차림으로 가파른 산길을 따라가는 아내의 얼굴은 평안해 보였다. 새벽길 걷는 게 죽을 맛이라고 두런거리는 여인들의 목소리가 들렸다. 잠은 아침으로 겉돌고 깨어있어도 깬 것이 아니었다. 새벽잠을 설치거나 전날 밤 지새우거나 날밤을 지새워야 갈 수 있다는 설악산 봉정암(鳳頂庵). 산새늘도 어지러운지 산꼭대기를 우러러 올라가다가 휙 떨어지듯 안보였다. 진신 사리탑을 보러 숨차게 올라가는 사람들이 드문드문 꼬리를 찾았다. 비 오듯 흘린 땀과 고통을 참고 공룡능선 비켜 오르는 불자들의 소망이 극락세계를 그리는 것이었을까.

— 아들이 교통사고로 죽었으면 그 손자는 어떡하누?

— 민들레 씨앗처럼 사방으로 흩어져 사는 게 사람들 팔자
더구먼.

앞서거니 뒤서거니 하던 늙은 여인이 돌부리에 걸려 넘어지려
다가 난간을 꽉 붙잡았다.

— 하마터면 죽을 뻔했어!

침침한 눈을 비비며 앞서가던 늙은이들이 두려움을 털면서 말
했다. 아내와 나는 후텁지근한 날씨를 내치려고 말을 주고받으면
서 바위틈을 오르고 있었다.

— 우리가 죽어서도 이다음에 또 만나게 될까요?

아내가 나를 뒤돌아보면서 말했었다. 가파른 깔딱 고개를 막
지나서 비 오듯 땀을 흘릴 무렵, 빵빵하게 부풀다가 바람이 빠진
목소리였다. 나는 풀잎을 스치는 산들바람처럼 대수롭지 않게 아
내의 말을 흘렸으리라. 아무래도 모르겠다. 내 안의 또 다른 나를
버리거나 얻으려고 그랬을지도. 어제의 일들은 한숨처럼 후회한
들 끝없이 되풀이되는 나약한 짓거리일 뿐인데. 일생을 그 육신의
고통을 접고서 깨달음에 가까이 다가가려는 마음이 용기를 주었
던가. 맑은 물 흐르는 소리, 새소리, 바람 소리. 고요한 숲속에서
중생의 발걸음과 욕망으로 바빴던 그 기억조차 아물거린다.

＊

비닐봉지를 묶어서 바깥으로 나간다. 안개가 자우룩하다. 헤

아릴 수 없는 미세한 물방울들은 그저 연기처럼 주택들을 휘휘 감돌고 있다. 안개는 밤새 떠도는 귀신들을 싸고돌았던 옷자락이 되어 서서히 사라지려나. 아침 햇살조차 뭉글뭉글한 허연 장막에 가려 미소를 잃는다. 아물아물하던 골목 끝은 숫제 보이지 않는다. 도시의 구조물들은 안개 귀신의 옷자락에 감겨 민망할 정도로 사라진다.

아내가 있는 아파트는 한강이 보이는 북향이라지? 유명 회사가 지을 아파트 분양 광고의 문안처럼 흐르는 강물을 조망하는 느낌이 아내에게도 스며들었는지 모른다. 나는 손을 탈탈 털며 다시 지옥으로 들어간다. 시간에 시달릴 아내에게 감옥이 따로 없다. 나의 지옥보다 아내의 감옥은 더 지독할지도 모른다. 자유라는 말이 지구별의 모든 사람에게 다 통용되는 것은 아니다. 전화가 울린다. 칭얼거리는 애 목소리도 간헐적으로 들린다.

— 약은 빠뜨리지 않고 잘 먹고 있어요? 빨래를 널고 있으니까, 이따가 전화할게요.

휴대폰을 타고 들려오는 아내의 목소리가 끊기고 느닷없이 웬 소음이 불쑥 끼어든다. 출력을 높인 기계 소리처럼, 따다닥! 쿵! 쿵! 쾅~ 느닷없는 굉음이 아내와 나를 단절시킨다. 이미지가 뒤섞여 요동치는 찰나다. 나는 버튼을 손가락으로 몇 번이고 누른다. '전화를 받을 수 없습니다.' '전화를 받을 수 없습니다.' 웬일이지? 무슨 까닭일까? 아내의 전화는 계속 불통이다. 까만 잉크가 맑은 물에 한두 방울 떨어져 번지듯 내 머릿속은 차츰 어두워진다.

밥을 물에 말아서 떠먹으려다가 무심코 텔레비전을 켠다. 시골

시끌한 오락 프로화면에 자막이 뜨다가 갑자기 사라지며 아나운서가 긴장된 표정으로 말한다.

〈긴급뉴스〉 오전 8시경 서울 강남구 삼성동 골든파크 아파트에 민간 헬리콥터가 충돌하여 이 아파트 202동 35~36층 일부가 파손되고 헬기는 추락하여 조종사 2명은 사망했다. 소방방재청에 따르면, 사고 헬기는 스콜스키 S—76기종으로 김포공항을 떠나 잠실 선착장으로 가는 도중 짙은 안개로 시야를 잃고 아파트에 부딪친 것으로 보인다. 이 사고로 아파트 베란다에 있던 여성과 아이가 사망하고, 주민들은 대부분 대피하여 피해가 없는 것으로 파악됐다고 밝혔다.

＊

아내는 하늘 높은 곳에서 죽었고, 나는 땅속에서도 살아있다. 나는 슬픔의 바람에 밀려 발길을 이곳에서 멈춘다. 그녀의 탯줄이 끊어져 으앙, 으앙 울며 세상으로 나왔던 포구마을. 황금 빛살은 산산이 부서져 붉게 탄 노을로 강어귀에 번진다. 가끔 눈을 떠도 빛이 부시거나 캄캄하여 아무것도 보이지 않는다. 기뭇한 실루엣이 눈으로 들어온다. 물에 떠 있는 청둥오리들이 흔들린다. 푸드득! 갑자기 한 마리가 발 갈퀴로 출렁거리는 물결을 헤치고 날개를 편다. 밀물과 썰물에 갇혀 오도 가도 못하는 물고기의 비늘을 찾아서 떠나는 것인가. 철새 한 마리는 푸르른 하늘을 가냘픈 날개로 저어 먼 지평선 가로질러서 어디로 가는 것이냐. 저 까뭇한 철새도 동족들 놓치고 떠돌아 온 세월의 기억을 찾아 헤맬까. 어쩌다가 부리로 물고 온 슬픔마저 놓쳤는지 모른다. 아내는 환생의 유혹에 못 견뎌서 구천을 떠도는 벙어리 새가 되었나 보다.

미련한 나는, 희망이란 신기루에 잡혀 얼마나 시달렸던가. 희망 따위는 억울하게 죽은 귀신들이 싸질러놓은 똥 같은 유혹과 다름없다. 그녀의 고통이 나의 고통은 아니라고 도리질했던 나는, 내 안의 비겁하게 만들어 놓은 덫에 걸린 것이다. 인연이 끝났으나 바들바들 떨며 기다릴 그 영혼의 그림자를 찾아가야지. 짧은 날개로 머나먼 바다를 건너려면 또 얼마나 바람과 싸워 더 멀리 날아야 하는가. 마침내 돌아올 수조차 없지만 서둘러 떠나야 하는 길.

그녀가 멀리서 내게로 손짓한다. 아, 당신? 행여나 새가 되었을지라도 다시 내게로 오시라. 흰 구름이든 짙은 안개로 덮였건 돌아오시라. 싫으시면 눈부신 겨울 햇살로 내려와 강 물결을 은비늘로 반짝이시라. 얼음 속으로 흐르는 당신의 겨울 강 울음소리 들려서, 나는 으스름에 묻혀 소리 질러보나 메아리는 길을 잃어 되돌아오지 못한다. 어둠 저편 하구에서 푸드덕거리며 올라오는 까마귀 한 마리 날아가는데….

(제40회 한국소설문학상 수상작)

채종인

1962년생. 2000년 《경남신문》 신춘문예 당선. 2001 김유정 신인문학상 당선. 2005년 문예진흥기금 수혜로 첫 창작집 『사랑의 사막』 출간. 장편소설 『해후』 『뭉크의 시절』 『아버지, 이순신』 출간. 테마 소설집 『아버지꽃』 『산이야기』 출간. 2025년 두 번째 창작집 『유미의 바다』 출간. 제7회 한국문학인상 수상. 제25회 여수 해양문학상 수상. 현재 한국소설가협회 중앙위원. 한국문인협회 편집위원.

섬

1

　어느 문예지 편집장으로 있는 후배로부터 단편소설 신인상 심사를 맡아달라는 전화를 받은 것은 며칠 전이었다. 나는 마지못해 승낙했고 바로 다음 날 꽤 여러 편의 소설이 택배로 배달되었다. 그쪽에서 먼저 원고를 거른 터라 정작 내게 넘어온 작품은 많지 않았다.

　나는 단숨에 응모작을 읽어 내려갔다. 이삼일 내로 끝낼 생각이었다. 나는 끼니도 거른 채 책상 앞에 앉아 프린트 용지에 인쇄된 깨알 같은 글자들을 읽어 내려갔다. 내가 이렇듯 일에 몰두할 수 있었던 것은 어쩌면 집안에 나 혼자밖에 없다는 그런 뜻밖의 환경 때문인지도 몰랐다. 바쁘게 원고를 읽어 내려가다가 오랜만에 기지개를 켜고 주위를 둘러보면 마치 무덤 같은 적막감이 나를 에워싸곤 했다.

　열다섯 해를 나와 함께 산 몰티즈 애완견이 지난겨울에 죽어 나가더니, 봄에는 딸아이가 서울에 취직했다며 방을 얻어나갔다. 그리고 여름이 되자 대학에 다니던 아들 녀석이 프랑스에 있는 여자 친구를 만나러 집을 떠났다. 그저께는 아내마저 서울에 있는 친정으로 장모 병구완을 위해 집을 비웠다. 지난겨울까지만 해도 다섯 식구가 복작대며 살았는데 어느 날 일어나보니 나는 문득 외톨이가 되어 있었던 것이다.

이태 전에 직장을 정년퇴직한 나는 그저 집안에서 뒹굴며 책을 읽거나 글을 쓰거나 술을 마시거나 하던 참이었다. 며칠 전까지만 해도 외톨이 신세로 전락할 줄은 몰랐는데 일이 이렇게 되고 보니 참으로 난감했다. 이것이 인생인가, 이것이 운명인가 하면서 나는 쩝쩝 입맛을 다셨다. 그러다가 문득 주위를 둘러보곤 했는데 그럴 때마다 낯선 어둠과 정적만이 나를 에워싸는 것이었다.

나는 어쩔 수 없이 이름도 알 수 없는 응모자들의 소설에 눈길을 주는 수밖에 없었다. 그러다가 문득 눈에 띄는 작품 하나를 발견하게 되었는데 나는 자신도 모르게 책상 쪽으로 바짝 의자를 끌어당기고 소설을 읽어 내려갔다. 제목은 '섬'이었다.

〈…오늘 우리가 홍보 활동을 나간 곳은 '풍란도'라는 섬이었다. 나는 무전기를 둘러메고 해군 홍보단을 따라 단정에 몸을 실었다. 섬에는 오십여 명의 주민들이 문어를 잡아 생활을 이어가고 있었다.

해군 홍보단이 들어온다는 소식을 들은 섬 주민들은 조그마한 초등학교 운동장으로 모여들었다. 열 명의 학생은 모두 귀가 한 뒤였고 학교에 단 한 명뿐인 여자 선생이 섬 주민들을 운동장으로 안내하고 있었다.

제대가 얼마 남지 않은 나는 무전기를 등에 메고 홍보단 뒤를 따라 운동장 기슭을 어슬렁거렸다. 홍보단은 해군 홍보 영화를 상영한 뒤 주민들에게 비상약과 콘돔을 나눠주고 이발도 해주었다. 그리고 마을을 돌며 소독을 하고 고장 난 라디오나 텔레비전도 수리해 주었다. 나는 그들을 따라 마을을 어슬렁거리며 이따금 상륙함 통신 당직자와 무선 교신을 하곤 했는데 별다른 어려움은 없었다.

오후가 되자 주민들은 우리가 타고 온 단정 두 대에 나눠 타고 섬 앞바다에 투묘하고 있는 상륙함으로 구경을 나갔다. 하지만 나는 섬에 남아 이따금 상륙함 통신 당직자와 무선통신을 하며 다시 그들이 돌아오기를 기다렸다. 낙도의 후미진 자갈길을 어슬렁거리며 애꿎은 돌멩이를 툭툭 건드리던 나는 어느새 자신도 모르게 조금 전의 그 초등학교 운동장으로 향하고 있는 자신을 발견했다.

학교라고 해봐야 슬레이트 지붕이 얹힌 집채만 한 교사에 손바닥만 한 운동장이 전부였다. 내가 단화를 질질 끌며 먼지를 내자 텅 빈 교실에 앉아 창밖을 내다보고 있던 젊은 여 선생이 문을 열고 밖으로 나왔다. 혼자 열 명의 아이를 가르치고 있다며 여 선생은 보기 좋게 웃었다. 낡은 교사 앞 조그마한 화단에 여름에 핀 맨드라미가 아직 지지 않고 시커멓게 색이 바랜 채 닭 볏처럼 꼿꼿이 서 있었다. 그때 내가 막 들어온 교문 쪽에서 인기척이 났다. 나는 그쪽으로 고개를 돌렸다. 뒤에서 여 선생의 웃음 섞인 소리가 들려왔다.

"이 마을에서 가장 젊고 예쁜 아가씨예요."

그때 등에 메고 있던 무전기에서 삐이 삐이, 소리가 났고 나는 상륙함 통신 당직자와 무어라고 교신하며 교문 쪽을 바라보았는데 소녀는 교문을 채 들어서지 못하고 신고 있던 슬리퍼로 원을 그리며 운동장 모랫바닥을 내려다보고 있었다. 걸치고 있는 반소매 셔츠와 반바지가 계절을 혼동하게 했다. 10월 초순이었는데 소녀는 아직 여름 옷차림을 하고 있었다.

"이곳 섬 아이들은 초등학교만 마치면 여수나 목포로 취업을 나간답니다. 하지만 저 아이는…"

나는 여 선생의 눈길을 좇아 다시 소녀 쪽으로 고개를 돌렸는데 순간 소녀는 숙이고 있던 고개를 들고 이쪽을 물끄러미 바라보았다. 다 큰 키에 가늘고 긴 목과 어깨 위에서 찰랑거리는 단발머리가 여고생을 연상시켰다. 멀리서 봐도 자태가 곱고 아름다웠다. 갸름한 얼굴에 하얀 피부, 늘씬한 다리와 셔츠 속에서 얄랑거리는 허리. 소녀라고 하기에는 성숙해 보였고 아가씨라고 하기에는 앳된 나이로 보였다.

"명자라는 아이인데 벙어리예요. 열일곱 살인데… 학교에 다녀본 적이 없대요. 듣지 못하고 말하지 못한다고 엄마가 학교를 안 보냈다네요."

소녀는 웃고 있었다. 선생님을 보고 웃었을까, 나를 보고 웃었을까. 그때 다시 무전기에서 발신음이 들려왔고 나는 아무 이상 없다고 답신했다.

"아마 처음 보는 해군 아저씨가 멋져서 저렇게 웃는 것 같은데…"

그러면서 여 선생도 웃었다. 하얗게 드러난 그녀의 치열이 문득 묘한 감정을 불러일으켰다. 그녀도 나처럼 외로웠을까? 망망

대해를 떠다니는 군함의 병사처럼 외로웠을까?

"명자 저 아이는 한 번도 운동장 안으로 들어온 적이 없어요. 자신의 한계를 일찌감치 터득한 걸까요? 교문이나 울타리 너머에서 늘 이쪽을 얼찐거리며 구경하곤 했지요. 참 딱한 아이예요. 한글도 익히지 못했을걸요. 이름이나 쓸 줄 알려나. 그러니 육지로 나가지도 못하고 외톨이가 되어⋯ 아마 평생 저러고 섬 처녀로 늙어갈지도 모르겠지요."

그러면서 여 선생은 한숨을 내쉬었는데 나는 소녀보다도 여 선생이 더욱 외로워 보였다. 고향이 어디인데 이런 외진 낙도로 흘러들어와 낡은 교사를 지키고 있는 걸까? 나는 고향이 어디냐고 물어보고 싶었지만 차마 그러지는 못하고 그녀의 조그마한 어깨와 알맞게 튀어나온 가슴만 힐끗 쳐다보곤 발길을 돌렸다.

나는 텅 빈 운동장을 걸어 나오며 소녀를 바라보았다. 소녀는 웃고 있었다. 무엇이 그리 좋은지 사뭇 얼굴을 들었다가 놓았다가 하며 나를 훔쳐보고 있었다. 나도 소녀를 따라 희미하게 웃었다. 내가 신고 있던 해군 단화가 멈춘 곳에 그녀의 그림자가 내려와 있었다. 나는 그녀의 그림자를 밟고 앞으로 한발 다가서며 물었다.

"몇 살이야?"

그러자 소녀가 고개를 들고 웃으며 천천히 손가락을 펴 보였다. 소녀는 정확하게 손가락 열일곱 개를 펴 보였다. 내 입 모양을 보고 질문을 파악한 소녀는 그동안 익힌 손동작으로 열일곱이란 숫자를 표현해 보였다. 어쩌면 이것이 소녀가 태어나서 배운 교육의 전부가 아닐까, 생각하며 나는 다시 물었다.

"이름이 뭐야?"

그러자 소녀는 땅바닥에 주저앉았다. 그러고는 손가락으로 그림을 그리듯 글자를 썼다. 이명자. 글씨를 쓰는 그녀의 어깨가 움직이며 차랑한 단발머리가 가을 햇살 아래에서 흔들렸다. 비릿하고 시큼한 살 냄새도 났다. 땀 냄새가 섞여 있는 듯했다. 교사 쪽으로 고개를 돌리니 여 선생은 어디론가 사라지고 없었다. 소녀와 나는 가을 햇살 아래 섬처럼 남아 있었다. 주위를 둘러봐도 눈에 띄는 건 산과 들, 그리고 바다뿐이었다. 아니, 저 멀리 종이배처럼 조그맣게 떠 있는 상륙함도 보였다. 하지만 그 또한 하나의 섬에 불과했다. 나는 순간 울컥해지며 울고 싶은 마음이 들었다. 그래서 소녀에게 물었다.

"아이스크림 사줄까?"

소녀는 말이 없었다.

"과자 좋아해?"

대답이 없었다. 그때 등에 메고 있던 무전기에서 소리가 났고 소녀는 또 말간 눈을 치뜨며 웃었다. 상륙함의 통신 당직 하사가 농을 걸어왔다.

"뭐 좋은 거 없어? 이를테면 섬 처녀… 때 묻지 않은… 아, 섬에 나갔으면 결과가 있어야 할 거 아냐!"

나는 무작정 발길을 떼어놓았다. 소녀가 말갛게 웃으며 나를 따라왔다. 물론 가게는 없었다. 스무 남은 집 되는 마을에 구멍가게가 있을 리 만무했다.

나는 텅텅 비어 있는 마을을 발길 가는 대로 이리저리 걸었다. 상륙함을 나서기 전에 닦은 단화가 가을 햇살을 튕겨내며 섬의 자갈들을 흩었다. 섬 주민들은 홍보단을 따라 상륙함으로 견학 갔고, 마을 이장이 잡은 수퇘지 두 마리도 함께 건너갔다. 그들은 상륙함 승조원들과 함께 술과 고기를 즐기며 홍보단의 밴드 소리에 맞춰 오랜만에 흥을 돋울 것이다. 상륙함 갑판은 모처럼 분주해질 것이고 그들의 축제는 해가 저물어야 끝이 날 것이다.

나는 적막한 섬 골목길을 이리저리 걷다가 어느 낡은 집 앞에서 걸음을 멈추었다. 빈집 같았다. 집주인은 언제 섬을 떠났는지 이끼 낀 슬레이트 지붕은 군데군데 내려앉아 있었고 열린 방문도 문종이가 찢어진 채 거미줄에 몸을 내맡기고 있었다. 내가 그 집 앞에서 걸음을 멈춘 건 소녀 때문이었다. 소녀는 익숙한 모습으로 그 빈 집 앞에서 걸음을 멈추고는 웃으며 마당 안쪽을 들여다보았다. 그러고는 풀이 자라있는 마당을 나풀나풀 걸어 들어갔다. 등에 지고 있던 무전기에서 상륙함 통신 당직 하사의 발신음이 들렸지만 나는 순간 외면하고 있었다. 나는 자신도 모르게 소녀를 따라 빈집 안으로 걸어 들어갔다.

마당을 가로지른 소녀는 흙이 푸석푸석해진 토방을 지나 반쯤 열려있는 부엌문을 열고 안을 들여다보았다. 소녀는 여전히 웃고 있었다. 나는 숨이 가빠져서 느린 걸음으로 소녀 가까이 다가섰다. 소녀가 들여다보고 있는 부엌엔 주인은 없었지만 있을 건 다 있었다. 아궁이 두 개에 걸려있는 가마솥과 양은솥. 그을음 앉은 바람벽에 덩그러니 걸려있는 손때 묻은 찬장. 부엌 구석에 쟁여놓은 땔감. 바닥 어딘가에 나뒹구는 부지깽이. 시커먼 부뚜막에 엎어져 있는 찌그러진 냄비와 사기그릇.

소녀는 어두운 그 빈 집 부엌으로 성큼 걸어 들어갔다. 그리고 돌아서 나를 바라보며 웃었다. 길쭉한 나무판자로 만든 부엌문 사이로 재바르게 스며든 가을 햇살이 소녀의 웃는 얼굴을 확인시켜 주었다.

소녀가 웃으며 손짓을 했다. 나는 순간 숨이 멎는 듯했다. 믿어지지 않았지만, 소녀는 옷을 벗고 있었던 것이다. 익숙한 몸놀림으로. 나는 숨이 차고 침이 말라 등에 지고 있던 무전기를 벗어 부엌 바닥에 내려놓았다. 연기에 새카맣게 찌든 문짝 사이로 유리처럼 맑은 햇살이 쏟아져 들어와 소녀의 유방을 비추었다. 스물세 살 젊은 사내는 어느새 부엌문을 걸어 잠그고 소녀 가까이 걸음을 떼어놓았다.〉

여기까지 읽은 나는 고개를 들고 한동안 멍하니 책상 앞에 앉아 있었다. 떠오르는 인물이 있었기 때문이었다. 그렇다면⋯ 차수병⋯ 이름이 뭐였더라? 차익수⋯ 맞아, 차익수. 통신 수병 차익수. 서울 모 대학교 국어국문학과를 다니다가 입대했다던 차수병.

나는 의자에서 몸을 일으켜 주방으로 갔다. 커피포트에 물을 끓여 커피믹스를 타서는 다시 책상 앞으로 돌아와 앉았다. 만약 이 소설의 응모자가 그가 맞다면⋯ 그러니까 1984년 가을이었으니 지금으로부터 40년 전 일이 된다. 그때 차익수 수병은 제대를 불과 한 달 정도 남겨놓은 상태였고 무전기를 메고 어느 섬으로 홍보단을 따라 상륙을 나갔었다. 그리고 돌아와서는 내게 털어놓았다. 섬 처녀를, 벙어리 섬 처녀를 건드렸다고. 제대하기 전 한 달 동안 괴로워하다가 그는 해군에서 전역했다. 그리고 40년 동안 연락이 끊어진 채 그와 나는 만날 수 없었다. 만약 이 소설의 응모자가 그가 맞다면 그는 아직 문학을 포기하지 않고 어디에 선가 살아가고 있다는 방증이었다. 40년 전, 그와 나는 같은 군함을 탔고 똑같이 문학을 지향하던 문학도였다. 나는 소설가를 꿈꾸었고 그는 시인을 꿈꾸었다. 그가 무시로 즐겨 외우던 시는 정현종의 '섬'이란 시였다.

사람들 사이에 섬이 있다.
그 섬에 가고 싶다.

나는 문예지 편집장 후배에게 전화를 걸어, 미안하지만 이 작품 응모자 이름을 알고 싶다고 했다. 물론 작품은 심사에서 제외한다는 전제하에.

묘한 인연이었다. '섬'이란 단편소설 응모자는 차익수 수병이 맞았다. 후배는 내게 묻지도 않은 주소까지 알려주었다. 전라남도 여수시 **면 풍란도길 40.

나는 떨리는 손으로 작품을 거머쥐고 소설을 마저 읽어 내려갔다.

〈소녀는 웃으면서 내 손을 거머쥐었다. 그리고는 자신의 유방으로 슬며시 끌어당겼다. 얄궂은 가을 햇살이 유두를 핥았다. 매끈한 봉오리는 앵두처럼 발갛게 익어 있었다. 내 손가락이 유두

　를 건드리자 기다렸다는 듯 신음이 터져 나왔다.

　소녀의 사타구니가 축축이 젖어 있었다. 음모가 무성했다. 내 손가락이 그곳을 찾자 소녀가 고개를 젖히며 신음을 흘렸다. 부엌 바닥에 놓여 있던 무전기에서 신호음이 새어 나왔다. 나는 무전기를 끄려다가 귀찮아 그대로 두었다.

　부뚜막에 걸터앉아 소녀를 내 허벅지 위로 올리자 나의 그것이 소녀의 몸속으로 깊숙이 들어갔다. 소녀가 교성을 지르며 눈물 한 방울을 귓전으로 흘려보냈다. 나는 손가락으로 소녀의 눈물을 훔쳐 주었다.

　성교가 끝나자 소녀는 또 웃었다. 옷을 주워 입으며 부끄러움도 잊은 채 아까보다 더 만만한 표정으로 얼굴 가득 웃음을 머금었다. 무전기에서 상륙함 통신 당직 하사의 발신음이 흘러나왔다.

　"호출도 안 받고… 차 수병, 무슨 좋은 일 있나 보네. 드디어 섬 처녀 정복했는가? 하하하, 그렇다면 축하하네. 용왕님이 내려준 제대 선물로 생각하게. 하하하."

　무전기를 둘러메는데 소녀가 손을 벌려 내게 들이밀었다. 돈을 달라는 몸짓 같았다. 나는 잠시 머리가 비는 듯했다. 이미 몇 번이고 놀란 나는 무전기를 메고 어둠 속에 엉거주춤 서서 소녀를 바라보았다. 소녀는 돈이 없다는 내 동작을 확인하고는 아무렇지도 않다는 듯 그저 웃기만 했다. 그러다가 불쑥 내게로 다가와 내 볼에 뽀뽀를 해주었다.

　나는 그녀를 끌어안고 오랫동안 키스를 했다. 그 순간만큼은 진정으로 두 사람이 하나가 되는 기분이었다. 나는 소녀의 입속에 있던 외로움을 모두 내 입속으로 끌어당기고 내 입속에 있던 외로움을 소녀의 입속으로 밀어내기 위해 안간힘을 썼다. 소녀의 입속에 남아 있던 짜디짠 바닷물이 내게로 흘러들어왔다.

유난히 빨간 해가 수평선 너머로 떨어질 무렵 섬사람들을 가득 실은 단정이 돌아왔다. 사람들이 내리자 나도 상륙함으로 돌아가기 위해 부두로 나갔다. 술에 취한 주민들이 노래를 흥얼거리며 꼬부랑길로 접어들었다. 상륙함에서 나눠준 선물 꾸러미를 하나씩 들고 어두워지는 섬 어딘가로 그들은 하나씩 사라져갔다.

내가 단정에 올라탔을 때 섬은 완전히 어두워져 있었다. 단정이 통통거리며 섬을 밀어내자 나는 유심이 눈을 뜨고 그곳을 살폈다. 어둠이 내려 더욱 쓸쓸해진 조그마한 부두에 소녀가 서 있었다. 그녀가 웃고 있는지는 보이지 않았다. 다만 소녀는 한 손을 높이 들어 이쪽을 향해 흔들고 있었다. 여러 번 오랫동안 흔들어 보였다. 나는 소녀를 따라 손을 흔들까 하다가 이미 캄캄해진 바닷속으로 묻혀 들어가는 자신을 발견하고는 그만두었다. 대신 무전기 폰을 빼 들고 이런 교신만 남겼다.

"섬, 섬에서 완전 철수! 현재 잔류 인원 없음. 이상!"〉

나는 소설을 반쯤 읽다가 생각나는 게 있어 책장을 뒤적였다. 군에 있을 때 썼던 일기장을 보기 위해서였다. 40년 전에 썼던 두툼한 노트가 책장 한쪽에 꽂혀 있었다.

1984년 10월 4일 날짜에 그날의 기록이 있었다. 전라남도 여수에 있는 낙도 '풍란도'를 방문했다는 일기. 틀림없었다. 그날 차 수병은 풍란도로 무전기를 메고 홍보단을 따라 상륙을 나갔고 돌아와서는 제대할 때까지 한 달을 괴로워했었다.

〈상륙함으로 돌아온 나는 밥맛을 잃었다. 잠도 오지 않았다. 통신실에서 당직을 서면서 머릿속에는 온통 소녀에 대한 생각뿐이었다. 열일곱 살에 불과한 소녀는 무슨 연유로 나를 빈집 부엌으로 유인해서 옷을 벗었을까? 하던 짓으로 봐서 한두 번 해 본 솜씨는 아닌 것 같았다. 손을 벌리고 돈을 달라는 몸짓은 또 무엇인가? 그 조그만 섬에서 몸이라도 팔아 부모를 공양한다는 말인가? 그렇다면 소녀와 그 짓을 벌이는 사람들은 누구인가?

당직이 끝나고 침실에 내려와서도 잠을 이룰 수 없었다. 소녀를 생각하면 할수록 내 몸은 점점 더 깊은 펄 속으로 빨려 들어가는 기분이었다. 그날 소녀가 내게 보인 행동은 단순히 몸만 파는 소녀의 몸짓은 아니었다. 소녀는 진정으로 나를 원하는 것 같았다. 소녀의 눈빛에서 확인할 수 있었다. 소녀는 외로웠고 어쩌면 그 짓으로 천형과도 같은 자신의 외로움을 떨쳐내려 했는지도 모른다. 죄의식도 없이, 본능이 시키는 대로 몸을 놀리다가 누군가 돈을 주자 그때부터 습관처럼 그렇게 돈을 받았을지도 몰랐다. 그러나 만약 소녀가 그런 모습으로 살아왔을지라도 그닐만큼은, 그날 내게 만큼은 그렇게 하지는 않았을 것이라고 나는 믿었다. 내게 만큼은 매춘이 아니라 자신의 진정한 사랑을 보여준 것이라고 나는 확신했다.

다음날 상륙함은 또 다른 섬을 찾아 떠났고 그렇게 해서 남해의 여러 섬을 돌다가 가을이 다 끝날 무렵에야 육지로 돌아왔다. 물론 그날 이후 나는 다시는 섬을 밟지 않았다. 다른 통신병이 무전기를 메고 섬으로 나갔고 나는 상륙함 통신실에 남아 당직을 섰다. 그러다가 나는 문득 바다 한가운데서 전역 통보를 받았다. 상륙함의 귀항 날짜는 11월 초였는데 내 제대 날짜는 10월 30일이었던 것이다. 나는 마침 진해로 가던 유조함이 기름을 공급하기 위해 우리 상륙함과 계류하는 기회를 타서 그 유조함에 편승해 항구로 돌아왔다. 그날, 3년 동안 타던 군함을 뒤로하고 천천히 바다를 빠져나올 동안 나는 소녀를 생각했다. 바다에 무수히 떠 있는 여느 섬처럼 소녀 또한 내게는 하나의 섬으로 남아 있었던 것이다.〉

2

　편집장 후배에게서 받은 주소를 들고 나는 차 수병을 찾아 남쪽으로 떠났다. 풍란도는 여수에서 뱃길로 60리 거리였다. 우리는 이미 전화 통화로 서로의 안부를 주고받은 뒤였다. 40년 전, 멀리 상륙함 갑판에서 바라보던 풍란도. 나는 어렴풋한 기억의 한 조각이나마 건져보려고 노력했지만, 나지막한 산자락 아래로 울긋불긋한 지붕들이 어울려 있었고 그 마을 앞으로 작은 부두가 엎드려 있었다는 풍경만 떠오를 뿐 다른 특별한 기억은 없었다. 그리고 그 부두를 바라보며 차 수병이랑 무선통신을 하던 자신의 모습만 떠오를 뿐이었다.
　하루에 한 번 닿는 배가 부두와 가까워지자, 초로의 중늙은이가 흰 머리카락을 손바닥으로 쓸어 넘기며 바람을 맞고 서 있었다. 나는 직감적으로 그가 차익수 수병이라는 것을 알아차렸다.

부두를 나서자 왼편 바닷가에 초등학교가 있었다. 그의 소설에 나오는 초등학교가 분명했다. 이미 오래전에 폐교가 되었다며 차 수병은 기침을 했다. 대문도 없는 교문을 지나 약간 오르막인 시멘트 포장길을 얼마 동안 걸어가자 마을 어귀가 나타났다. 군데군데 빈집이 눈에 띄는 마을은 여남은 채가 되지 않는 듯했다. 나는 등이 굽은 그를 따라 걷다가 그의 소설에 나오던 섬의 자갈 길을 떠올렸다. 그러자 무전기를 둘러메고 벙어리 소녀 뒤를 따라 걷던 그의 젊은 날이 떠올랐다. 그리고 그 빈집의 부엌을 떠올리는 순간 그가 문득 여기요, 하고 손가락질하며 나를 바라보았다.

"여기가 우리 집이요. 허허."

나는 그를 따라 집안으로 들어섰다. 군데군데 풀이 난 마당을 걸어 들어가던 그는 시멘트로 말갛게 치장한 토방에 서서 부엌을 한번 힐끗 쳐다보고는 이쪽으로 몇 걸음 옮겨와 마루 끝에 단 미 닫이문을 열고 신발을 벗었다.

"…이 집이 바로 그 문제의 집이요. 아내와 첫사랑을 나누 던…."

벙어리 소녀와 첫 관계를 맺었던 그 빈집에서 그는 소녀와 가 정을 이루어 지금껏 살아왔다고 했다. 아쉽게도 아내는 오래전에 세상을 떠났다고 했다. 생전에 자식은 두지 않았고 아내의 무덤 은 그녀의 부모 무덤이 있는 마을 뒷산에 있다고 했다. 그는 벌써 십수 년째 혼자 살아오고 있다고 했다.

저녁에 술이 과해지자 그는 살아온 세월을 더 자세하게 설명해 주었다. 취한 목소리로 그가 들려주는 얘기는 그의 소설에서 읽은 내용과 별반 다를 것이 없었다.

〈제대하고 복학했지만 나는 그 섬에 대한 기억 때문에 괴로운 나날을 보내야 했다. 몸은 서울에 있었지만 마음은 남해의 먼 외딴섬에 가 있었다. 그러다가 졸업을 한 학기 남겨둔 어느 여름날, 나는 마음을 굳게 먹고 그 섬을 찾아갔다.

부두에서 내린 나를 반겨준 것은 초등학교였다. 방학을 맞은 학교는 텅 비어 있었고 조그마한 교사 앞 화단에 맨드라미꽃이 붉게 피어 있었다. 나는 마을로 올라가기 전에 학교 정문 앞에서 얼찐거렸다. 학교 여 선생을 만나기 위해서였는지, 혹 벙어리 소녀가 나를 발견하고 이쪽으로 와주기를 바라는 마음에서였는지, 나는 걸음을 멈추고 여름 한낮의 뙤약볕을 온몸으로 맞고 있었다. 그때 학교 현관에서 누군가 이쪽을 쳐다보았고 나는 그가 곧 이태 전의 그 여 선생이라는 것을 알아차렸다. 나는 용기를 내어 그녀 쪽으로 걸어 들어갔다.

화단에 피어 있는 맨드라미꽃을 마을에서 내려온 닭들이 쪼아대고 있었다. 여 선생은 닭의 단단한 부리에 뜯겨나가는 붉은 꽃잎을 물끄러미 바라보다가 입을 열었다.

"소녀가 임신을 했었어요. 물론 부모가 여수로 데리고 가 낙태를 시키긴 했지만."

화장기 없는 그녀의 얼굴이 바닷가 모래알처럼 창백했다. 꾸밈 없는 얼굴이 퍽 예쁘다고 생각하며 나는 문득 마음 한구석이 무엇엔가 촉촉이 젖어오는 것을 느꼈다.

"누구 아이인지 아무도 모르죠. 놀라는 사람들도 없었고요. 나만 괜히….”

그러면서 여자는 나를 넌지시 바라보았다. 그리고 희미하게 웃으며 입을 열었다.

“해군 홍보단이 다녀가고 몇 달 되지 않아 소녀가 입덧을 했다고 하더군요. 마을 사람들 얘기를 들어보면….”

나는 여자의 얼굴을 쳐다볼 수가 없어 눈을 아래로 내리깔고 있었는데, 검붉은 맨드라미꽃을 쪼아 먹던 닭들이 내 발등 근처를 지나갔다. 여름 햇살을 잔뜩 머금은 닭의 몸에서 피 냄새가 나는 것 같았다.

“하지만 깨끗이 긁어냈으니 누구 앤들 무슨 소용이 있으려고요. 다만… 애틋한 건… 저녁이면 부두로 나가 물끄러미 바다 저쪽을 바라보곤 하던 소녀의 모습이….”

나는 더 이상 참을 수가 없어 여 선생을 억지로 올려다보며 입을 열었다.

“방학인데 집으로 가시지 않고….”

여 선생은 내 말에 미소를 지으며 발길을 옮겼다.

“안 그래도 내일 섬을 떠나려고요. …집이래 봐야 또 섬이지만….”

붉은 맨느라미꽃을 파먹고 홰를 치며 사라진 닭들을 좇아 운동장을 나선 나는 가슴에 흐르는 피를 안고 마을로 들어섰다. 애꿎은 돌멩이를 툭툭 건드리며 오르막길을 걷던 나는 잠시 뒤 그 낡은 빈집 앞에 홀로 서 있던 소녀를 발견했다.

나를 확인한 소녀는 웃으면서 몇 걸음 다가왔다. 그러다가 주춤거리며 걸음을 멈추더니 이태 전 그날처럼 텅 빈 마당을 걸어

들어갔다. 마당엔 여전히 풀이 자라있었고 소녀는 부엌 앞에 서서 나를 돌아보았다. 그리고 부엌문을 열고 안으로 들어가서 어둠 속에 오도카니 서 있었다. 나는 무섭기도 하고 괴이하기도 하고 반갑기도 해서 부엌문에 어깨를 기대고 한동안 소녀를 바라보았다. 소녀는 울고 있었다. 어둠 속에 서서 볼 위로 흘러내리는 눈물을 손등으로 훔치고 있었다.

나는 부엌문을 걸어 잠그고 소녀 앞에 섰다. 소녀가 무슨 짐승 같은 단말마를 지르며 나를 끌어안았다. 손가락에 얼마나 힘을 주었던지 등이 후벼 파이는 듯한 통증이 몰려왔다. 다시 나와 재회한 소녀는 이태 동안 나타나지 않았던 내가 원망스러웠던지 가쁜 소리를 내며 거머리처럼 내 몸에 달라붙었다. 조금 전에 여선생에게서 들은 소녀의 임신과 낙태 소식이 뇌리를 떠나지 않는 탓에 나는 마음이 무거웠다. 그러나 잠시 뒤 나는 마음의 안정을 찾았다. 만약 잉태된 아이가 내 아이가 아니었다고 해도 나는 소녀를 사랑할 것이니까.〉

"그날로 나는 섬 주민이 되어버렸소. 바로 뒷집이 소녀네 집이었는데 나는 그날 저녁 부모님을 뵙고 사실을 털어놓았소. 그리고 함께 살겠다고 두 손으로 싹싹 빌었지."

늙은 차 수병은 세 병째 소주병 뚜껑을 걷어냈다. 직접 잡았다는 돌문어회가 일품이었다. 나도 오랜만에 과음했다.

"우리가 일을 치른 이 집은 처삼촌 집이었는데 처삼촌 부부가 여수 돌산으로 나가 사는 바람에 비어 있었던 거지. 우리는 이 빈집을 수리해서 신혼살림을 차렸수다. 살림살이라고 해봐야 이불

한 채가 고작이었지만. 그때 마누라 나이가 열아홉이었으니…."

나는 문학은 어떻게 되었느냐고 물어보았다. 시인으로 데뷔한 것은 전화 통화로 알 수 있었지만 나는 더 자세한 것을 알고 싶어 했다. 시집은 몇 권이나 냈으며 상은 무슨 상을 받았느냐는 등. 그러자 그는 한숨을 내쉬며 들었던 술잔을 내려놓았다.

"…그것이 마음대로 되질 않더이다. 지금까지 시집은 딱 한 권 냈수다. 그것도 자비로… 쉰이 넘은 나이에."

그리고 그는 내려놓았던 술잔을 집어 들어 냉큼 비워내고는 초고추장 묻은 입가를 손등으로 훔치며 말했다.

"…섬이 한때는 오아시스처럼 여겨지던 때가 있었지. 집사람이랑 살면서 정말 내가 내린 결정이 옳았구나, 섬에 들어오길 잘했구나, 생각하며 살던 시절이 있었지. 말 못 하는 아내가 답답하긴 했지만 같이 살을 섞고 살다 보니 그다지 불편하지도 않습디다. 오히려 다툼도 덜 하고…. 하지만 세상살이가 어디 마음먹은 대로 돼야 말이지."

〈나는 장인이 물려준 통통배를 타고 낚시나 그물로 고기를 건져 올려 목숨을 유지해 나갔다. 장인이 살던 대로 나 또한 목숨 건사하기에 알맞을 만큼만 고기를 잡았다. 그렇게 욕심 없이 살던 장인은 어느 날 배 위에서 뇌출혈을 일으켜 세상을 떠났다. 나는 그가 물려준 통통배를 타고 세 식구 입을 건사하기 위해 매일 바다로 나갔다.

한때 우리는 행복했다. 풍란이 많이 자랐다고 해서 풍란도란 이름이 붙여졌다는 이 섬에서 나는 한 번도 풍란을 보지 못했지

만, 섬의 아름다운 이름만큼이나 아름다운 일상을 보낼 수 있었
다. 내가 잡아 온 고기를 팔아 옷이며 쌀을 샀고, 장모와 아내는
내가 바다에서 돌아오기를 기다리며 집 단장을 하거나 얼굴을 꾸
미기도 했다.

아이는 생기지 않았다. 전에 긁어냈다던 그 낙태 수술이 잘못
되었던지 우리에게 아이는 생기지 않았다. 대신 나는 젊은 아내
를 아이처럼 애지중지하며 살았다. 아내는 내가 없인 하루도 못
살겠다는 표정으로 하루해를 견뎠다. 그러나 그 작은 행복은 오
래가지 않았다. 그다지 늙지도 않은 장모에게 치매가 찾아온
것이다.

장모에게 찾아온 치매는 못된 치매였다. 세상의 모든 악귀를
다 긁어모아 놓은 듯 그녀의 머릿속은 복잡했다. 욕을 하는가 하
면 똥을 싸서 입에 넣기도 했다. 어느 날은 보던 텔레비전을 홍두
깨로 두들겨 박살을 내기도 했고, 찬장의 그릇을 끌어내 마당에
패대기치기도 했다. 또 어느 날은 바닷가 부두로 나가 노래를 부
르기도 했고, 바위 벼랑에서 뛰어내린다고 소리를 지르기도 했다.

죽어나는 건 나였다. 왜냐하면 말 못 하는 아내는 성격이 급
해 치매에 걸린 장모를 보살필 수 없었기 때문이었다. 마치 불이
나 물을 만난 염소가 입에 거품을 물고 발버둥 치듯 벙어리 아내
는 안절부절못하며 금세 숨이 넘어갈 듯 바동거렸다. 그래서 나
는 배를 타는 동안은 장모를 방안에 가두어 놓곤 했다.

그런 어느 날 배를 거두고 집에 돌아와 보니 아내가 마당을 뛰
어다니며 울고불고 난리가 났다. 나는 아내의 손에 이끌려 장모
를 가둬놓은 방문을 열었다. 장모는 죽어 있었다. 방바닥에 쓰

러져 있는 그녀의 머리에서 피가 흘러나와 장판에 흥건히 고여 있었다.

나중에 따져 물으니, 아내는 비뚤비뚤 사연을 연필로 써서 내게 보여주었다. 엄마가 미워 때렸다. 망치로 한 대 갈겼는데 엄마가 쓰러졌다. 내 남편을 힘들게 하는 엄마가 미워졌다. 그래서 죽여야 한다고 생각했다.

나는 경찰에 자수했다. 내가 죽였다고. 재판은 간단하게 끝났다. 나는 존속살인죄로 징역 10년을 선고받고 만기 복역했다. 그리고 출소해서 섬을 찾아가니 아내는 없었다. 어디론가 떠나고 없었다. 말 못 하는 벙어리 여자가 섬을 떠나 어디로 갔단 말인가.

마을 사람들 얘기에 의하면 내가 섬을 떠나자 혼자된 아내는 매일 슬피 울며 부두에 나가 해가 지도록 돌아오지 않았다고 했다. 보다 못한 이웃이 데려다가 밭일이나 시키며 먹이고 재우고 그렇게 몇 년을 거두었는데, 어느 보름달이 훤하게 바다를 비추던 날 밤, 몰래 부두로 나가서는 다시 돌아오지 않았다고 했다.

교도소에서 출소하던 날 부두에 내린 나는 예전의 그 초등학교 앞을 지나다가 한 중년 여 선생을 만났는데, 나는 그녀가 옛날 그 여 선생이라는 것을 알았다. 그녀는 어느 낯선 곳을 오랫동안 떠돌다가 다시 제 자리로 돌아와 있었던 것이다. 여 선생은 많이 늙어 있었지만 주름진 그녀의 얼굴에는 예전의 그 희미했던 미소가 남아 있었다. 여 선생은 내 사연을 마을 사람들한테 들어서 알고 있다며 희디흰 치열을 가지런히 내주며 웃었다.

"…전 그쪽을 도무지 이해할 수 없어서… 어떻게 그런 삶을 사시는지…."

나는 그러는 그쪽을 이해할 수가 없어서 이런 대답을 해주긴 했다.

"저도 모르겠습니다. 선생님께서는 어쩌다가 이런 섬으로 또 전근을 오시게 됐는지…."

나는 그녀가 결혼은 했는지, 아이들은 있는지, 어느 도시나 섬을 떠돌다가 다시 돌아왔는지 궁금했지만 물어보지는 않았다.

아내의 시신은 발견되지 않았다. 다만 내가 출소한 지 며칠 뒤에 아내가 신었던 분홍색 구두 한 켤레가 파도에 휩쓸려 부두로 돌아왔다. 나는 아내가 혼신의 힘으로 밀어 보냈을 분홍색 구두를 물에서 건지자마자 물건의 주인을 알아봤다. 아주 오래전에 내가 힘겹게 잡은 대왕문어를 팔아 사준 아내의 구두였다. 벙어리 아내는 자신이 신고 있던 신발이나마 힘껏 밀어내 내게 보내준 것이다. 자신의 몸은 썩어 없어졌지만 신고 있던 구두만이라도 남편 곁으로 기어이 돌려보내 준 것이다.〉

"달밤에 부두에 나와 나를 기다리던 아내는 그만 설움에 겨워 물속으로 걸어 들어갔던 거외다."

늙은 어부 차 수병은 술에 취해 얼굴에 날아든 모기를 잡지도 못하고 이리저리 손바닥을 두들기며 나를 쳐다보았다. 그리고 발전기로 밝히는 희미한 형광등 불빛에 반백의 머리를 쓸어 넘기며 이렇게 말했다.

"김 하사는 그날 섬에서 돌아온 내게 무슨 좋은 일이라도 있느냐고 물었수다. 나는 대답은 안 했지만, 속으로는… 천근만근 무거운 보석을 몸속에 지니고 있는 것처럼 기쁘기도 하고 괴롭기도 하고… 그런 감정으로 한 달을 났지. 내가 선택하고 저지른 일이라… 그저 이런 섬처럼 묵묵히 견디며 평생 살 각오를 하니까 오아시스가 따로 없고 지옥이 따로 없습디다. 섬이란 게 때로는 꿈이 되었다가 지옥도 되었다가… 내가 짓는 시처럼 노래가 되기도 하고 눈물이 되기도 하고…. 아내가 떠난 지 벌써 십수 년이 되었수다. 찾지 못한 시신 대신 바다에서 건져 올린 분홍 구두 한 켤레로 무덤을 만들었지. 저 뒷산 부모 산소 옆에 묻고 여태 말 한마디 안 하고 살아온 세월이 이렇게 되었수다."

늙은 차 수병은 술상 옆으로 비시시 쓰러져 금세 잠이 들었다. 어찌나 곤한지 코 고는 소리도 들리지 않았다. 나는 모로 쓰러져 숨죽이며 자는 그가 마치 40년 전 상륙함에서 바라보던 그 '풍란도'처럼 여겨졌다. 나도 어찌나 피곤했던지 셔츠도 벗지 못하고 그 옆으로 쓰러져 또 하나의 섬을 만들었다. 그러나 눈을 감고 잠을 청하면서도 나는 그가 쓴 소설을 읽고 있었다.

〈아내가 죽고 몇 년이 흘렀을 때 나는 초등학교 운동장에서 그 여 선생을 만났다. 학교가 폐교되는 바람에 여 선생은 짐을 꾸려 섬을 떠나려던 날이었다. 한창 더웠던 여름이 수평선 너머로 사라지고 선선한 초가을 바람이 화단의 맨드라미꽃을 건드리며 툭툭, 붉은색을 앗아가고 있었다. 여 선생은 어느새 늙어 있었다. 나처럼 늙어 있었다. 그래도 그녀는 흰 치열과 희미한 웃음과 갸름한 얼굴선을 잃지 않고 있었다. 그런 그녀가 엉뚱한 얘기를 했다.

"이제 섬을 떠날 때도 되지 않았나요?"

나는 운동장의 모래를 흩으며 눈을 내리깔았다. 아내의 오래
전 모습이 떠올랐다. 교문을 들어서지 못하고 슬리퍼로 원을 그
리며 서성거리던 벙어리 소녀. 여자가 말했다.

"저랑 함께 떠나요! 또 다른 섬으로 가도 좋고 아니면 육지로
라도…."

나는 믿어지지 않았다. 그녀가 그런 얘기를 하다니, 이렇게까지
늙도록 다른 생각은 하지 않고 나 같은 사람에게서 사랑을 구하
고 있다니, 놀라운 일이었지만 나는 찬찬히 그녀를 바라보며 대
답했다.

"저랑 함께 여기서 살아요. 저는 떠날 수가 없습니다."

그녀는 떠났다. 가방을 배 위에 올려주며 나는 그녀의 눈 속에
고인 눈물을 보았다. 그녀는 먹은 나이만큼 잘 참았다.

배는 떠났다. 오래전 나를 실은 배가 부두를 떠나듯 그녀를 실
은 배는 하염없이 밀려오는 물결만 남긴 채 섬에서 점점 멀어져갔
다. 섬이 섬을 바라보았다.

하나가 되지 못하고 섬이 되어 서로 멀어져 갈 때 섬들은 저마
다 숨죽이고 울게 마련인 모양이다. 나는 아내를 생각하며 흘린
눈물을 또 오랜만에 그녀를 보내며 흘리고 있었던 것이다.〉

날이 밝았다. 나는 섬을 떠났다. 늙은 차익수 수병은 무전기
대신 불룩한 자신의 늙은 등을 메고 부두에 나와 손을 흔들고
있었다.

집에 도착한 나는 여전히 외톨이였다. 친정에 간 아내는 장모

병이 깊어졌다며 돌아올 생각을 하지 않았고 서울에 있는 딸아이는 직장 일이다, 데이트다, 하며 바쁜 나날을 보냈다. 프랑스에 있는 아들도 애인이랑 스위스 근처 마을까지 갔다며 집을 잊은 지 오래였다. 나는 홀로 밥을 해 먹고 책을 읽고 술을 마시며 하루하루를 견뎌냈다. 그런 어느 날 섬에서 전화가 걸려 왔다. 차익수 수병이었다.

"김 하사! 나 소설가 안 할 거다. 처음 써본 소설이지만 다시는 응모 안 할 거다. 김 하사가 내 유일한 독자다. 그러니 세상에서 제일 귀한 소설인 거지. 이런 귀한 이야기 아무한테나 들려주면 안 된다. 시만 쓰며 살 거다. 한 가지 일만 하며 살 거다. 평생 한 여자만 사랑했듯 평생 한 가지 일만 하며 살 거다. 심심하면 놀러 와라. 섬이 섬에게 놀러 오는 거지."

그러면서 그는 얼마 전에 썼다는 시 한 편을 카톡으로 보내 왔다.

섬

조약돌 하나에 아롱지는
낮과 밤의 단조로움 속에서
늙어가는 새의 뼈, 또는 평화.

　전화를 끊고 생각하니 그는 사람이 아니라 마치 하나의 거대한 섬처럼 여겨졌다. 감히 다가갈 수 없는 검고 단단한 바위섬.

　먼바다에 섬 하나가 버티고 앉아 나를 지켜보고 있다고 생각하니 마음 한구석이 또 애잔해졌다.

(제25회 여수 해양문학상 수상작)

김영한

만주, 하얼빈 출생 (본적: 충청남도 공주 유구)

《문학저널》 제13회 신인문학상 소설 「감응」 당선으로 등단

2009년 월간 《문학저널》 창작문학상(제4회) 수상 (중편소설: 「身豊口金」)

2021년 제10회 《월간문학》상 소설부문 수상 (소설: 「하얀 약속」)

'문학저널 문인회' 소설분과 위원장(2006~2020), 자문위원 역임

사단법인 한국소설가협회 중앙위원(2012년~2020년)

사단법인 한국문인협회(제27대, 제28대) 이사(현)

사단법인 동방문화진흥회(주역학회) 정회원

하얀 약속

1

비 내리는 창밖을 무료하게 내다보고 있을 때, 핸드폰에 낯선 번호가 뜨면서 벨이 울렸다.

"전화 받으시는 분이 박진호 선생님이신가요?"

"그렇습니다만…?"

상대의 어눌한 말투가 요즘 흔하다는 보이스피싱인가 싶어 당장 끊으려고 할 때, 저쪽의 숨 가쁜 한마디가 비수처럼 귓속에 깊이 파고들었다.

"달희라는 분을 아시지요?"

진호는 뜻밖의 물음에 뒤통수를 얻어맞은 듯 정신이 번쩍 들었다. 아니, 잠시 귀를 의심하고 반문했다.

"댁은 뉘신데 달희를…?"

"저는 미국에 사는 달희 씨 아들의 친굽니다. 그 친구가 지금 아버지를 찾고 있습니다."

진호는 들을수록 의문이 꼬리를 물었다.

"그 사람 지금 어딨습니까?"

진호는 꿈인지 생시인지 분간이 안 되었다. 그만큼 혼란스러웠다.

"장충동 S호텔로 지금 나오시면 만날 수 있습니다."

진호는 외출준비를 서두르는 동안 심장이 터질 것 같았다. 온몸이 부들부들 떨려 도무지 무엇부터 어떡해야 할지 정신을 차릴 수가 없었다.

2

달희는 진호가 파월장병으로 베트남에 갔을 때 만난 '따힝'이라는 '꽁까이'이었다. 따힝을 처음 만난 건 진호가 베트남에 도착한 지 3개월쯤 됐을 때였다.

파병 초기 베트콩의 선물인 양 닌호아 근처 따롱 지역에서 맛보기처럼 전투가 벌어졌다. 당시 아군의 피해는 발목이 절단된 중상자 2명 외에 경상자 3명인데 비해 적의 손실은 엄청났다. 사살 8명에 추정사살 6명, 생포가 5명이었다. 노획물은 AK자동소총 5정, M1소총 3정, 카빈소총 9정, 무전기 1대, 작전용 군사지도 2장을 비롯한 이십여 발의 수류탄과 다량의 실탄이었다. 따롱 전투의 혁혁한 전과는 소대 전원의 공적으로 인정되어 2소대원의 반인 18명은 화랑무공훈장, 나머지는 인헌훈장을 받았다. 대통령이 보낸 친서와 표창장은 베트남 순방에 나선 국무총리가 직접 연대까지 와서 전달했다. 뿐만 아니라, 소대 전원이 휴양지로 잘 알려진 나트랑으로 포상휴양을 떠났다. 그때 나트랑 해변에서 만난 '꽁까이'가 '따힝'이었다. 그녀는 에메랄드빛 바다에 잘 어울리는 하얀 피부를 가지고 있었다. 따힝은 다낭에 있는 Z명문사범대학 영문과 3학년이었다. 늘씬한 키에 긴 머리와 오뚝한 콧날, 성큼한 눈의 짙은 눈썹이 꽤나 인상적이었다. 특히, 웃을 때마다 옴폭 파이는 보조개도 눈길을 끌었다.

진호는 다른 병사들보다는 영어를 좀 하는 터라 따힝과 쉽게 어울릴 수 있었다. 따힝도 아주 싫은 내색은 아니었다. 그때 따힝을 한국식 발음으로 바꿔준 이름이 '달희'였다. 예쁘다는 말은 동서고금을 통해 싫어하는 여인이 없듯 따힝도 '달희'가 달덩이처럼 아름다운 미인에게만 붙여진다는 농담을 은근히 좋아하는 눈치였다. 인연이 되려고 그랬겠지만 달희는 진호가 소속된 부대에서 3킬로쯤 떨어진 뻬이롱 마을에 살고 있었다. 그녀와 빨리 친숙할 수 있었던 건 부대에서 가까운 마을에 대민봉사를 나가면서부터였다. 뻬이롱 마을로 가는 국도는 군 보급로로 작전상 중요한 도로였다. 그래서 대민봉사 지역에 우선적으로 선정되었다. 대민봉사의 목적은 군부대 인근에 사는 주민들이 평소 품고 있는 경계심을 풀어주면서 적대감을 해소시키는 것이었다. 주민들에게 우호적인 분위기를 조성함으로써 뜻밖의 위해를 줄이고 위험사태를 사전에 방지할 목적이었다. 또한 지역정찰과 베트콩의 동태를 파악하고 첩보 수집에 좋은 방법 중에 하나였다.

진호가 세 번째 대민봉사를 나갈 때 5월이었다. 베트남도 한국처럼 바쁜 농사철이었다. 진호는 봉사를 나갈 때마다 시레이션은 물론 쌀과 여러 가지 생필품을 넉넉하게 가지고 갔다. 달희가 사는 마을이라 더 신경을 쓴 게 사실이다. 마을 주민 대부분은 대민봉사를 반겼으나 때로는 엉뚱한 반응을 보이며 딴전을 피우기도 했다. 대민봉사를 나가 신경을 써주다가도 베트콩이 잠입했다는 첩보가 입수되면 즉시 지원받은 병력으로 바로 소탕작전에 돌입했다. 지체 없이 화염방사기가 동원되었다. 순식간에 불바다로 변한 마을을 보며 주민들은 몸서리를 치며 거칠게 항의했다. 식량을 주고 보상도 아끼지 않았지만 한번 돌아선 민심을 원상태로 회복시키기는 쉽지 않았다. 서캐처럼 숲속에 낀 뻬이롱은 지질 편편한 산자락에 고구마처럼 길쭉하게 생긴 마을로 전쟁의 피해가 그래도 적은 곳이었다.

달희는 뻬이롱 마을의 촌장 딸이었다. 하나 있는 오빠는 다낭에서 공과대학에 다니다 최근 집에서 빈둥댄다고 했는데, 추측컨대 인근 부대의 첩보를 수집하는 베트콩일 가능성이 농후했다.

달희는 방학 동안 고향 마을에서 어린이들의 학습을 돕고 있었다. 진호가 달희에게 호감을 보이자, 그녀는 휴양지에서 보였던 친절은 간데없이 쌀쌀맞게 돌변해 버렸다.

미술을 전공하지는 않았어도 평소 그림을 그리는데 남다른 소질이 있던 진호는 그녀가 가르치는 아이들에게 그림을 그려주고 한국민요 '아리랑'이나 '고향의 봄'도 가르쳐주었다. 그렇게 놀면서 날희와의 서먹한 감정도 서서히 풀어졌다. 진호는 달희라는 새 이름을 지어준 기념으로 캐리커처 한 장을 그려주었다. 성큼한 눈이 다소 과장되었지만 예쁘게 웃는 모습이었다.

아이들에게 만화 같은 것을 그려주는 일종의 재능기부였는데 아이들은 언제부턴가 진호의 그림을 사고팔았다. 그림이 현금처럼 통용되다 보니 아이들은 졸졸 따라다니며 그림을 그려달라고

졸랐다. 아이들은 현금을 만드는 은행이 오길 손꼽아 기다렸다. 달희도 기다리는 눈치가 역력했다. 어쩌다 오랜만에 가면 기다리다 못해 눈이 빠질 뻔했다는 농담도 할 줄 알았다.

"진호 씨는 달희가 보고 싶지도 않나요?"

달희는 삐친 듯하다가도 달래면 금방 풀어졌다. 어느덧 아이들과 함께 달희도 정이 들었다.

귀국이 삼 개월 남은 어느 날, 진호는 평소처럼 뻬이롱을 찾아갔다. 말이 대민봉사지 사실은 달희를 보러 가는 게 주목적이었다. 귀국이 얼마 남지 않았으니 부지런히 만나서 사랑을 나누고 싶었다.

후텁지근한 날씨에 가랑비가 내리는 날이었다. 구질구질한 날씨 탓인지 동네 아이들은 지프가 오는 소리를 충분히 들었을 텐데 한 놈도 얼굴을 내밀지 않았다.

진호는 같이 간 오 일병과 박 상병을 대동하고 아이들을 찾아 나섰다. 어쩌다 만난 아이들은 잘 따르던 진호를 보고도 모르는 척 딴전을 피웠다. 진호는 그런 아이들을 마을 가운데 있는 정자나무 밑으로 모이도록 다독였다. 가랑비가 멎고 한 시간이 지나도 아이들은 한 놈도 나타나지 않고 따로 놀았다. 그제야 진호는 동물적인 감각이 발동했다. 쌀과 학용품 같은 등등의 원조품을 노인정에 부려놓고 귀대하는 길에 달희나 한 번 만나볼 생각으로 그 집 앞을 서성거렸다. 그러나 빈집처럼 썰렁한 울안엔 삐쩍 마른 누렁이가 모든 게 귀찮다는 듯 서너 번 짖어대다간 으슥한 숲속으로 어슬렁어슬렁 사라졌다.

숲속으로 사라진 누렁이가 다시 '컹컹' 짖을 때 진호는 왠지 등골이 오싹해지면서 갑자기 불길한 예감이 들었다. 오 일병과 박 상병은 개인화기 M16자동소총을 움켜쥐고 십 미터 간격을 두고 허름한 가옥들을 수색해 나갔다. 반쯤 허물어진 헛간엔 방금 꺾어다 놓은 듯, 미처 시들지 않은 나뭇잎들이 아무렇게나 흩어져 있었다. 수상한 예감이 들었다. 호기심에 끌려가다 한 방에 훅, 갈 수 있다는 진무일 소대장의 경고를 귀가 닳도록 들었던 터라 조심스럽게 한발 한발 전진을 계속했다. 샅샅이 수색하던 중 시들지 않은 나뭇잎 밑에서 네댓 명이 웅크리고 앉을만한 웅덩이 하나를 발견했다. 방금 식사를 마쳤는지 여기저기 흩어진 음식 찌꺼기와 인적이 감지되는 순간 머리끝이 쭈뼛해졌다. 어딘가에서 베트콩들이 바로 기습해 올 것 같은 공포감에 아래위 턱이 사정없이 부딪쳤다.

고맙게도 정자나무 밑에 모이지 않은 아이들이 진호 일행을 살려준 셈이었다. 아이들이 학용품이나 초콜릿을 얻겠다고 나와 옹기종기 모였다면 바로 베트콩의 표적이 되었을 것이다. 그걸 예상하고 미리 나타나지 않은 아이들이 얼마나 고마운지 몰랐다.

3

진호는 1967년 말이 되면서 귀국을 서둘렀다. 그때 임신 2개월이라는 달희의 말을 듣는 순간 은근히 유산을 종용했다.

"축하한다는 말 한마디 없이 무조건 유산하라는 당신에게 정말 실망이야, 실망!"

달희는 발악하듯 소리쳤다.

"미안하다. 하지만 어쩔 수 없잖아, 뾰족한 방법이…?"

사실이 그랬다. 진호는 두 손을 싹싹 비비며 용서를 빌었다. 그러나 달희는 좀처럼 울음을 그치지 않고 울부짖었다.

"당신이 준 귀한 선물을 나 혼자서라도 잘 키울 수 있어. 걱정하지 말아, 이 멍청한!"

진호는 전쟁터의 위험을 무릅쓰고 연장근무를 신청했다. 그러나 베트남 여인에게 임신시킨 병사는 연장근무가 절대로 허락되지 않았다. 작전에 악영향을 미칠 수 있다는 이유 때문이었다.

진호는 귀국해서 제대하는 즉시 월남에 오기로 약속하고 귀국선에 올랐다. 그때 영원히 변치 말자는 약속의 선물로 18K 금으로 만든 하트형 목걸이를 달희의 목에 걸어주었다.

"이건 죽는 순간까지 내 목에서 절대로 벗어나지 않을 거예요. 꼭 돌아와야 해요."

그러나 진호는 제대하기가 바쁘게 먼저 간 곳은 베트남보다 형무소였다.

진호가 베트남에서 송금한 전투수당을 똘똘 뭉쳐 갖고 있던 어머니는 세를 끼고서라도 무허가 집 한 칸이나마 장만하겠다는 결심으로 노란동전 한 푼도 허투루 쓰지 않았다. 그게 축날까 벌벌 떨던 어머니는 아들이 귀국하기 한 달 전 피 같은 돈을 어느 사기꾼에게 몽땅 잃어버린 충격으로 쓰러진 채, 자리보전하고 있었다. 진호는 눈이 뒤집어졌다. 뵈는 게 없었다. 젊은 혈기에 사기꾼의 허리를 당장 꺾어버릴 기세로 찾아다녔다. 결국 사기꾼은 잡았지만 땡전 한 푼 구경 못 하고 도리어 살인미수라는 죄명으로 6년을 형무소에서 살았다. 옥살이를 하다 보니 달희에게 연락할 겨를이 없었다. 진호가 그렇게 세월을 축내고 있을 때 달희는 아들을 낳았다. 한국을 잊지 말라는 뜻으로 이름도 '대한'이로 지었다.

4

5년을 복역한 진호는 1975년 광복절 특사로 석방되었다. 그땐 월남이 패망한 뒤라 우리와는 이미 국교가 단절된 상태였다. 달희를 찾아간다는 것은 꿈도 꿀 수 없었다. 그로부터 이십 년이 지난 뒤 단절된 국교가 재개되면서 비로소 다낭으로 가는 항로가 열렸다.

다낭공항에서 택시로 5시간을 달려 뻬이롱 마을에 도착했을 때, 그 지역이 이미 통째로 날아가 버린 뒤였다. 폐허로 변한 곳에서 예전 모습은 찾을 길이 없었다. 황무지를 개간하듯 새로운 도시계획에 따라 건설 중인 시가지는 낯설기만 했다. 차라리 안 본 것만도 못했다. 그렇다고 그냥 돌아갈 수는 없었다. 상전벽해란 말과 함께 머리에 떠오른 한 가닥의 희망은 달희가 다닌 대학교를 찾아가면 뭔가 정보를 얻을 것 같았다. 학적부에 기록된 인적사항을 보고 새로운 정보를 찾아 나설 셈이었다. 그러나 1968년 구정 공세로 대학 건물이 폭파될 때 졸업생 명부까지 몽땅 타버렸다는 사실만 확인한 채, 쓸쓸히 돌아섰다.

진호는 달희를 찾다 지친 몸을 야자수 그늘에 털썩 부려놓고 먼 산을 바라보았다. 길게 한숨만 뿜어내면서 월맹군과 치열하게 싸우던 '누이보'고지가 아련히 머릿속에 그려졌다. '누이'는 낮다는 말이고, '보'는 산이라는 뜻인데 그 낮은 산 하나를 빼앗기지 않으려고 안간힘을 쓰던 전투 장면이 새삼스럽게 떠올랐다. 비록 작은 산이지만 교통의 요충지라 밤낮으로 주인이 두세 번 바뀌던 고지였다.

시레이션과 아이들 학용품을 가지고 뻬이롱 마을로 봉사를 나갔을 때 누이보 근처에서 뜻밖의 기총사격을 받았다.

탕! 따, 따따따….

진호는 기관단총 소릴 듣자마자 튕기듯 엄폐물을 찾아 몸을 날렸다. 그때 어디선가 나타난 달희가 진호의 뜨거운 피로 얼룩진 어깨를 낚아채듯 잡아끌었다. 자기 방으로 들어간 달희는 자신의 침대 밑으로 드리워진 휘장 속으로 진호를 쑤셔 박았다. 침대 밑에 구겨지듯 처박힌 진호는 잠시 후 암순응이 된 뒤에야 비로소 두 사람이 겨우 웅크리고 있을 만한 구덩이 속이라는 걸 직감적으로 느낄 수 있었다. 그 안에서 굼벵이처럼 몸을 웅크리고 있을 때 눅눅한 담요로 둘둘 말아놓은 뭔가 무릎에 써늘하게 감지되었다. 총기류 뭉치라는 것이 촉감으로 감지되는 순간 전신에 소름이 쫙 끼쳤다. 이런 무기가 은닉된 곳이라면 베트콩의 은신처가 분명했다. 이제 독 안에 든 쥐라고 생각되자 달희가 베트콩보다 더 무서웠다.

이렇게 죽을 바에는 차라리 당장 밖으로 뛰쳐나가고 싶었다. 그러나 땀에 흠뻑 젖어 미끈거리는 전신이 한겨울처럼 덜덜 떨리기만 할 뿐 도무지 맘대로 움직일 수가 없었다.

따, 따따따…. 기관총 소리는 문을 박차고 들이닥칠 듯 가깝게 들렸다. 나중에야 알았다. 월맹군인 오빠가 집에 왔을 때 마침 진호가 들이닥치면 침대 밑으로 급히 숨었다는 것이다. 그것도 모르고 삐걱거리는 침대에서 달희와 헐떡거린 걸 생각하면 등골이 오싹했다. 그러니까 달희는 오빠의 은신처에 진호를 숨겨준 것이었다. 월맹군 장교의 여동생 침대를 감히 들춰볼 베트콩이나 월맹군은 없을 테니까 가장 안전한 은신처였다. 침대 밑에서 한동안 찜질을 하다 달희에게 끌려 나왔을 때, 총성은 멎고 알싸한 화약 냄새만 온 동네에 자욱하게 깔려있었다.

진호는 네 시간 전에 아침을 같이 먹고 낄낄대던 오 일병의 피범벅 된 시신을 판초에 싸서 박 상병과 낑낑대며 끌고 가다 중대본부 앞에서 쓰러졌던 기억이 새삼스러웠다. 전쟁의 끝은 죽음이 아니라, 평화라고 했다. 그런데 지금은 저주받은 이 폐허의 땅 뻬이롱 마을에 평화라는 달착지근한 이름 아래 후텁지근한 바람이 뿌연 먼지만 몰고 다녔다.

침대 밑에 은닉된 기관단총 3정과 백여 발의 실탄, 그리고 다섯 발의 수류탄을 노획물로 보고한 진호는 전쟁의 희생물이 된 오 일병 이름으로 무공훈장을 상신 했다. 그리고 뭐가 좋다고 아무짝에도 쓸데없는 무공훈장을 하나씩 받았다.

5

택시를 타고 S호텔에 도착한 진호는 두근거리는 가슴을 진정시키기가 어려웠다. 커피숍에 들어서자, 저쪽에서 젊은이가 달려왔다.

"박진호 선생님이시죠?"

"초면인데 어찌 그렇게 빨리 알아보시오?"

"초면이지만 제 친구의 얼굴이 금방 연상되었습니다."

진호는 그만큼 얼굴이 닮았다는 사십 대의 젊은이에게 악수를 청했다. 젊은이가 말했다

"저는 미국에서 온 '대한·박'의 친구, 오성수라고 합니다."

통역 없이 대화가 통해도 외국인을 만나면 괜히 주눅이 들기 마련인데 오성수가 한국인이라 우선 마음이 놓였다. 그를 따라 안으로 들어가자, 저쪽에 앉았던 젊은이가 벌떡 일어섰다. 오성수가 말했다.

"이 친구가 박 선생님을 찾는 '대한·박'입니다."

진호는 '대한·박'의 손을 잡고서 한동안 어리벙벙한 상태로 말을 잇지 못했다. 이어서 누가 먼저랄 것도 없이 힘껏 끌어안았다. 비로소 감격의 눈물이 쏟아졌다. 터질 것 같은 심장의 박동이 곁에서도 들릴 것처럼 크게 울렸다. 대한이의 몸집은 밀대처럼 호리호리하고 늘씬한 데 눈빛은 형형했다. 처음 본 얼굴이지만 여러 번 만나본 듯 낯이 익었다. 성큼한 눈과 살짝 패인 볼우물이 달희의 얼굴을 연상시켰다.

"미국 어디에 사나?"

"뉴저지입니다."

진호는 달희와의 원만한 소통을 위해 익혀둔 영어와 월남어를 굳이 사용할 필요가 없었다.

"미국에 살면서 한국어가 능통하군."

대한이의 한국어 실력에 진호는 더욱 친근감을 느꼈다.

"어머니는 아버지를 만나면 한국어를 쓰시려고 열심히 공부했습니다. 저한테도 꾸준히 가르쳤습니다. 게다가 제가 사는 레오니아는 한국인이 많아서 말을 배우기 아주 쉽습니다."

6

진호는 대한이로부터 사십 년 전 헤어진 달희에 대한 이야기를 자세히 들었다.

달희는 친정에 대한이를 맡기고 직장을 다녔다. 영문학을 전공했기에 어렵잖게 미군 부대 P·X에 일자리를 구할 수 있었다. 거기에 다니면서 생활은 안정됐으나 진호에 대한 그리움은 날이 갈수록 사무쳤다. 진호가 귀국한 처음에는 편지 답장이 잘 오더니 언제부턴가 소식이 끊어졌다. 무소식이 희소식이란 말로 자위하며 무작정 기다렸다. 제대하면 바로 오겠다는 말을 철석같이 믿었던 데도 한계가 있었다. 시간이 흐르면서 야속한 생각은 원망으로 커갔다. 이윽고 서서히 배신감으로 변했다. 배신감은 끝내 살기가 되었다. 진호가 결혼해서 행복하게 살 거라는 생각을 하면 눈물이 아니라, 가슴이 터질 것처럼 열불이 났다. 유산시키라는 말을 따르지 않고 고집을 피웠던 자신이 원망스러웠다.

달희가 혼자 아들을 키운다니까 유혹의 손길이 벌떼처럼 달라붙었다. 한 말뚝에 두 번은 절대로 넘어지지 않겠다는 결심으로 벌떼를 쫓아냈다. 비록 애비로부터 버림받은 자식이지만 남자는 대한이 하나로 충분했다. 그래도 막무가내로 접근하는 조지라는 흑인 병사가 있었다. 그는 검은 피부 외에는 전혀 나무랄 데 없는 남자였다. 굳이 흠이라면 인중이 살짝 찢어진 토순(兎脣)이라는 것이었다. 그것도 정교한 봉합수술로 여간해서는 분간이 어려웠다. 콧바람이 새는 듯 살짝 코 먹은 소리를 내는 게 흠이라면 흠이었다. 그 외로는 부족함이 없는 사람이 뭐가 아쉬워 자식까지 딸린 여인에게 목을 매는지 달희로서는 쉽게 이해되지 않았다. 골치 아플 정도로 끈덕졌다. 대한이를 친자식처럼 잘 키우겠다는 조지의 호언도 남자들이 흔히 여자를 유혹하기 위한 미끼처럼 느껴졌다. 낯선 미국에서 개밥에 도토리가 될지도 모른다는 걱정이 달희의 결정을 유보시켰다.

"나는 진호와는 다르다. 그는 못 오는 게 아니라 안 오는 거니까 미국에 가서 같이 살자."

조지의 말은 진호가 결혼해서 행복하게 살고 있으니 그만 단념하라는 것이었다.

"입 닥쳐! 진호를 모욕하지 마라. 절대 그럴 진호가 아니다. 언제든 약속을 지킬 사람이다."

달희는 이처럼 단호했으나 백번 찍어 안 넘어가는 나무가 없다는 말처럼 서서히 흔들렸다.

조지는 귀국한 즉시 달희를 초청했다. 조지의 부모님도 아들이 좋다는 여인에게 어떤 혹이 붙었더라도 만사 오케이라 환영했다.

아들 양육에 자신만만했던 달희도 대한이의 앞날을 고민한 끝에 결국 뉴저지로 갔다. 진호가 나타나면 언제든 물러나겠다는 조지의 말을 결코 믿을 수는 없지만 믿음직한 조지에게 매달린 달희는 하염없이 눈물을 흘리며 속삭였다. '땡큐!'라고.

책임감이 투철하고 성실한 조지는 입대 전에 다니던 소방서에 복직한 지 5년 만에 노조 위원장이 되었다. 그 무렵 달희는 딸을 낳았다. 이름을 달앤이라고 지은 데 특별한 의미는 없었다. 다만, 달희라는 이름에서 '달'자를 땄을 뿐인데 조지는 무조건 복덩이라고 좋아했다.

조지는 몸이 허약한 대한이를 체력이 필요한 야구나 축구선수로 키우고 싶었다. 그러나 운동신경이 무딘 탓으로 결국 자연계열로 진로를 바꿔 의과대학으로 보냈다.

달희는 진호가 주고 간 선물이 무럭무럭 크는 모습을 보고 대견해하면서도 몰래 눈물을 흘릴 때가 많았다. 먼발치라도 진호를 한번 보는 것이 소원이었다. 아니, 그림자라도 보고 싶었다. 그러나 그 소원을 이루기 전에 폐암에 걸리고 말았다. 진호가 떠난 뒤 시름을 달래려고 피우기 시작한 담배를 '체인 스모커'라는 별명이 붙을 정도로 흡연한 것이 주된 병인이었다. 온 가족의 지극한 간호에도 폐암을 이기지 못했다. 육십 전 달희가 세상을 뜰 때 대한이는 컬럼비아대학을 졸업하고 그 부속병원에 근무하면서도 그의 노력이 큰 힘이 되지 못했다.

달희는 임종 직전에 조지의 손을 잡고 말했다.

"사랑해, 조지! 삼십 년 동안 행복과 사랑을 가르쳐준 마이 다링! 당신의 따뜻한 품에서도 진호·박만 생각했던 나를 용서해줘. 당신은 나의 껍데기만 사랑했다고 하겠지만 나는 당신의 껍데기도 사랑하지 못한 채 문턱을 헤매다가 이제야 당신을…"

달희는 숨을 몰아쉬면서도 흐느끼는 조지의 눈물을 닦아주며 가냘픈 목소리로 말했다.

"대한이 아빠를 꼭 만날 수 있게 도와줘요. 대한이는 아빠를 만나도 절대 원망하지 말고…"

달희는 끝내 말을 맺지 못하고 숨을 거두었다.

"아마도 아버지가 그 자리에 계셨다면 어머니는 가차 없이 새 아빠를 버렸을 겁니다."

대한이는 어머니가 죽은 지 십 년이 지났지만 늦게라도 아버지를 찾은 일이 어머니의 소원을 풀어드린 것 같아 속이 후련했다.

"헌데, 넌 이 못난 아비도 못한 일을 어떻게 할 수 있었는지?"

진호는 자신도 못한 일을 대한이가 해낸 것이 너무 대견스럽다 못해 믿기가 어려웠다.

"방금 나간 저 친구의 힘이 컸습니다."

"그 친구의 힘이라면 뭘 어떻게…?"

"저 친구는 의과대학교에서 클래스메이트였는데, 한국인이라 제가 의도적으로 접근했던 겁니다. 아무래도 영어가 완벽하지 못한 그의 유학 생활을 돕다 보니 그의 부친이 과거 백마부대장이었다는 걸 알았어요. 그분이 아버지의 군번을 가지고 육본에 조회한 결과 아버지의 본적과 간단한 인적 사항을 알아낸 겁니다. 그걸 가지고 백방으로 수소문한 결과 오늘에 이르게 된 겁니다."

두 부자는 주먹이 부서지도록 움켜잡은 채, 눈물을 주체하지 못했다.

"장군으로 예편하신 그분이 아니었음 저로선 도저히 아버지를 찾지 못했을 겁니다."

진호는 자신의 군번을 기억하고 있던 달희가 눈물겹도록 고마웠다.

"아버지께서 우리를 찾지 못할 이유가 있으리라는 걸 어머니도 아시고 일찍 포기했지만 그렇다고 잊지는 않으셨습니다."

"그래, 나 역시 너희 두 사람을 한시도 잊어 본 적이 없었다."

사실이었다. 진호는 어딘가에 살아있다면 반드시 만나리라고 믿었다. 진호는 목이 멘 채로 대한이에게 물었다.

"지금 네 숙소는 이 호텔이냐? 오늘 내 집에 가면 안 되겠니?"

진호는 처음 만난 혈육과 좀처럼 헤어지기가 싫었다.

"그래도 되겠습니까, 아버지?"

대한이는 의외라는 듯 반겼다.

"되다마다. 애비 집인데 뭐가 문제냐?"

머뭇거리던 대한이가 난처한 얼굴로 조심스럽게 물었다.

"아버지 가족 아니, 와이프가 혹…?"

"그런 걱정은 안 해도 된다."

대한이는 양어깨를 가볍게 추켜올렸다. 외국인이 난처할 때 흔히 보이는 제스처였다.

"아무리 자식이라도 갑자기 나타난 불청객을 좋아할 부인이 어딨겠습니까?"

"그건 쓸데없는 기우야."

대한이는 의문의 눈길을 아버지의 얼굴에서 떼지 않고 고개를 갸웃거리며 어깨를 들썩였다.

"나는 아내가 없어."

"없으시다면 돌아가셨단 말씀인가요? 아니면…?"

대한이는 갑자기 젖는 아버지의 눈시울을 보곤 더 묻지 않았다.

"나는 지금껏 오직 너희 두 사람만 생각하며 혼자 살아왔다."

진호의 눈에서 주르륵 눈물이 흘러내렸다.

순간, 대한이는 덥석 아버지를 끌어안고 목멘 소리로 말했다.

"이건 어머니가 평생 목숨처럼 아끼던 목걸입니다."

"아니, 이걸 어떻게 지금까지?"

목걸이를 받은 진호의 손이 파르르 떨렸다. 이건 진호가 귀국할 때 달희의 목에 걸어준 목걸이로 사랑의 표시이자 꼭 만나자는 약속의 증표였다. 엄지손톱만 한 크기의 하트형 목걸이에는 똑딱단추처럼 여닫는 얇은 뚜껑이 붙어있었다. 그 뚜껑을 딸깍 열자 옴폭한 속에 언젠가 달희와 얼굴을 맞대고 찍은 정겨운 사진이 앙증맞게 축소되어 있었다.

"아버지 목에 걸어드리고 보니 이제야 어머니 소원을 풀어드린 것 같습니다."

7

아버지를 만났다는 걸 대한이에게 전해들은 조지는 달희 못지않게 기뻐했다. 당장 미국으로 모시고 오라는 조지의 말에 진호는 모자를 지금껏 보살펴준 조지를 직접 만나서 고맙다는 인사를 해야 도리라고 생각했다. 게다가 이유를 막론하고 달희와의 약속을 지키지 못한 자신이 직접 그네의 영전에 가서 용서를 빌고 싶었다.

진호는 한국에서 주최한 의학 세미나를 마치고 돌아가는 대한이를 따라 미국으로 갔다. 열세 시간 만에 뉴욕 케네디 공항에 내린 진호는 조지의 뜨거운 환영을 받았다. 대한이에게 조지의 인품을 대충 들어 짐작은 됐지만 그래도 흑인이라는 선입견 때문에 조금 긴장된 게 사실이었다. 장신의 조지는 우람한 체격 탓인지 우락부락한 첫인상이 거칠게 보였으나 실제로는 자상하고 친절했다. 조지는 처음 본 진호를 오랜만에 만난 가족처럼 덥석 끌어안았다.

"아버지, 이 사람은 제 와이프 숙희입니다."

조지와 뜨겁게 포옹하는 모습을 지켜보던 대한이 비로소 옆에 서 있는 여인을 소개했다.

"Oh! Nice to see you.(오, 그래! 대단히 반갑다.)"

진호는 자신도 모르게 불쑥 영어가 튀어나왔다.

"반갑습니다. 멀리서 오시느라 수고하신 아버지를 환영합니다."

숙희는 초면인 진호를 친아버지처럼 다정하게 끌어안고 거침없이 한국어를 반겼다. 대한이의 말에 따르면 숙희는 한국인 2세로 이름도 한국식으로 지었다는 것이었다.

달희는 처음 숙희를 만났을 때 한국인 2세라는 말에 무조건 결혼을 환영하고 서둘렀다.

그들에게는 열 살 된 딸과 여덟 살짜리 아들 쌍둥이가 있었다. 할아버지가 온다고 가족이 총출동해서 마중을 나왔다. 숙희는 남편에게 집으로 모시자고 했으나 대한이 가볍게 손사래를 쳤다.

초면인 두 아버지가 의사소통에는 지장이 없다지만 조금은 어색할 수 있으므로 자신이 중간에서 불편을 덜어드리겠다는 것이었다. 숙희도 알겠다는 듯 흔쾌히 고개를 끄덕였다.

조지의 집은 케네디공항에서 한 시간쯤 소요되는 거리에 있었다. '허드슨'강이 훤히 내려다보이는 '포리'(Fort Lee)라는 곳이었다. 초록색 융단을 깔아놓은 듯 손질이 잘된 정원에 넓은 풀장까지 갖춰진 저택이라고 할만한 큰 주택이었다. 단출한 식구가 살기엔 집이 크다 싶었다. 현관에서 긴 복도를 따라가자, 정원의 관상수들이 시원하게 내다보이는 넓은 거실이 나왔다. 거실의 푹신한 소파에 앉기를 권한 조지가 금방 시원한 소다수를 내왔다. 조지가 옆에 앉으며 진호의 나이를 물었다. 1946년생이라는 말에 조지는 긴 팔을 쭉 뻗어 손을 맞잡고 흔들었다.

"나보다 두 살 위니까 형님입니다. 나는 아내와 동갑내기 부부였습니다."

진호는 부부임을 강조하는 조지에게 웃으며 농담을 던졌다.

"낯선 미국에서 자이언트 동생을 얻어 조금도 겁날 게 없구려."

두 사람은 대한이 앞에서 다시 끌어안고 등을 토닥였다.

조지는 달희가 쓰던 방으로 진호를 안내했다. 복도 중간에 있는 방문을 열자, 전면의 통유리를 통해 들어오는 창밖의 푸른 숲이 한 폭의 풍경화처럼 보였다. 혼자 쓰기엔 썰렁하다 싶을 만큼 넓은 방은 아직도 달희가 사용하는 방처럼 모든 살림이 깨끗이 정돈되어 있었다. 한쪽 벽엔 달희의 웃는 사진이 실물처럼 크게 확대되어 걸려있었다. 조지는 말했다.

"달희가 떠난 지 십 년이 넘었지만 생전에 쓰던 물건을 예전 그대로 보관하고 있습니다."

다른 방은 가사도우미가 정리하고 있지만 달희의 방은 조지가 손수 청소하고 침대 시트도 생시처럼 바꿔놓는다고 했다. 달희가 생각날 때마다 그 방에서 그네의 체취를 맡으면 기분이 상쾌할 뿐 아니라, 새로운 힘이 충전된다는 것이었다.

"보다시피 우리 집엔 방이 많습니다. 그러나 오늘부터 달희의 침실을 형님이 쓰도록 양보하겠습니다. 사양 말고 내 방처럼 편히 쉬십시오. 형님이 쓴다면 달희도 무척 기뻐할 겁니다."

진호는 손사래를 쳤다. 그렇다고 기분이 찜찜해서 거절한 것은 아니었다. 지금껏 달희의 체취를 얼마나 그리워하며 살아왔던가.

이튿날, 진호는 달희가 묻힌 공원묘지로 갔다. 승용차로 한 시간 남짓한 거리였다. 허드슨 강 상류인 콜드스프링에서 멀리 건너다보이는 웨스트포인트의 하얀 건물이 유난히 눈부셨다.

잔디와 짙푸른 관상수들이 잘 가꿔진 묘역은 상당히 넓은 공원이었다. 공원에 안장된 많은 무덤에는 저마다 얼굴이 다르듯 개성 있게 꾸며진 비석들이 즐비하게 늘어서 있었다.

승용차를 세워 놓은 주차장 주변에는 여러 그루의 목련이 눈송이처럼 하얗게 피어있었다. 하얀 이불 홑청을 푹 뒤집어쓴 듯 화사한 목련이 진호 일행을 반겼다. 언제부던가 흐느끼듯 땅에 뚝뚝 떨어진 꽃잎들은 쌓인 함박눈이 서서히 녹아내린 것처럼 칙칙한 갈색으로 변해갔다.

진호는 퍼즐 조각처럼 어지럽게 흩어진 꽃잎들을 징검다리를 밟듯 조심스럽게 건너뛰어 잔디밭으로 들어섰다. 거기서 여남은 발짝 떨어진 자리에 이르자, 허리쯤 닿는 장방형 오석(烏石)에

레이저로 각인된 달희의 활짝 웃는 얼굴이 진호를 반겼다. 예전에 진호가 A4에 그려준 캐리커처를 두 배쯤 크게 확대한 얼굴이었다.

진호는 상석 옆에 돌로 만들어진 화병에 준비해 간 꽃다발을 꽂았다. 이어서 베트남에 갔다 오면서 가지고 온 뻬이롱의 흙 한 움큼과 한국의 황토를 잘 섞어 묘 주변에 고루 뿌렸다. 달희가 그리워했을 모국의 흙과 한국 황토가 이국땅에 묻힌 달희에게 줄 수 있는 진호의 유일한 선물이었다. 생전에 달희와 즐겨 마시던 한국 소주도 종이컵이 넘치도록 따라놓았다.

이윽고 진호는 무릎을 꿇었다. 약속을 지키지 못했던 구차한 변명은 길게 늘어놓고 싶지 않았다. 영혼이 있다면 이미 알고 있을 것이다. 지금 잘못을 빌며 후회한들 뭐가 달라지겠는가. 고개를 숙인 진호는 남들 보기에도 민망할 정도로 눈물이 한 방울도 나오지 않았다. 눈물을 펑펑 쏟고 싶었으나 거짓말처럼 가슴만 무겁고 답답할 뿐이었다.

대한이 옆에서 먼 곳을 응시하던 조지가 비로소 무덤으로 다가섰다.

"내 사랑 달희가 그렇게도 오매불망하던 진호·박이 왔는데 어찌 반기지 않소? 당신 말대로 늦었지만 약속을 지킨 당신의 애인을 나는 존경하오. 나도 당신과의 약속을 지키기 위해 당신의 침실을 진호·박에게 아니, 대한이 아빠에게 양보했소. 당신도 기뻐하리라 믿소."

조지는 드디어 어깨를 들썩이는 진호의 겨드랑이에 깊이 손을 넣어 일으켜 세웠다.

두 달 동안 관광을 마치고 귀국하는 진호에게 아쉬운 듯 조지가 말했다.

"한국에서 혼자 살 바에야 여기서 같이 관광이나 즐기며 사는 게 어떻습니까, 형님?"

"고마운 말이지만 나도 귀국해서 상속자가 있다는 걸 자랑하고 싶소, 아우님."

진호는 두 달 만에 케네디 공항에서 조지의 두툼한 손을 잡고 아쉬운 듯 힘껏 흔들었다. 조지는 다시 오겠다는 약속을 거듭 다짐한 뒤에야 굳게 잡았던 손을 풀어주었다.

"달희에게 다시 오겠다는 이번 약속은 좀 더 빨리 꼭 지켜야 합니다, 형님!"

진호는 조지의 말에 연신 고개를 끄덕이며 오케이를 연발했다. 환송 나온 여러 사람과 일일이 악수하고 작별 인사를 나눈 진호는 면세구역으로 나가는 마지막 문 앞에서 손을 높이 쳐들었다. 그리곤 뒤를 돌아보지는 않았다. 왜 그랬는는 진호 자신도 끝내 알 수가 없었다.

박규현

1998년 명지대에서 〈윤흥길 소설 연구〉로 석사 학위 받음.
1990년 계간지 《문학과비평》에 단편소설 「벼랑 위의 집」 당선.
1991년 《경인일보》 신춘문예에 단편소설 「벽에 대한 노트 혹은 절망 연습」 당선.
소설집으로 『걸어가는 달』 『흔들리는 땅』 『우리는 이렇게 흘러가는 거야』 『강의 문서』가 있음.
장편소설로 『사랑 노래 혹은 절망 노트』 『별리 시대』 『단진자는 멈추지 않는다』가 있으며 장편융합소설로 『벽과 꿈의 소나타』가 있음.
시집 『강은 후진하지 않는다』가 있음.
제18회 한국문학백년상 수상(장편융합소설-『벽과 꿈의 소나타』).

 　박토상화(薄土上花)

1

낙화

벚꽃이 만개한 4월

꽃샘바람이 분다

마당 산벚나무 가지가 벌떼 울음소리를 낸다

못방산 너머에서 총소리가 들린다

꽃잎들이 우수수 떨어져 내린다

빗방울이 듣기 시작한다

까마귀들이 산벚나무 가지에 까맣게 앉는다

길가에 늘어선 산벚나무가 담홍색 꽃 이파리를 바람에 흩날리고 있었다. 그 나뭇가지 사이로 언뜻언뜻 보이는 하늘은 회색빛이었다. 일기예보에선 곳에 따라 비가 올 거라고 그랬었다.

"여보, 어디 몸이 불편하나?"

진용을 안고 가는 그가 물어왔다. 그는 내 시무룩한 표정이 몹시 걱정되는 모양이었다. 나는 대꾸 없이 고개만 살며시 들었다. 그의 손엔 우산이 쥐여 있었다. 벚꽃 하나가 진용의 머리 위에 떨어져 내렸다. 우수수 떨어져 내리는 꽃잎들이 허공에 무형의 발자취를 남기며 내려앉았다. 눈 오는 겨울날의 풍경이었다.

"몸이 불편하냐고 묻지 않아."

내가 반응을 보이지 않자 재차 그가 다그쳤다. 그때야 나는 상념에서 빠져나오며 그를 똑바로 쳐다보았다.

"아니어요. 걱정하지 마세요."

나는 애써 밝은 표정을 지으며 다시 꽃잎이 내려앉은 길바닥에 고갤 떨구었다. 옮기는 걸음마다 꽃잎은 끝이 없을 듯 떨어져 내렸다. 왠지 가슴이 허전했다. 그는 내 걸음이 느려 답답한지 자꾸만 뒤돌아보며 멈추어 서곤 했다. 나는 못방산으로 향하는 발걸음을 재촉하며 흘러내린 치마 깃을 오른손으로 조심스레 치켜올렸다. 풀질하여 깨끗하게 다려서 장롱 깊숙이 넣어두었던 하얀 한복이었다.

나는 그동안 오늘을 기다려왔었다. 그가 고마웠다. 어제저녁

친정어머니의 제사를 지내면서 성묘하러 가자고 한 내 요구를 선뜻 들어준 것이었다.

진용은 뭐가 그리 좋은지 그의 가슴에서 콧노래를 불렀다. 그도 진용을 까불대며 흥겨워했다.

"한복이 꽤 어울리는데. 오늘 보니 당신 아주 미인이구먼. 진용아, 엄마 예쁘지?"

그가 뒤돌아보며 꺼낸 말이었다.

"엄마, 예쁘다!"

진용도 덩달아 호호대었다. 나는 그가 나의 우울을 달래주기 위해 꺼낸 제스처임을 간파했다. 나는 피식 웃어 대꾸했다. 멀리 보이는 소낭산에 너울대는 안개가 일었다. 그의 지금 입고 있는 한복과 같은 색깔이었다. 불어오는 바람에 벚나무 가지가 가볍게 몸을 뒤채었다. 아릿한 향기가 코끝에 전해졌다. 붕붕대는 벌떼 울음소리도 들렸다. 마을 길이 끝나가고 신작로가 다가왔다. 산벚나무는 마을 길이 끝나는 곳까지 뻗대어 있었다. 꽃잎은 떨어져 내리고 텅 빈 마음 한구석엔 뭔가로 채워주기를 기다리는 쓸쓸함으로 가득했다. 나만의 갈증 같은 것이었다. 그가 곁에 있는데도 오늘은 유독 심한 것이었다. 그러한 내 의식 속으로 아주 미세한 소음이 포착되었다. 그 소리는 차츰 확실하게 다가왔다. 나는 그 소리의 발원지 쪽으로 시선을 주었다. 구름 같은 먼지가 일었다. 그 속에서 괴물 같은 게 탈탈거리며 다가왔다.

"저 버스를 타고 가야 해. 빨리 오라고!"

앞서가는 그가 소리쳤다. 그러나 나는 걸음의 속도를 빨리하지 않았다. 충분히 버스를 탈 수 있다는 생각 때문이었다. 하염없이 떨어져 내리는 꽃잎들을 몇 번이고 뒤돌아보았다. 어머니는 저렇게 꽃 이파리처럼 저세상으로 가셨구나. 불어오는 바람을 이기지 못하고 독기 있는 매운바람에 결국 꼭지 떨어진 한 송이 흰 꽃이 되었구나.

버스가 와서 멎었다. 내가 맨 나중에 차에 올랐다.

"당신 어디서 내리는 줄 알지요?"

앞에 앉은 그에게 물었다.

"알아. 송장골 미쳐 못 가서 내려야지 뭐."

"잘 밖을 보고 있으세요."

"알았어."

자갈길을 달리는 버스의 진동은 심한 편이었다. 나는 어깨가 닿는 차창에 고개를 모로 돌린 채 시선을 떼지 않았다. 봄 풍경이 뒤로 달리기했다. 어디론가 정처 없이 떠나가는 기분이었다.

2

마귀

우리 아빠를 제발 돌려줘

네가 데려간 것 맞지

거짓말은 안 돼

다 알고 있어

사탕 물림은 오래 못 가

사탕은 곧 녹을 거니까

우리 아빠를 왜 데려갔어

우리 아빠는 사탕을 싫어하는데

우리 아빠는 죄가 없는데

착한 사람을 이유 없이 데려가는 것은 죄야

너 때문에 많은 가족들이 울고 있어

전쟁의 주범은 너라고 하던데

네가 참 무섭구나

제발 우리 아빠를 돌려줘

손을 모아 이렇게 싹싹 빌 테니까

아버지가 미나리골을 떠나가던 날 밤 어머니는 온밤을 지새웠다. 해가 서녘으로 기울고 있었다. 지날재 너머에서 포성이 들렸다. 지날재는 종산에서 미나리골로 들어서는 길목이기도 했다. 잇따라 총성이 지날재 너덜겅을 쥐흔들었다. 총성이 감빛 황혼을 갈기갈기 찢었다. 하늘은 핏빛이었다. 나는 아이들과 모정에서 놀다가 공포에 떠밀리듯 후닥닥 집으로 뛰었다. 어머니는 부엌에서 손에 행주를 든 채 몸을 바르르 떨었다.

어머니: 너희 아버지는, 너희 아버지는….

어머니는 채 말끝을 잇지 못했다. 어린 나였지만 어머니가 몹시 긴장해 있다는 걸 알 수 있었다. 그때 문득 떠오르는 게 있었다.

아이 1: 국군이 인민군을 몰고 다닌다더라.

아이 2: 국군이 사냥꾼이고 인민군이 노루라던데.

아이들이 말했었다. 어머니는 몹시 겁먹은 표정으로 안절부절 못했다. 어머니는 그렇게 얼마를 보내야 했다. 미나리골엔 어둠이 은밀히 찾아들었다. 어둠의 농도가 진해지면서 차츰 총성도 멎었다. 이따금 지날재 고갯마루에서 환한 불꽃이 튀곤 했다. 나는 두근대는 가슴을 진정하며 여느 때처럼 일찍 잠을 청했다. 밥을 먹으면서도 손이 떨리던 어머니의 모습이 어른어른 머리를 스쳤다.

어머니: 여보, 가지 말아요. 당신 죽는다고요. 제발 부탁이어요.

어머니가 아버지의 다리를 잡고 소리 죽여 울었다. 그 바람에 나는 멀뚱히 눈을 뜬 것이었다.

아버지: 아니야, 난 이 훈장을 탔다고. 꼭 다시 올 거야. 인민을 해방시키기 위해서 말이야. 기다려 줘.

아버지는 문 쪽으로 나가려는 자세를 취하며 어머니를 내려다보았다. 부스스 내가 자리에서 일어났다. 어디선가 새벽닭 우는 소리가 들렸다.

순님: (속으로 외친다) 아버지!

나도 어머니의 흐느낌에 울컥 치미는 슬픔으로 덩달아 울기 시작했다. 소리 없는 목울음이었다. 나는 직감적으로 소리 내어서는 안 된다는 것을 알 수 있었다.

어머니: 그럼, 당신 나와 순님이를 죽이고 가요. 자, 죽여요!

어머니는 결사적이었다. 아버지는 어디선가 오랜만에 돌아오신 것이었다. 나는 아버지가 붉은 완장을 차고 으스대던 때를 기억했다. 그러나 지금의 아버지는 수염이 덥수룩했고 몹시 쫓기는 듯 방에 앉지도 못하고 긴박감으로 초조해했다.

아버지: (싸늘한 표정으로) 이 사람이 미쳤구면!

결국 아버지는 어머니를 뿌리치며 문을 박차고 바람처럼 사라졌다. 어머니는 아버지의 힘을 당해낼 수가 없었다. 나는 사라지는 뒷모습에서 어깨에 멘 쌀자루를 똑똑히 보았다.

어머니: 순님아!

다시 어머니는 어린 나를 붙들고 오열하기 시작했다. 우리는 이불 속에서 그렇게 남은 밤을 새워야 했다. 그때 어머니의 눈물과 나의 눈물이 성격 면에서 판이하였다는 사실을 오랜 후에야 깨달을 수 있었다. 나는 오직 어머니에 대해 울었고, 어머니는 나와 아버지에 대해 울었다는 대상의 차이뿐만 아니라, 서러움의 폭도 엄청 차이가 났다. 난 울컥한 심정으로 울었다면, 어머니는 남은 인생에 대해 미래를 예견이라도 한 듯 다가올 황야의 찬바람에 목이 메었던 것이다.

3

버스가 멎었다. 우리는 차에서 내렸다. 버스가 먼지를 일으키며 떠나갔다. 내가 앞장을 섰다.

"아니야, 내가 앞에 갈게. 뱀이라도 있으면 어쩌려고."

그가 나를 앞지르고 나섰다. 밭둑으로 이어진 S자형 오솔길이었다. 길 양쪽 보리밭은 불어오는 바람에 출렁이는 푸른 물결이었다. 멀리 산기슭에 맞닿은 보리밭 가로 안개가 서서히 내려앉았다. 우뚝 솟은 못방산이 보였다. 산 허리께는 안개로 휘감겨 있었다. 그 중턱에 어머니의 산소가 있었다. 묏자리는 안개 때문에 보이지 않았다.

"당신 길 알아요?"

뒤따르는 내가 물었다.

"그건 걱정 말라고. 훤하지 뭐."

그의 표정은 밝았다. 그는 무엇을 생각하고 있을까. 소풍 나들이쯤으로 여기고 있는 것일까. 착잡한 내 심정과는 사뭇 달라 보였다. 그는 내 남편일 수 있어도 어머니의 핏줄은 될 수가 없구나. 나는 새삼 피의 진함을 깨달았다. 그것은 나와 어머니, 단 둘뿐이라는 쓸쓸한 외로움 자체이기도 했다. 그에겐 형님, 동생도 있지 않은가. 어머니의 가슴 속에 흥건히 젖어 있었던 그 우울한 기다림의 날들이 나에게 은은히 잔재해 있는 것일까. 치마 깃을 추스르며 조심조심 내딛는 걸음마다 어머니의 영상이 물안개처럼 일어섰다.

4

어머니

봄은 왔지만 진짜 봄은 오지 아니하였습니다
목련이 피었지만 진짜 목련은 피지 아니하였습니다

아버지가 없는 봄은 봄이 아니었습니다

아버지가 없이 피는 목련은 목련이 아니었습니다

어머니에겐 사계절이 겨울이었습니다

어머니에겐 늘 바람이 매섭고 차가웠습니다

어머니는 겨울철 동백나무였습니다

비가 오나 눈이 오나 늘 푸르렀습니다

어머니는 목련꽃 피는 진짜 봄을 기다렸습니다

흙투성이 목련꽃 한 송이를 닦고 닦아 가슴에 안았습니다

진짜 봄을 기다리는 어머니는 목련꽃이었습니다

어머니는 새벽이면 마을 뒤 상여샘으로 갔다. 여느 때와 달리 잠에서 일찍 일어나는 날이면 미명을 헤치며 상여샘에서 돌아오는 어머니와 만나곤 했다. 어머니는 언제나 하얀 한복 차림이었다. 으레 어머니의 저고리엔 농도 옅은 먹물 빛 어둠이 묻어 있곤 했다. 상여샘은 마을 사람들의 약수터였다. 그 물을 마시면 오래 장수할 수 있다는 전설이 있었다. 상여샘은 상여 바위 밑에 있었다. 송장 썩은 물이 나온다는 어른들의 말씀이었다. 나도 여러 차례 이 물을 떠다 마시고, 머리도 감고, 목욕도 했었다. 어머니는 상여샘에서 떠온 물을 윗목 사기대접에 정화수로 올리는 것이었다. 윗목엔 늘 조그마한 상이 하나 준비되어 있었다. 상 위엔 둥그스름한 양푼이 있고 양푼 속엔 백미가 담겨 있었다. 사기대접은 정성 어린 마음으로 백미 위에 놓이는 것이었다. 그때 내 어린 마음에도 어머니의 무언가 간절한 마음을 읽을 수 있었다. 어머니

는 기도하는 자세로 가끔 애절히 중얼대곤 했었으니까.

어머니: 비나이다, 비나이다….

그때마다 나도 어머니처럼 정중한 자세로 소원을 빌기도 했었다. 그것은 아버지가 돌아오기를 기다리는 간절한 소망이었다. 그 무렵 내가 아버지에 관해 물었을 때 어머니는 아버지가 미국에 공부하러 가셨다고 했었다. 나는 그걸 믿었었다. 미국에 공부하러 가는 사람은 한때 붉은 완장을 차야만 되는 줄 알았다. 그러나 곧 그것은 산산이 부서진 꿈이었다. 죽었는지, 살았는지, 어디 있는지…? 젖멍울이 생기면서 깨달은 것은 가슴 속에서 소용돌이치는 물음표 속의 절망이었다. 슬픔이었다.

어머니: 순님아, 뭐 하고 있는 거야?

땅에 떨어진 목련화 한 송이를 손바닥에 주워들었을 때 우산을 받쳐 들고 다가온 건 밖에서 돌아온 어머니였다.

순님: 어머니!

나는 목련화 한 송이를 어머니의 손에 건네드렸다. 우산 위로 빗줄기는 폭포처럼 쏟아져 내렸다.

어머니: 예쁜 꽃이 안 됐구나.

어머니는 꽃송이에 묻은 흙투성이를 조심스레 옷깃에 문지르고 계셨다. 그리고 나서 어머니는 비를 피해 나를 안으로 끌었다.

그날 나는 어머니에게 아버지에 대해 많은 것을 물었다. 아버지의 과거와 아버지는 끝내 돌아올 수 없는 것인지를. 그러나 어머니는 내 등을 다독거리며 한사코 아버지에 대해 자세한 이야기를 회피하셨다. 난초 줄기처럼 연약한 어머니와 딸만을 남기고 바람 따라 사라진 남자. 나는 아버지가 원망스러웠다. 차츰 볼록

해 오는 내 가슴만큼이나 아버지에 대한 나의 원망은 부풀어 올랐다. 어머니의 행위가 한강에 돌 던지기식이라는 무모함으로 자각되는 만큼 원망은 비례하는 것이었다. 어머니가 안쓰럽다 못해 처량해 보였다. 어머니가 처량해 보일수록 나를 흔드는 어떤 감정은 아버지에 대한 혐오감이었다.

순님: 어머니, 괜찮아요. 가세요. 어머니는 꼭 행복하셔야 한다고요.

나는 어느 날 어머니의 재혼을 요구했다.

어머니: 무슨 소리냐? 너 못 하는 말이 없구나.

그러나 어머니는 내 말을 받아들이지 않았다.

순님: 저는 중학교 졸업하면 서울로 갈 거예요. 저는 걱정하지 마세요.

어머니: 너 때문이 아니야. 나는 내 할 일을 하고 있을 뿐이야. 너희 아버지는 돌아오실 거란다.

순님: 벌써 많은 세월이 지났어요. 아버지는 어디선가 먼 곳에서 편안히 살고 계실 거라고요. 그렇지 않으면 돌아가셨을 거고요.

어머니: (고개를 좌우로 흔들며) 아니야. 아버지는 가까운 곳에 계시는지도 모른단다. 아마 살아 계실 거야. 나는 아버지를 기다리며 너 크는 모습을 보는 것으로 만족한단다. 너는 고등학교 갈 궁리나 하면 된다.

어머니의 마음속에 자리한 믿음의 주춧돌은 조금도 미동할 기미가 보이지 않았다. 서울에서 살아 있는 아버지를 본 것 같다는 막연한 뜬 소문이 마을을 스쳐 간 적이 있었다. 어머니는 그것을 사실로 굳게 믿고 있는 것인지 나로서는 모를 일이었다.

5

길

너울거리는 안개

돌이 널브러진 길

헤치고 헤쳐도 가시밭길

소슬한 바람

가시에 찔린 생채기

이를 물고 전진이다

길은 안갯속이다

“여보, 좀 쉬었다 가요. 다리가 아픈데.”

나는 가다가 쪼그려 앉았다.

"엄마?"

진용이 내게 오고 싶어 했다. 그가 진용을 땅에 내려놓았다. 진용이 타박타박 내 곁으로 불안스레 걸음을 옮겼다. 귀여웠다.

"힘들지? 내가 업고 갈까?"

그가 내 곁에 다가서며 말했다.

"당신도 참, 내가 어린애인가요?"

"힘들다면서."

"그러니까 쉬었다가 가자는 것이지요."

나는 싸서 가져온 제물 속에서 사과를 하나 꺼내 진용에게 주었다. 진용은 그와 나 사이 바윗돌에 앉아 아작아작 사과를 씹었다. 건너 골짜기가 안개 속에 희미하게 보였다. 시야가 확 트이지 못하고 물 먹은 창호지처럼 흐물거려 보였다. 엇비슷 흘러내린 비탈은 갑자기 안방만 한 평지를 이루곤 다시 45도 각도로 경사를 이루었다. 이 평지가 지금 우리가 쉬고 있는 곳이었다. 산길은 온갖 풀 가지로 어우러져 있었다. 봄은 여름의 녹음을 향해 푸른 물감을 열심히 흩뿌리는 중이었다.

"이 피어나는 새 생명들이 가엾어 보이지 않으세요?"

"무슨 뚱딴지같은 소리야."

그는 내 물음을 가볍게 웃어넘겼다.

"나는 봄이 되면 슬퍼진다고요."

"나하고 좀 다르구먼. 봄은 생동의 계절이지."

"오히려 겨울이 살아있는 생동의 계절이 아닐까요?"

"겨울은 삭막하고 대지를 텅 비워 버리는데도."

“겨울은 봄을 기다리는 기약 속에 세상이, 아니 우리의 삶이 마음의 불씨를 간직할 수 있다고요.”

“아니야. 난 겨울이 싫어. 배고픈 사람들이 그렇고.”

“잘 생각해 보세요. 봄에 움트는 나무는 썩어 문드러지는 고목에로의 지향이지요. 저 나무들을 바라보면 그런 생각이 들어요.”

“뭐 그렇게도 생각할 수 있겠구먼.”

그는 더 이상 깊이 생각하고 싶지 않다는 말투였다.

“비 올 것 같아. 자, 그만 가야지.”

“그래요.”

우리는 다시 비탈길을 오르기 시작했다. 길은 Z자 모양으로 이어졌다. 그는 진용을 업은 채였다. 나는 뒤따라 나뭇등걸을 움켜잡고 한 걸음 한 걸음 위로 향했다. 어디선가 직박구리의 울음소리가 들렸다. 스산한 바람이 풀 가지를 서걱이며 우리를 앞질렀다. 울창한 아카시아 숲길이 시작되었다. 아카시아 줄기들은 다닥다닥 가시를 달고 있었다. 하나 같이 섬뜩한 느낌을 주었다.

“조심하라고.”

그가 앞에서 소리쳤다. 가시밭길을 헤쳐가는 성못길. 여자의 몸으론 힘든 여정이었다.

6

나목

바람 찬 노지로 쫓겨났지요
저항할 힘이 없었습니다
참으로 힘든 계절이었습니다
왜 이렇게 추운가요
삭풍이 나의 팔을 잡고 흔듭니다
혹독한 겨울이 나를 아프게 합니다
진눈깨비가 흩날립니다
따뜻한 봄은 너무 멀리 있습니다
살을 에는 추위가 연일 기승을 부립니다
세를 들어 살던 까치도 찾아주지 않습니다
빈 둥지만 덩그러니 찬 바람을 견딥니다
이웃들이 멀게만 느껴집니다
따스한 온기가 그립습니다
이번 겨울은 유난히 춥습니다
고르지 못한 날씨 탓으로 포근한 햇살도 찾아온 지 오래입니다
매서운 겨울은 언제 물러가는지요
몸을 떨며 나긋한 봄바람을 기다립니다

어머니는 이 성못길만큼이나 험난한 생애를 보내셨다. 늘 바람은 불어왔고 바람 속엔 몰인정한 황야의 흙먼지가 묻어 나오곤 했다. 칵 숨이 막히는 절박함 속에서도 어머니는 용케 거센 바람을 견디어 내곤 하셨다.

어느 해 겨울이었다. 살을 에는 바람이 끊이질 않았다. 고등학생인 나는 사람들의 차가운 가슴에서 나온 바람이 거리를 활보하고 있으리라 생각했다. 여자인 나나 어머니에겐 그해의 칼바람이 견디기 어려운 시련이었다. 그런 중에도 어머니의 상여샘 출입은 계속되었다. 그 겨울 뒷집의 작은아버지네가 집을 팔고 서울로 이사를 했다. 그런데 새로 이사 온 낯선 주인이 우리 집을 찾아와 어머니에게 어처구니없는 사실을 요구했다. 참으로 충격적인 사건이었다.

주인 여자: 이 집을 비워야 하겠는데요.

주인 여자는 자못 확신에 찬 표정이었다.

어머니: 무슨 말씀인지…?

어머니는 어리둥절할 수밖에 없었다.

주인 여자: 모르고 계셨군요. 댁의 시동생이 이 집터와 집까지 다 팔고 서울로 가셨는데요. 모두 그 양반 앞으로 등기가 되어있더군요.

어머니: (당당한 표정으로) 이건 우리 집인데요.

어머니의 주장은 당연하였다.

주인 여자: 모르시는군요. 그러니까 댁의 돌아가신 시아버지 앞으로 등기가 나온 건데 댁의 시동생이 그대로 물려받은 것 같더군요. 우리는 그렇게 알고 집을 샀는데요.

어머니: (손을 내두르며) 그럴 수가 …안 됩니다. 절대로 안 됩니다.

그때야 어머니는 사건의 진상을 알아차렸는지 믿었던 도끼에 발등 찍힌 배반감으로 몸을 바르르 떨었다.

순님: (한 걸음 앞으로 나서며) 이 집은 할아버지께서 아버지를 분가시킬 때 지어주신 거라고 하던데요. 큰집 작은집이 위아래에서 한 30년 같이 산 거라고요. 네 땅 내 땅, 네 집 내 집 따지지 않고 말이어요. 그런데 이제 와서 자기 거라고 팔고 서울로 가요? 그것도 쥐도 새도 모르게.

곁에서 듣고 있던 내가 한마디 거들었다. 왈칵 솟구치려는 눈물을 간신히 참아냈다.

어머니: 시동생마저 우리를 짓뭉개는구나. 환장했구먼, 환장했어!

어머니는 이마에 손을 얹더니 비그르르 주저앉았다. 나는 재빨리 어머니를 방으로 모셨다. 혈압이 높은 어머니가 몹시 걱정되었다. 작은아버지가 저주스러웠다. 어머니는 연락받고 급히 달려온 의사의 진료를 받았다. 다행히 혈압으로 인한 동맥파열은 아니었다. 의사는 갑작스러운 정신적 충격 때문이라고 말했다. 불행 중 다행히 어머니는 얼마 후 깨어날 수 있었다.

그날 밤 어머니는 넋 나간 사람 모양 아무 말씀도 하지 않으셨다. 천장에 구멍이라도 뚫린 듯 망연한 표정으로 시선은 고정되어 있었다. 집을 내놓아 시가로 따질 때 욕심이 날 만큼 값나가는 것은 아니었지만 작은아버지의 처사는 용납할 수 없는 일이었다. 아버지가 붉은 물결에 휩쓸려 갔다고 썩 사이가 좋은 편은 아니었었다. 작은집 오빠가 육사 시험에 응시했을 때 신원조회에서 떨어진 일로부터 틈은 벌어졌다. 작은집 식구들은 우리에게 남보다도 더 눈을 흘기고 다녔다. 그 증오의 눈길을 받아 가며 어머니는 말했었다.

어머니: 돌아오실 거란다. 기다린 자에게 복이 온다고 그랬다.

어머니는 아랫목 이불 속에서 잠들 무렵 내 손을 꼬오옥 잡아 주시곤 했었다.

며칠 후 이사 온 주인 여자가 다시 찾아왔다.

주인 여자: 빨리 집을 좀 비워주어야겠어요. 사업상 긴박해서.

어머니는 사건 해결 과정에 미숙했으며 결과는 우리에게 불리하게 끝나버림으로써 작은아버지를 저주하는 눈물을 흘리며 결국 어머니는 말없이 고개를 끄덕거리고 말았다. 그때 이를 악무는 어머니의 표정은 억센 바람도 막아낼 방패를 간직한 듯했다. 그러나 어머니에겐 방패가 없었다. 어머니의 그 작은 육신, 그것뿐이었다. 어머니는 시베리아 한복판에 알몸으로 나선 격이었다. 어머니는 이집 저집 행랑채에 딸린 방 한 칸을 구하러 다녔다. 그러나 누가 선뜻, 우리 집에 와서 우선 겨울이라도 지내라는 사람은 없었다.

아낙 1: 빨갱이 집안이라서 좋지 않아.

아낙 2: 그러게 말이야. 경찰이 수시로 드나든다고.

처음 어두운 밤길에서 아낙들이 주고받는 이 소리를 들었을 때 찡한 현기증이 일었다. 가까스로 우리는 허물어져 가는 행랑채 한 칸을 얻어 이사할 수 있었지만, 그해 겨울은 유난히 추웠다.

7

“산소 봉분이 보이기 시작하는구먼. 저기지? 그렇지?”
그가 못방산 중턱을 가리켰다.
“맞아요.”
“아빠, 이제 다 왔어?”
진용이 알아듣고 물었다.
“응, 조금만 가면 돼.”
이제 안개는 바람 따라 북서쪽으로 서서히 몰렸다. 그러나 못
방산 봉우리엔 먹구름이 두텁게 걸려 있었다. 신작로가 내려다
보였다. 아까 타고 올라온 버스가 되돌아 내려갔다. 어머니 계신
곳이 가까워져 옴에 따라 친정에 가는 기분이었다. 영원한 잠을
자고 계시는 어머니. 어머니는 저기 떠가는 구름처럼 잠깐 머물
다 가셨는가. 안타까운 내 심정은 잿빛 하늘처럼 어둡게 두터워
만 갔다.

8

달개비

가련한 몸매 서로 기대기 위해 군락을 이뤘다
사람들의 온기가 그리워 종일 길가에 서 있다

이슬처럼 영롱한 햇빛 밝은 아침 꽃이 핀다

밤이 무서워 해가 지면 꽃이 진다

암울한 시대 어둠이 싫다

먹구름이 끼고 연일 비가 내린다

호루라기 소리가 마을에 사선을 긋는다

저벅저벅 경직된 걸음이 사람들의 미소를 빼앗아 갔다

상여샘으로 가는 길가

군홧발이 달개비를 짓밟고 갔다

비나이다 비나이다

기다렸던 햇빛 밝은 날

달개비가 고개를 든다

어머니는 남의 집에 이사 와서도 상여샘을 끊임없이 오르내렸다. 어머니의 태도에 변한 것이라고는 별로 찾아볼 수 없었다. 봄이 오자 밭뙈기를 팔아 박산 밑 아늑한 양지쪽에 새로 조그만 집을 지었다. 이사하는 날 읍내의 삼촌이 와서 도와주었다. 화분들은 마루 한켠에 놓였다. 곧 어머니는 시장에서 돼지 새끼와 강아지를 사 왔다. 그리고 배냇소를 구할 수 없을까, 궁리하였다.

어머니: 네 수업료를 준비하려면 미리미리 서둘러야 하겠다.

어머니는 늘 수업료를 제때 마련해주셨다. 나는 어머니의 투박한 손길에서 질경이 뿌리 같은 질긴 생애의 집착과 그 그늘에서 생긴 당신만의 아픔을 읽곤 하였다.

허공이었다. 밝은 곳에서 어두운 저편을 볼 수 없었다. 나는 곧

벽에 붙은 형광등 스위치를 내렸다. 그때야 어두운 곳에서 어두운 저편의 자태가 서서히 모습을 드러내기 시작했다. 어머니의 한복 저고리가 어둠 속에서 희끄무레하게 보였다. 대문 열리는 소리가 들렸다. 움직이는 까만 물체가 어둠 속에서 또 다른 어둠으로 모습을 드러냈다. 누굴까? 까만 것이 어머니에게 뭐라고 말을 했다. 나는 누구이고 어디서 왔다는 식의 이야기인 듯싶었다. 까만 사람이 안으로 들어섰다. 어머니가 뒤따랐다. 까만 사람은 한 사람이 아니었다. 댓 명쯤으로 여겨졌다. 그들의 동작은 민첩했다. 그들이 마루 가까이 들어섰을 때 작대기 같은 것을 들고 있는 모습이 보였다. 어머니가 밖에서 불을 켜라고 소리쳤다. 내가 형광등 스위치를 올리고 불이 들어온 것과 거의 동시 낯선 사람이 문을 열고 불쑥 들어섰다. 그는 군홧발이었다. 검정 제복을 입고 있었다.

사내 1: (다짜고짜 소리친다) 손 들엇!

그는 작대기를 내 앞에 들이댔다. 그 끝에서 불빛이 섬광을 발했다. 또 한 사람이 들어섰다. 나는 입을 벌린 채 턱만 달달 떨었다. 엉거주춤 손을 든 채였다. 그때 어머니가 방 안으로 들어섰다. 한 사람이 방바닥에 깔린 이불을 걷어 젖혔다.

사내 1: 엎드리시오. 학생도 마찬가지. 어서!

총을 겨눈 사내가 소리쳤다. 어머니와 나는 시키는 대로 방바닥에 엎드렸다. 한 사내가 이불을 우리 위에 덮어씌웠다. 어머니와 나는 이불 속에서 갑자기 다가온 환난에 속수무책이었다.

어머니: 경찰이다!

어머니가 작은 소리로 내 귀에 대고 말했다. 어머니는 약간 겁먹은 음성이었다. 벽장문 열리는 소리가 들렸다.

사내 1: 플래시 들이댓!

사내의 힘찬 음성이었다.

사내 2: 없어, 없어!

다른 사내의 목소리가 뒤따랐다. 부엌에서도 군홧발 소리가 들렸다. 마당과 헛간 쪽으로 군홧발 소리가 연속적으로 이어졌다. 간혹 밖에서 들려오는 음성은 없어 없어, 하는 소리였다.

사내 3: 자, 그만 모엿!

우두머리인 듯한, 사내의 음성이 마당 쪽에서 들렸다. 곧 소란하던 군홧발 소리가 멎었다. 갑자기 시야가 환하게 밝아왔다. 어느새 이불이 걷히고 없었다.

사내 4: 자, 그만 일어나시오.

제복 입은 사내가 우리를 내려다보았다. 어머니와 나는 조심스레 일어났다. 마당엔 경찰들이 서성거리고 있었다. 그 모습이 열린 문틈 사이를 통해 불빛에 비쳤다. 앞에 서 있는 사내의 계급장엔 나뭇잎이 세 개였다. 그의 차가운 미소가 우리를 대했다.

사내 4: (정중한 태도로) 미안합니다. 한밤중에 난리를 피워서. 그러나 우리 임무가 있고 해서 어쩔 수 없었습니다. 댁의 주인이 어디선가 돌아와 있을 거라는 신고를 받았기에 불가피한 일이었소. 이 무례를 용서하십시오.

순님: (불쾌한 표정으로) 신고한 사람이 누구지요?

내가 무심코 물었다.

사내 4: 아, 그건 이야기할 수 없는 비밀이오. 언제라도 댁의 어른이 돌아오시면 신고하십시오. 그게 댁의 어른을 위해서 좋은 일이니까요. 아까 두 시간 전부터 우리는 당신네 집 주위를 포위하고 있었소. 이상이 우리가 한 일들이었소. 소란을 피워 재삼 사과드립니다. 안녕히 주무십시오.

그들은 뚜벅뚜벅 어둠 속으로 사라졌다. 마루엔 화분 하나가 모로 쓰러져 있고 그 바람에 꽃망울을 터뜨리는 화사한 장미가 흉하게 분질러져 있었다. 나는 거푸 깊은숨을 토해냈다. 긴장해 있던 신경이 누그러지면서 온몸이 시래기 줄기처럼 처져 내리는 기분이었다.

순님: 신고한 사람이 누굴까요?

나는 퍼질러 앉으며 궁금증으로 어머니를 다그쳤다. 어머니는 짐작하고 있을 거란 생각 때문이었다. 어머니는 아버지에 대해 늘 언급을 회피하셨으니까.

어머니: 모른다. 에미는 모른다.

어머니의 얼굴은 냉엄한 표정이었다. 어머니는 손을 쩔쩔 내둘렀다.

순님: 말씀해보세요. 저도 이제 알 만큼 자랐으니까요.

어머니: 무얼 말하란 말이냐?

순님: 가타부타 무슨 말씀이 있어야 정상이라고요. 기분이 좋으세요? 속이 상하지 않느냐고요.

어머니: 에미는 참는 거란다.

순님: 어머니는 뭔가 숨기고 있어요. 아버지에 대해서 말이어요. 아버지는 많은 죄를 지었지요?

어머니: 죄짓지 않은 사람이 어디 있니? 다 죄짓고 살지.

순님: 그런 죄 말고요.

어머니: 너희 아버지는 반동분자를 죽이는 작업에 앞장을 선 일은 있지만, 그것은 살기 위해 어쩔 수 없었던 일이었단다. 그렇지 않았다면 너희 아버지는 진작 돌아가셨을 거다. 내가 너희 아버지에 대해 말하기를 꺼리는 것도 다 너를 위해서란다. 모르는 게 약이란 말이 있다. 네가 너희 아버지의 모든 것을 알았을 때 너에게서 나타날 뭐 좋은 게 있겠니?

순간, 우리를 흘겨보는 시선으로 일관했던 정씨 문중 사람들이 뇌리를 스쳤다.

순님: 그럼 어쩔 수 없었던 일이었다 치고 우리를 버리고 간 것도 운명이란 말인가요?

어머니: 나도 한때 너처럼 그런 생각을 했었다. 그러나 아버지에게는 나중에 교육받은 게 있었단다. 그것이 아버지를 물어간 거란다. 아버지는 지금 국내 어느 곳에 계시는지도 모른단다. 막연하지만 그럴 거라는 에미의 예감이다. 고향에 떳떳하게 찾아올 수 없는 아픔으로 고통당하고 계시는지도 모른단다. 돌아오실 거란다. 기다리자꾸나.

어머니는 내 손목을 꼬옥 잡으셨다. 꺼칠꺼칠한 손길에서 다스운 온기가 전해졌다. 그러나 나는 어머니의 말씀이 그대로 가슴에 전달되는 실감을 가질 수 없었다. 아버지가 아니라면 또 누군가 한없이 원망스러웠다. 하여튼 비극이라는 생각에 미치자 눈가가 얼얼해 왔다.

9

비

비가 내린다
서로 등을 대고 돌아앉은 한반도에
기다리다 지친 사람이 있어
눈물을 씻어주고
아픔을 씻어주렴

누가 만든 비극인가
누가 만든 상처인가
마주 보고 물어뜯는 어두운 계절
눈물로 세월을 보낸
통한의 굴곡진 역사의 얼룩을
깨끗이 씻어주렴

적병처럼 몰려오는 빗줄기
전선에서 희생된 수많은 영혼들이 울부짖는 눈물인가
지금도 회색 상처를 안고
변방에서 방황하는 박토의 혼을 위로하는 빗물인가

"진용아, 다 왔다. 이게 외할머니 산소야."

그가 업고 왔던 진용을 땅에 내려놓았다. 그의 이마엔 송알송알 땀방울이 맺혀 있었다. 내가 수건을 건네주었다.

"아빠, 산소가 뭔데?"

"응, 이거 볼록한 거지."

그는 땀을 닦으며 어머니의 봉분을 가리켰다.

"이 속에 외할머니가 계신단다."

"으응? 어떻게 저 속에 있지? 숨은 어떻게 쉬고."

진용이 고개를 갸웃대었다.

"외할머니는 돌아가신 거란다. 죽었단 말이다. 사람은 죽으면 땅속으로 들어가는 거란다. 아빠도 죽으면 외할머니처럼 된단다."

"텔레비에서는 장작불에 태우던데…."

진용은 알 수 없다는 표정이었다.

가져온 제물을 차려놓았다. 이절지 하얀 갱지 위에 사과·배·곶감·대추·밤·부침개 등을 올렸다. 하늘은 머리 위에 어둡게 내려앉아 있었다. 대지는 음산하기 짝이 없었다. 고지새의 울음소리가 들렸다. 다복솔 언저리를 휘도는 바람결이 전신주 울음소리를 내었다.

"이제 인사드리자고요."

"응, 다 됐구면."

그가 오른쪽, 내가 왼쪽에 섰다. 그 사이에 진용을 세웠다.

"진용이는 아빠 따라서 하는 거야."

우리는 어머니에게 재배를 올렸다. 진용이도 엎드려 앙증스럽게 인사를 올렸다. 설날 어머니에게 세배드리는 기분이었다. 인사가 끝나고 우리는 음복한답시고 사과를 깎아 먹었다. 그는 자꾸만 하늘을 올려다보았다. 흐린 날씨가 몹시 염려스러운 모양이었다. 그러나 나는 왠지 음산한 하늘이 그렇게 두렵지 않았다. 진용과 더불어 사과를 먹으며 어머니의 봉분만 연민 어린 시선으로 바라보았다. 소변이 마렵다며 그는 바지춤을 움켜잡고 바위틈으로 갔다. 그를 무조건 따라가려는 진용을 간신히 잡아 앉혔다. 녀석은 아버지가 쉬 하러 갔다고 했을 때야 말귀를 알아들었다. 이윽고 바위틈에서 바지춤을 여미며 돌아온 그는 비가 올 거라고 하면서 가자고 서두르고 나왔다. 그러나 나는 마음에 걸리는 게 있어 진용을 데리고 먼저 내려가라고 말했다. 여기저기 돋아난 잡초가 내 발길을 비끄러매었다. 나는 잡초를 뽑았다. 유독 질경이가 많았다. 쑥·똥풀·민둥갈퀴덩굴·발풀고사리·개수리취 등등이었다. 그렇게 한참을 지체했다. 못방산 너머 남남동에서 미세한 뇌성이 울렸다. 이따금 반짝하는 번개도 일었다. 상황이 급박해졌음을 의식한 나는 더 이상 머무를 수가 없다고 생각했다. 하지만 나는 묘 주위를 한 바퀴 선회하고는 멍하니 서 있었다. 발걸음이 쉬 떨어지지 않았다. 왠지 어머니의 떠도는 영혼이 지금도 아버지를 찾고 있을 것만 같았다.

"여보, 빨리 내려와!"

산 밑에서 그의 다급한 외침이 들렸다. 그때야 나는 하산해야 한다고 생각하고 성큼 발걸음을 떼어놓았다. 멀리 독고봉 고갯마루에서 빗줄기가 뿌옇게 몰아왔다.

김용필(米岡)

여수출생, 순천고, 홍익대 졸업. 교육공무원 정년퇴임. KBS 교육방송 극작가 (77년).《전남동부신문》연재소설 당선(92년).《열린문학》등단, (사)한국소설가협회 이사 및 감사, 국정홍보 교육정책 리포터, (사)한국문인협회 이사. 문협마포지회장 등 역임. (현)daum 인터넷 뉴스, 코스미안(cosmian) 뉴스 칼럼리스트

수상: 월간문학상, 한국소설작가상, 마포문학상. 직지소설문학상, 한국바다(해양)문학상, 여수해양문학상. KBS 청소년문학상. 스토리텔링 문학상 등

작품집(36권): 단편집-『달빛소나타』『청살무』『분노의 바다』『사그레스 대항로』. 장편소설- 대하소설『연해주』(전5권)『잃어버린 백제』『전범』『여수의 추억』『추억의 카투사』등. 장편e북-『전쟁과 여인』『스페인문명 기행』『대마도 사무라이』『해동공자 설총』등. 에세이-『화엄경』(문공부 우수도서선정)『등대 오디세이』『북한산성 오디세이』등

마도로스 황

올여름에는 정말 눈여겨볼 빅히트 작품을 내놓아야 한다는 강박관념이 집요하게 작동하고 있었다. 그것은 오랜 시간 구상해 두었던 자전적 해양소설을 내보이는 것이었다. 지금 난 이 작품을 쓰기 위하여 해산도를 찾아가고 있다. 해산도는 남해의 고도인데 제주도에서 여수로 오가는 뱃길의 중간 지점에 있는 섬이다. 부산에서 4시간 여수에서 3시간을 족히 달려야 하는 거리에 있는 물빛이 환상적인 섬이었다. 신라 장보고는 이곳을 해상무역의 전초기지로 활용하였고 고려 삼별초 군은 한때 항몽 해상 훈련기지로도 사용하였으며 조선조에 와선 왜구의 소굴이기도 하였다. 그런 해산도에서 내가 여름을 나며 미완의 소설을 쓰려고 한 것은 내 소설을 사랑하는 한 독자의 초청에서 비롯했다.

구인해 소설가님, 전 선생님의 소설을 애독하는 마도로스 김현입니다. 선생님을 아름다운 해양목장으로 초대합니다. 라는 편지를 받고 난 무작정 짐을 싸서 들고 해산도 행차를 결정한 것이다. 생각에 가속도를 더한 것은 P 잡지 편집장이 찾아와서 핀잔

반 칭찬 반으로 뭐 인기 소설가가 궁색스럽게 잡글만 쓰느냐며
일침을 놓고 올여름에는 청량음료 같은 해양소설 한 편을 내놓
으라는 요구를 거절할 수 없었다. 내가 막상 짐을 싸서 들고 나
서자 동료작가들은 언약한 여자가 거칠고 험한 바다 이야길 체
험 없이 어떻게 쓰겠느냐고 말렸다. 그러나 내게는 준비된 소재가
있었다. 26년 동안 망설였던 내 인생의 자전적 이야기라는 것, 한
남자를 죽도록 사랑하고 기다린 그래서 쓰지 않으면 소설가로서
의 내 존재 이유가 상실될 것 같은 번민이 고집스러운 주장으로
결행된 것이었다.

아직 출항 시간이 두 시간이나 남았다. 난 시간을 대기 위하여
여객선 터미널 카페에서 조용히 차를 마시고 있었다. 바다의 낭
만이 서린 카페였다. 창밖으로 보이는 한려수도의 아름다운 풍경
이 한 폭의 구도로 시안에 들어왔다. 창을 넘어 스치는 해풍이 에
어컨처럼 시원하다. 여름의 남해는 언제 보아도 맑고 청아하고 시
원했다. 한려수도의 시발지 여수의 낭만은 늘 이렇게 바다로 가
는 여인의 가슴을 흔들었다.

26년 전 여수에서 엔젤호를 타고 아름다운 한려해상을 달려
삼천포를 넘고 충무를 거쳐 부산에 갔던 환상여행을 떠올렸다.
추억 속의 그 사람, 엔젤호를 탄 유람은 그가 내게 안겨준 마지
막 선물이었다.

마침내 출발을 알리는 기적이 울렸다. 난 서둘러 해산도로 가
는 대양호에 승선했다. 배 안엔 벌써 여름을 즐기는 낭만파 젊은
이들이 야한 패션과 대담한 노출로 시선을 집중시키고 있었다. 여
름 한가운데 선 휴가라서인지 해상 여행자들이 유난히 많았다.

대양호는 450명의 손님을 태우고 해산도를 향하여 요란한 기적을 울리며 거대한 몸체를 움직이기 시작했다. 어디서 날아왔는지 갈매기 떼들이 배 위를 맴돌며 낯선 손님들을 반겼다. 이 항구의 갈매긴 유난히 사람을 좋아했다. 손님들은 갈매기에게 새우깡을 던져 주었고 녀석들은 날쌔게 날아와 한입에 낚아채고 있었다.

장군도를 지나 돌산 대교로 빠져나온 배는 어느덧 작은 섬들의 다도해를 돌아 대양으로 나섰다. 하늘과 바다가 맞닿은 바다 늪으로 배는 빠져들고 있었다. 여름의 찬란한 햇빛이 파도에 부서지고 그 파도를 가르는 하얀 뱃길이 시원하게 가슴을 저미며 추억의 흔적을 만들고 있었다. 배 난간에 기대어 부서지는 파도를 응시하며 26년 전의 내 모습을 떠올리고 있었다. 50이 지난 나인데도 그 시절의 낭만을 잃지 못하는 것은 남다른 감상주의자라서가 아니고 내 마음 깊은 곳에 존재한 어떤 상처의 흔적 때문이었다. 그 흔적은 늘 나를 구속하고 있었다.

혼자 애써 숨기려 하지만 은폐되지 않는 형상은 다른 이미지로 표현되는 것은 울분이랄까 아무튼 난 그런 독소를 마음 깊이 잠재시키고 있었다. 꼭 누구의 시선을 의식해서가 아니고 나 자신의 모습을 견제 못 하는 젊음의 몸부림 같은 것이었다. 피식 웃음이 나왔다. 육체의 노출, 어떻게 내가 저들의 무리 속에서 저런 팔팔한 젊음의 멋을 연출할 수 있단 말인가. 무리였다. 그러나 아직도 그들처럼 정열을 과시할 만큼 자신감이 있었다.

한참 바다를 바라보고 있는데 다가서는 한 남자. 훤칠한 키에 시원한 선글라스를 쓴 마도로스였다. 난 그가 내 소설의 열렬한 팬이라는 것을 직감했다.

“여기에 계셨군요. 저, 김현입니다.”

“아, 날 보자는 선장님이시군요. 전 해산도에서 만날 줄 알았는데.”

“구인해 소설가님. 영광입니다. 이렇게 저의 초대를 받아주셔서 말입니다.”

“아니죠, 제거 고맙죠.” 그는 환한 미소로 말했다.

“잘 오셨습니다. 멋진 소설을 쓸 수 있을 거예요. 가시죠. 내방으로…”

그는 선장실로 안내하였다. 그의 모습은 내가 아는 사람의 모습과 닮았다. 바다에 미친 사나이, 사랑하는 여자를 버릴 만큼 바다에 미친 사나이, 잊혀진 옛사랑의 남자, 그의 모습이었다. 마도로스인 그는 26년 전 나를 떠났다. 선장실에서 그는 시원한 냉커피를 내놓았다.

“구인해 작가님은 오늘 이 배의 퀸입니다. 아주 잘 어울려요. 의상하며 표정, 모두가 젊음의 표상 같은 분위기가 천상 소설가입니다.”

인사치레지만 듣기 좋은 말이었다.

“선장님이야말로 이 배의 킹이잖아요.”

“물론 그렇죠. 선장이니까.”

“선장님은 늘 이런 풍경을 벗하며 사시니 얼마나 좋겠어요. 부럽습니다. 저 푸른 요동의 바다, 한려수도의 낭만을 마음껏 만끽하는 행복은 말로 표현할 수 없지요.”

“그럴지도 모르죠. 허지만 바다는 그렇게 항상 평온한 낭만을 주는 곳은 아닙니다. 투 페이스를 가진 변덕쟁이라고 할까요, 평

화로운 얼굴이 때론 무서운 돌풍과 폭풍을 내몰 땐 황당하기만
하답니다. 바다는 천사의 가면을 쓴 악마라고 할까요. 그러나 아
무리 요상을 부려도 선장은 절대 흔들리지 않는답니다."

"천사의 가면! 폭풍과 노도, 그 속에 한번 내몰리고 싶어요. 낭
만 있는 체험이잖아요."

"생과 사의 고통에서도 낭만이 있을까요?"

"죽음에 이르는 폭풍 속에 한번 서고 싶어요."

"무상의 상상이 지나치군요."

"그런가요? 그런 모험을 하고 싶어요."

"구인해 선생님. 제가 오시라고 한 것은 글쓰기 아주 좋은 휴
양지를 제공하려고요. 아주 편안하게 글을 쓸 수 있는 해양목장
이 있어요. 친구가 경영하는 곳인데 글쓰기 아주 좋은 곳이에요."

"바다목장이 아니고 해양목장? 그러잖아도 그런 장소를 물색
중이었어요."

"아주 조용한 별장이에요. 이곳 목장에 소설가님의 꿈을 펼치
게 해 드릴게요."

"아주 설레는데요."

"그럼 배에서 내리면 포구 시장이 있어요. 부지원이란 해녀를
찾아보세요. 잘 안내해 줄 겁니다."이라며 주소가 적힌 메모지를
넘겨주었다.

이야길 하는 동안 여객선은 푸른 난해를 가르며 달려 해산도
에 도착하였다. 식사를 같이한 후 김현 선장은 되돌아가고 난 그
가 건너 준 메모지를 들고 '해양목장'을 찾으려 어시장으로 나갔
다. 뭔가 재미있게 풀릴 것 같았다. 어판장은 여행 인파로 붐비고

있었다. 막 물질에서 돌아온 해녀들이 싱싱한 해산물을 꺼내놓고 관광객들과 흥정을 하고 있었다. 난 부지원이란 해녀를 찾았다. 한 젊은 해녀가 저분이라고 가르쳐 주었다. 구릿빛 건강미가 넘치는 미녀였다. 내가 그녀 쪽으로 다가서자 그녀는 직감적으로 날 알아보는 것 같았다. 낡은 해녀복 사이로 속살이 비치는 것도 의식 않는 젊은 해녀였다.

"부지원 씨죠."

"소설가님, 어서 오세요. 선장님의 연락을 받았어요."

"신세를 지게 되었습니다."

"가시죠, 우리 집으로…"

그녀는 반갑게 맞으며 짐을 정리하고 일어섰다. 그리고 그녀는 아무 말 안 하고 앞서서 걸었고 나는 그녀 뒤를 따라갔다. 해변을 돌아 한참 가서 어떤 웅장한 저택 앞에 우뚝 섰다. 바다 풍경을 내려다보는 언덕 위에 우뚝 선 캐슬 같은 저택이었다. 초인종을 누르자 관리인인 노인이 문을 열고 나왔다. 그녀를 따라서 저택 안으로 들어섰다. 해산도에 이런 저택이 있다는 것은 감히 상상도 할 수 없었다. 잘 다듬어진 잔디가 넓은 마당에 그린 필드를 이루고 있었다. 마치 그 풍경은 서양의 어떤 고성 같았다. 그녀는 내 짐을 트러스가 넓은 2층 방으로 옮겨주었다.

"이곳이 작가님이 살 저택입니다. 이방을 쓰세요."

"풍경이 너무 좋아요. 넓은 바다가 한눈에 들어오네요."

"마음에 든다니 다행입니다. 김 선장님이 심신 부탁을 했어요. 그럼 쉬세요."라고 말하고 그녀는 다시 해변으로 나갔다. 난 짐을 들여놓고 테라스에서 먼바다를 바라보았다. 관망이 너무 좋은 별

장이었다. 대체 이 저택이 그녀의 집이란 말인가. 짐을 대충 정리
하고 창가에 놓인 테이블에 걸터앉아 구상한 소설의 줄거릴 짜
맞추고 있었다. 내 소설의 분위기와 너무 흡사한 곳이었다. 그래
이곳에서 멋진 작품을 쓰자. 예감이 좋았다.

항상 문밖에 서 있는 남자, 그러나 들어오지 않는 그를 언제까
지 기다려야 하는가. 내 소설 속 여주인공의 고뇌였다. 잘나가는
남자들이 유혹하고 결혼도 종용했지만 거절한 것은 언젠가 갑자
기 나타날 그 사람 때문이었다. 그래, 훨훨 털어버리고 결혼을 해
버리자. 라고 작심을 하지만 그녀를 에워싼 그 남자의 그림자에
갇혀 어떤 탈출도 감히 시도하지 못했다. 왜 그녀는 그의 문안에
갇혀 한 걸음도 움직이지 못할까. 어쩌면 내 모습인지도 모른다.
나는 두 세대의 혼돈을 갈등하며 사는 여자였다. 20대와 50대를
동시에 영유하려는 여자였다. 예쁘고 깜찍한 20대 여인과 능글맞
고 주책바가지인 50대인 나, 그러나 그 사람에게는 나는 영원한
베르테르였다. 그것은 26년 전의 나로, 그 사람의 여인으로 남고
싶었다. 그렇다고 언제까지나 그를 기다릴 수는 없는 것이다. 어
쩜 영원히 오지 않을 그인지도 모른다. 그러나 내겐 그가 언젠가
는 돌아온다는 신념이 있었다. 그것은 사랑과 증오과 범벅된 애
매한 기다림이었다.

석양의 바다는 너무나 황홀했다. 나는 창가에 기대앉아 일몰
의 지평선을 바라보며 그 사람의 환상에 몰입되고 말았다. 해는
어느새 지평선으로 기울고 어둠이 내린 바다엔 바람이 일기 시
작했다. 고요한 바다는 거친 파도로 일렁이고 있었다. 늘 저녁의
바다는 그랬다. '훌륭한 작품을 기대하겠어요. 올여름 우리 잡지

의 기획작품이에요.' 네, 독자가 찾지 않으면 필을 꺾을 생각으로 쓸게요.

노크 소리 똑똑똑….

"구인해 씨, 저녁 식사하세요." 해녀가 2층으로 올라와 문을 열고 들어왔다. 깔끔한 복장이 아주 세련되었다. 해녀인 그녀가 이 집의 주인이었다. 40이 갓 넘은 구릿빛 피부를 가진 미녀, 부지원, 이지적 지성에 미모를 갖춘 여인이었다. 난 그녀를 따라 아래층 식당으로 내려갔다. 가정부 노파 한 명과 집관리 할아버지가 저녁 식사를 하다가 나를 맞았다.

"우리 집 식구들이에요. 이분은 서울에서 온 여류소설가 구인해 씨에요. 당분간 같이 지낼 식구예요. 아저씨 잘 돌봐주세요."

"우리 집에 오신 것을 환영합니다." 노인이 정중하게 인사를 하였다.

"어서 식사하세요." 가정부 노파가 자리를 권하며 말했다. 나는 목례로 답하고 식사를 시작하였다. 상큼한 해물 향이 잘 어우러진 식단이었다. 식사가 끝나고 노인과 가정부는 부엌일을 하고 부지원 씨는 차를 끓여 내왔다. 우린 마주 앉아 차를 마시고 있었다.

"절 이렇게 환대해 주셔서 고맙습니다."

"김 선장님의 부탁인걸요. 유리알 같은 분이니 신경을 써서 모시라더군요."

"신경은 무슨? 전 이 집에 머무는 것만으로 고맙죠. 글쓰기 아주 좋은 곳이에요."

"최선을 다하겠습니다. 편히 지내세요."

“고맙습니다. 그런데 남편은?”

“네, 곧 돌아오실 겁니다.”

“남편은 뭘 하시는 분이세요?”

“해양 연구가예요. 탐사 나갔거든요.”

“그렇군요. 해양연구라면 대학교수인가요?”

“아무튼, 바다에 미친 분이세요. 귀가 시간은 예약이 없어요. 언제 올지 몰라요. 밤늦게 오기도 하고요 어떤 땐 밤을 새우고 오기도 한답니다. 불편한 것 있으며 언제든지 말하세요. 그럼 전 내일 아침 일찍 물질을 나가야 해요.”

“네, 다녀오세요.”

커피를 마시고 난 2층으로 올라왔다. 그리고 노트북을 두들겼다. 돌아오게 할 거야. 어디서 어떻게 살고 있는지, 기다린 세월이 너무 억울해. 꼭 찾을 거야. 세상에 사내가 그 남자뿐인가, 널린 것이 남자인데. 복잡하게 얽혀오는 갈등. 그러나 새로운 전환점은 생각나지 않았다. 밤새워 글을 쓰다가 늦게 잠이 들었다.

날이 새자 해변으로 나갔다. 아침 안개가 자욱하게 해변을 감싸고 있었다. 난 발길을 선착장으로 옮겼다. 여객선 터미널엔 육지로 나가는 관광객으로 꽉 차 있었다. 배가 떠나고 다른 배가 들어왔다. 보내는 아쉬움과 새로 맞는 사람들의 표정이 엇갈린다. 싱그런 해풍이 비릿한 생선 냄새를 신고 간장에 스며든다. 난 부두를 한참 둘러보고 다시 별장으로 돌아왔다.

가정부 노파가 전화를 돌려주었다. 김현 선장이었다.

“구인해 소설가님, 불편하진 않아요? 그리고 저의 친구를 만났나요?”

"친구라니요?"

"그 집주인 남자 말이에요."

"부지 원 씨 남편 말인가요? 안 들어왔어요."

"남편, 그녀가 그렇게 말하던가요?"

"네."

"그 집 남자 참 좋은 친구예요. 돌아오면 술이나 같이 하세요. 그럼…."

자정까지 원고를 쓰다가 늦게 잠이 들어 늦잠을 자고 일어났을 땐 다음 날 해가 중천에 떠 있었다. 창을 열고 밖을 내다보는데 50대 후반의 사나이가 차를 몰고 나가려다가 날 힐끔 바라보았다. 잘생긴 중년 사나이였다. 그 남자 같았다. 정말 재미없는 사내였다. 적어도 자기 집에 기숙하는 사람에게 최소한의 예의로 아는 척은 해야 하는 것이 아닌가. 어느새 그는 차를 몰고 떠났다. 부지원 씨가 2층으로 올라왔다. 그녀는 물질할 해녀복을 입고 있었다.

"방금 나간 분이 주인인가요?"

"네, 맞아요. 답답하죠, 구인해 씨, 저와 같이 물질 나가요."

"네, 물질?"

그녀는 내게 해녀복을 건너 주면서

"물질하며 세상 근심 다 잊어요. 가장 행복한 시간이랍니다. 입으세요."

난 해녀복으로 갈아입고 그녀를 따라나섰다. 우린 한참 해변을 돌아 갯바위에 도착하였다. 그녀는 물질할 장비를 꾸리고 있었다.

"그럼 잘 봐요. 내가 어떻게 하나."

그녀는 어느새 물속으로 뛰어내렸다. 그녀가 사라지고 부표가 떠올랐다. 한참 후 그녀는 휴, 긴 숨을 내리 쉬며 올라왔다. 바구니에 가득 해물이 담겨 있었다. 짐을 풀고는 다시 들어갔다. 그녀가 다시 물 위쪽으로 올랐을 땐 해물이 큰 바구니에 가득 차 있었다.

그녀는 내게 와서 물질하는 방법과 수영하는 법을 한 동작 한 동작씩 가르쳐 주었다. 난 그녀가 하라는 대로 해보았다. 큰 숨을 들여 마시고 내뱉고 들이쉬고 내뱉고 숨을 멈추었다 내쉬고

"그럼 날 따라와요."

"싫어요. 수영을 잘하지 못해요."

그녀는 날 물속으로 끌고 들어갔다. 난 허우적이다가 자맥질을 하고 있었다. 물속엔 신기한 해산물이 많았다. 숨이 차서 오래 있을 수가 없었다. 들어갔다 나오고 나왔다. 들어가고 허우적댈 뿐 해산물은 하나도 건지지 못했다.

우린 잠시 동작을 정지하고 물에서 나와 바위에 앉아 먼바다를 바라보았다.

"남편이 선생님께 물질을 가르쳐 주라고 했어요."

"남편이 왜요?"

"그래야 소설을 잘 쓸 거라고 하더군요."

"남편이 그런 말을 했어요?"

"네."

"나완 안면도 없는데. 남편이 해양 연구가라는데 구체적으로 뭘 연구하나요?"

“바다의 낙원을 만들려고 해요. 해양목장을 말입니다.”

“해양목장이라면 가두리양식장?”

“그런 거죠, 야망이 큰 거창한 사업이군요.”

“지금은 수익이 없어요. 허지만 한 10년만 지나며 세계적인 해양사업으로 대성이 할거래요. 어때요? 물질이 재미있지요?”

그녀는 바다 이야길 쓰려면 바다 체험을 해야 바다 이야길 쓸 수 있다는 것이다.

“바다엔 재미난 소재들 많아요.”

“매일 한 시간씩 나와 물질을 해요. 난 원래 해녀가 아니었어요. 그분의 일을 돕다가 해녀가 되었어요.”

“그분의 일?”

“해양탐사를 하는 분인데 물밑에 뭐가 있나 알지 못하잖아요. 제가 잠수 일로 그를 돕고 있어요.”

그녀는 남편의 일에 모든 것을 다 걸고 돕고 있었다.

“정말 행복한 부부군요.”

“아마 나처럼 행복한 여자는 없을 거예요. 남편도 날 사랑하고 나도 남편을 죽도록 사랑하니까요.”

“멋진 사랑이군요. 부러워요.”

그녀가 내게 물질을 배우게 하는 것은 바다 소설을 쓰게 하기 위한 체험이라고 했다. 그러나 그녀처럼 물질을 배워서 해녀 일을 하는 일은 없을 것이다. 물질에서 돌아와 너무 피곤해서 자리에 눕고 말았다. 단잠을 자고 나니 저녁 시간이었다. 난 식당으로 내려갔다. 아, 그런 데 남편이라는 사람이 식단에 앉아 있었다.

“어서 오세요. 우리 집에 오신 손님인데 인사가 늦었군요.”

"구인해라고 합니다. 이렇게 나를 위해서 별장을 빌려주시고. 고맙습니다." 난 고개를 떨군 채 인사를 하였다.

"잘나가는 소설가라고 친구가 말해주더군요. 자 우린 처음 만난 기념으로 축배를 듭시다. 잔을 받으세요." 그는 나의 잔을 채워주었다. 붉은 빛나는 와인이었다. 그제야 난 그를 정면으로 올려다보았다. 순간 난 그만 잔을 떨어뜨리고 말았다. 어쩜 그렇게 닮을 수가. 몸이 부르르 떨렸다.

"왜, 그러십니까?" 그가 놀라서 물었다.

"갑자기 현기증이 나서요. 가끔 일어나는 병이에요. 작품에 너무 골똘하다 보면 이런 현상이 오곤 해요."

"소설 쓰지 말고 건강부터 챙겨야겠네요."

"괜찮아요. 이러다가 괜찮아져요."

그는 다시 잔을 채워주었다. 난 잔을 비우며 그의 얼굴을 뚫어지게 바라보았다. 틀림없는 그였다. 26년 전에 사라져버린 사나이, 황만수 선장, 첫사랑의 남자였다. 묘한 운명의 장난이었다. 그토록 찾던 그가 내 앞에 나타난 것이다. 난 말문을 닫고 그를 쳐다보기만 하였다. 그는 나의 그런 행동에 아무 표정이 없었다. 놀람과 환희, 분노와 슬픔이 엇갈려 오는 묘한 감정을 참느냐고 난 입술을 깨물었다. 나를 버리고 간 남자. 아니 내가 버린 남자, 그러나 그 남자 때문에 평생을 홀로 살았던 사랑했던 남자, 그 남자가 바로 내 앞에 있는 것이다. 그는 날 의식하지 못했다. 난 용기를 냈다.

"선생님, 황만수 씨 맞죠?"

"아닙니다. 전 김태민입니다. 뭔가 오해가 있었던 것 같군요,"

“황만수 씨가 아니라고요?”

“전 해양학자 김태민입니다. 작가님이 뭔가 착각을 하고 있군요.”라고 말하고 그는 식당을 나가 버렸다. 난 우두커니 허탈한 가슴을 달래며 그 자리에 앉아 있었다.

틀림없이 그였다. 난 그의 모습에서 젊은 날의 황만수 씨를 떠올리고 있었다. 아니야, 분명히 그는 황만수다. 내 약혼자….

그는 내가 22살 대학교 3학년 때 만난 남자였다. 그는 해양대학을 졸업하고 이곳 해산도에서 여수로 오가는 여객선의 선장이었다. 내가 대학을 졸업하고 여학교 선생님으로 발령이 나던 그해 그는 국제 무역선의 항해사가 되어 미국으로 떠났다. 미국 선적의 무역선을 끌고 오대양 육대주를 오가는 마도로스가 된 것이다. 우린 이미 결혼을 약속한 사이였다.

“1년만 기다려요. 기다릴 수 있지?”

“응.”

“외국 선박을 타야 돈을 좀 만질 수 있거든. 그래서 이직한 거야.”

“잘된 일이죠. 넓은 세상도 보고… 그러나 몸조심해요.”

그는 거액의 연봉을 받는 무역선의 항해사가 되어 남미를 오가는 무역선의 선장 생활을 하였다. 떠난 후 전화와 편지가 매일 오다시피 하였다. 기다릴 수 있다고 생각했다. 그러나 해가 바뀌면서 가슴 저미는 그리움이 어떤 두려움으로 변하고 있었다. 혹시 오지 않을지 모른다는 불안이었다. 마도로스란 외로운 사내들이어서 정에 약하다는 것, 고독한 바다 생활에 사랑에 굶주린 가슴으로 항구에 나서면 유혹에 쉽게 빠지는 것을 안다. 낯선 이국의 항구에서 술 파는 여인의 헤픈 미소에 헤어나지 못하는 존재들이다. 하얀 제복의 마도로스, 외형으론 화려한 낭만을 가진 사내들이라고 생각하지만, 가슴에 파랗게 멍이 든 슬픈 사나이들이다. 고향도 조국도 가정도 없이 한번 출항하면 1년 이상 바다에서 생활하다 보면 모든 것을 망각하고 만다.

그렇게 무서운 고독과 험한 파도와 지겨운 시간과 외로운 싸움을 하면서 망망대해를 떠다니다가 낯선 항구에 정착하면 가슴에 맺힌 정을 다 쏟아 버리는 사람들이었다. 그래서 항구엔 그들을 유혹하는 여인들이 많았고 반겨주는 작은 정에 감동하며 그녀들에게 모든 정을 다 쏟아 버린다.

불안은 현실로 다가왔다. 갑자기 소식이 끊겨 버린 것이다. 슬펐다. 1년이 지나도 그는 돌아오질 않았다. 한 해 두 해, 그의 소식은 아주 끊겨버렸다. 난 그리움에 몸부림쳤지만 그는 오지 않았다.

꼭 4년 만에 그는 국제 마도로스가 되어 돌아왔다. 그런데 그는 금발의 여인과 아이를 데리고 나타났다. 그리고 절절하게 고백을 하였다. 브라질에서 금발의 여자와 결혼해서 자식까지 뒀다는 것이다.

"인해 씨, 미안해요. 외롭고 고독해서 그만 결혼을 했어요. 아이도 두 명 뒀고요."

기가 막혀 할 말이 안 나왔다.

"우리의 사랑이 고작 그 정도였어요. 얼마나 기다렸다고…"

"조금만 기다려요, 정리하고 돌아올 테니…"

"정리? 정리한다고 될 일인가?"

"우린 동거를 할 뿐 결혼식은 안 했어요. 곧 헤어질 거예요."

"참 쉽네요. 자식까지 둔 여자인데 어떻게 헤어져요?"

"인해 씨, 죄송해요."

그는 흐느끼고 있었다.

"가요, 내가 떠나죠. 내가 떠나야 당신이 행복할 테니까요."

마지막 경고이며 이별이었다.

그는 금발의 브라질 여인과 아들을 데리고 다시 한국을 떠났다. 그리고 소식이 없었다. 마도로스 황, 꼭 돌아온다는 말. 그녀와 헤어진다는 말, 믿어달라는 그 말을 믿었다. 그러나 그는 26년간 돌아오지 않았다. 마도로스 황, 난 그를 지금까지 기다리고 있었다.

어쩜 그와 그렇게 닮을 수가 있단 말인가… 그러나 그는 황만수가 김태민이라고 했다. 난 잠시나마 그를 만난 황홀에 빠진 순간을 되뇌며 행복해하고 있었다. 자리에서 일어났다. 왜 그가 브라질의 가족은 어떻게 하고 이 집에 와서 사는 걸까? 알 수 없는 번민, 그리고 부지원은 정말 그의 아내인가…. 이대로는 기분이 잡쳐서 도저히 머물 수가 없었다. 떠나자. 나는 짐을 싸고 있었다.

다음 날 아침 부지원이 2층으로 올라왔다.

"남편이 뵙자는데요. 바다목장 연구실로 오래요."

"바다목장 연구실?"

"이 약도를 가지고 연구실로 가보세요. 할 말이 있나 봐요."

난 그녀가 준 약도를 들고 바다목장으로 그를 찾아갔다. 바다목장은 버스를 타고 가야 할 먼 거리였다. 내가 바다목장에 도착하자 그는 양어장에서 물고기 먹이를 주고 있었다.

"어서 와요. 구인해 소설가님."

그는 날 그의 연구실로 안내했다. 손수 커피를 끓어 내놓고 진지하게 말했다.

"날 알아봤군요. 난 몰랐어요. 인해 씨. 미안해요, 정말 오랜만이군요. 만나지 못하는 줄 알았어요."

"찾지 않았잖아요. 그런데 왜 마음이 변했나요?"

"사실은 아내 때문에 그랬어요."

"아내? 부지원 씨가 아내 맞아요? 정말 날 비참하게 만드는군요."

"3년 전에 귀국했어요."

"브라질 가족은요?"

"헤어졌어요. 아니 버리고 왔어요."

"뭐요?"

그의 눈가엔 이슬이 맺혔다. 절망적인 무너짐, 어떻게 이 무서운 공포에서 벗어날 수 있을까. 버리고 왔다는 것이다. 기가 막혔다.

"사실은 헤어졌어요." 그는 진지하게 상황 설명을 하였다.

브라질에서 행복한 결혼생활을 하다가 그만 선상 사고로 병원 신세를 졌고 강제퇴직을 당해 퇴직금으로 생계를 유지하였는데 그녀가 퇴직금을 모두 챙겨 아들과 도망가는 바람에 빈 몸으로 한국에 왔다는 것이다. 죽음을 결심했는데 차마 죽지 못하고 친구 김현 선장의 도움으로 이곳 해산도에 머물며 국제 레저타운을 기획하고 있다는 것이었다.

“오셨으며 연락을 했어야죠?”

“무슨 면목으로. 결혼했다면서요. 남편은 뭘 하는 사람이요?”

“대학, 교수입니다.” 난 거짓말을 하고 말았다.

“좋은 사람을 만났군요.”

“네. 아주 잘해줘요.” 기가 막혔다.

그는 내가 결혼을 해서 잘살고 있다고 생각하였다.

“해변을 좀 걸을까요?” 그는 나의 손을 잡았다. 그리고 해변으로 나섰다. 우린 석양의 바다목장을 거닐며 옛 추억에 잠기고 있었다. 난 계속 흐르는 눈물을 지체 못 하며 그가 끄는 대로 따라갔다. 그는 한참 걷다가 먼바다를 바라보며 말했다.

“황만수 씨, 전 지금 홀로 살아요.”

“정말요? 인해 씨, 미안해요. 정말 미안해요.”

“내게도 책임이 있는걸요. 잡아두지 못한 책임 말예요. 그 얘긴 그만 해요.”

“인해 씨, 저길 보세요. 앞으로 이곳은 세계적인 명소가 될 거예요. 이곳에 내 꿈이 열릴 것입니다. 난 꼭 내 꿈을 실현하고 죽을 거예요. 이곳에 국제 해양레저타운을 만들 겁니다.”

해양레저타운은 바다목장이었다. 일명 해양목장이라고 하는 세계적인 생태 바다공원을 만들어 관광객을 유치한다는 것이었다.

“바다목장, 계획이 환상적이군요.”

“세상에서 가장 아름다운 낙원을 만들 거예요. 인류를 위해서 우리 후손을 위해서 그리고 당신을 위하여.” 뻔뻔스러웠다. 그는 자신만만하게 이야길 펼쳐 나갔다.

해상 생태공원, 바다목장은 호텔, 카지노, 인공 수족관, 자연과 인공을 가미한 해수욕장. 문화 레저타운, 세계민속 전시장. 세계 모든 음식을 맛있게 먹을 수 있는 전통음식점, 양어장, 양식장. 사우나 시설, 조정 경기장, 카누경기장. 그리고 국제 음악경연장, 공연장, 체육관, 발리나 피지 휴양지 이상, 라스베이거스 같은 판타지 공원을 만든다는 것이었다. 바다목장이 형성되면 세계 모든 인류가 이국의 문화와 전통음식, 그리고 언어, 사교, 예술을 만끽할 수 있고 그땐 해산도를 향하여 세계의 모든 비행기, 여객선, 자동차가 연계되고 국제 교통로를 만들어 지구상에서 가장 행복한 낙원을 만드는 원대한 플랜이었다.

그가 20여 년간 국제 해양을 맴돌면서 구상한 이상의 천국이었다. 그에 드는 돈은 모두 외국자본으로 유치한다는 것이며 그것은 그의 일생일대의 사업이라서 자신의 모든 혼과 정열을 다 바쳐 추진하고 있다는 것이었다.

"실현이 가능한 일인가요?"

"그럼요, 평생을 두고 계획한 일인데요."

"허무맹랑한 야심 같아요."

그는 자신만만했다. 총자본 10조 원, 국제적으로도 자본 확보가 되어 있다는 것이다. 사실 우리나라는 세계적으로 아름다운 해변과 바다를 갖고 있지만 그걸 이용하지 못하고 있었다. 청정해역, 맑은 햇빛, 온화한 기후, 풍부한 해산물, 어느 나라에 내놓아도 손색이 없는 자원을 그냥 둘 수 없어서 그가 꿈의 파라다이스를 만들려는 것이었다.

난 그의 말을 들으며 26년 전 그때의 그 기분으로 가슴이 설

레고 있었다. 해변을 돌아 부두로 나와 우린 허름한 주막으로 들어섰죠. 맥주를 시켜놓고 우린 한참 우두커니 서먹한 감정으로 서로를 바라보았다. 옛날엔 다정한 약혼자였지만 지금은 남의 남자, 아주 멀게만 느껴지는 사람이었다.

"부지원이란 해녀가 부인인가요?"

"네, 그렇게 되었어요. 그녀는 나 없이 못 살아요. 우리 아이들이 모두 미국 유학중이에요."

"다복하시군요?"

그는 술잔을 들이켰다. 나도 따라 마셨다. 우린 취하고 말았다. 내가 자리에서 일어났을 땐 아침이었다. 부지원 씨가 방문을 노크했다.

"아침 드셔야죠?"

난 식당으로 내려갔다. 가정부와 관리인이 그녀와 식사를 하고 있었다.

"남편은요?"

"외국에 갔어요. 브라질에서 잠깐 볼 일이 있어서… 아침 배로 떠났죠. 인천공항에서 비행길 탄 대요."

브라질… 금발의 그녀를 만나러 간 것인가. 이미 끝난 사이라고 했는데…

"브라질에 왜 갔대요?"

"부인이 위독하나 봐요."

"부인이…?"

"네, 남편은 브라질에 본

"아내가 브라질에 있다고요?"

"네, 세계적인 부호래요."

"뭐라고요? 세계적인 부호라고… 그럼 당신은?"

"저도 그의 아내입니다."

알 수 없는 일이었다. 아무튼 그는 브라질로 금발의 아내를 찾아갔다. 신뢰가 안 가는 사나이였다. 난 도저히 식사할 수 없어 2층으로 올라와 버렸다. 그리고 짐을 쌌다. 그녀는 말없이 날 지켜보고 있다가 무겁게 입을 열었다.

"왜, 가시려고요?"

"네, 가야겠어요."

"남편이 섭섭해할 텐데요."

"부지원 씨. 황만수 씨가 남편이 아니라면서요. 그런데 왜 남편이라고 했어요?"

"황만수 씨가 그러던가요?"

"아니에요. 김현 선장이 말했어요."

"맞아요, 난 그의 부인이 아니에요. 그러나 난 그를 남편으로 생각해요. 사랑하니까요. 구인해 씨, 아직도 그분을 사랑하나요?"

"어떻게 우리 사일 아세요?"

"남편이 말했어요. 저 2층에 있는 소설가는 첫사랑의 연인이었다고요."

"정말 그랬어요?"

"구인해 씨, 정말 그이는 잊혀진 연인이지요? 그렇담 다시는 만나지 않겠지요?"

"네." 난 힘없이 네라고 대답을 하였다.

"고마워요, 전 남편을 사랑한답니다. 곧 돌아올 겁니다."

그녀는 황만수 씨가 이곳에 머문 이야길 꺼냈다. 그는 마도로스인 오빠의 친구였다. 같이 해외에서 배를 탔는데 해상사고로 오빠가 죽고 혈혈단신 절망에 빠진 자기를 찾아와 위로하며 삶의 용기를 줬다는 것이다. 브라질에 부인과 잘살고 있던 그가 이곳에 머문 것은 자기 때문이라는 것. 그를 사랑하기에 그 없이는 못 산다는 처량한 자길 두고 갈 수 없어 4년을 머물렀다는 것이다.

"떠나면 죽겠다고 협박을 했거든요. 사실 난 죽도록 그를 사랑한답니다. 구인해 씨 이상으로 말입니다."

"부지원 씨, 그렇게 그를 사랑했어요?"

"네, 죽도록. 합방은 안 했지만, 그이가 없으면 난 못 살아요."

"부부생활을 한 것도 아니라면서요?"

"그런 건 바라지도 않아요. 같이만 있어 주면 돼요."

정말 이상한 여자였다. 그러나 난 뭔가, 사랑하면서 그를 붙들지 못했다. 사랑하지만 사실 그에겐 아무것도 해준 것이 없다. 대체 무슨 배짱인가. 내가 그를 기다릴 그리고 그를 사랑할 가치가 있었단 말인가.

"구인해 씨, 그분을 아니 남편을 놓아줘요. 만약에 구인해 씨가 남편을 잊지 못하면 제가 불행해져요."

"나완 상관없는 남자입니다. 마음대로 하셔요."

짐을 챙겨 들고 저택을 나왔다. 화가 치밀었다. 차라리 만나지나 말 것을. 난 배를 타고 말았다. 여수로 향하는 배 난간에 기대여 황만수의 뻔뻔스러운 두 얼굴을 상상하며 슬픈 모멸감에 젖어 있었다. 기껏 사랑하고 기다린 결과가 이것뿐이란 말인가. 역시 마도로스는 사랑할 수 없는가. 가는 곳마다 여자이고 머무는 항구마다 사랑의 씨를 뿌리고 다니는 인간들, 그런 인간을 사랑한 자신이 너무나 비참했다. 그런데 부지원이란 여자는 뭔가?

싱그런 바다의 풍치는 저렇게 평화로운데 내 마음속엔 무거운 앙금만 쌓여있었다. 배는 전속력으로 파도를 갈랐다. 마침 김현 선장이 운항하는 배였다.

"구인해 소설가님, 왜 벌써 가세요? 작품을 쓰려고 왔잖아요?"

김현 선장님이 다가왔다.

"네, 사정이 그렇게 되었어요."

"잠깐, 볼까요. 선장실로 가죠."

그는 날 선장실로 안내했다. 그리고 조용히 말했다.

"구인해 씨, 황만수가 얼마나 구인해 씨를 사랑하는지 모르시죠. 녀석은 평생 구인해 씨에게 죄인이라고 생각하며 살았어요."

"기분 나빠요. 천하에 바람둥이가 그런 말을 해요."

"아니죠, 그는 오로지 이 세상에서 구인해 씨만 사랑했어요. 난 그와 30년 친구예요. 그래서 그의 진심을 알아요."

"아니에요, 그분은 브라질에 해산도에 부인이 둘씩이나 있는 바람둥이예요."

"그럴 수밖에 없지만 진심은 아닙니다."

마도로스에게는 특히 국제선을 타는 마도로스는 바람둥이가 될 수밖에 없었다. 부모 형제 사랑하는 사람을 떠나 바다에서 살다 보면 다 그렇게 된다는 것이다. 역겨운 바다만 보다가 항구에 내리면 반겨주는 사람은 항구의 색시들뿐이다. 그래서 정을 통하고 또 헤어지고 다른 곳에서 또 만나고 그런 부류의 여인은 섹스 때문에 만나는 여자들이었다. 그런 여자에서나마 사랑을 느끼는 것이 마도로스였다. 그는 지금 퇴역하고 혼자 삽니다. 어쩜 불행한 남자죠. 그는 스스로 죄인이라고 생각하고 말년을 봉사하면 살겠다고 귀국을 했습니다. 해산도에서 마지막 정열을 불태우기로 하고 말입니다.

"그가 브라질의 부인에게로 갔는데도요."

"돌아올 겁니다. 그런 녀석이에요."

"부지원이란 여자가 있잖아요."

"알아요. 그녀도 그를 무척 사랑하고 있어요."

"그 여자는 어떻게 해요?"

"아마, 두 분 때문에 고민할 겁니다. 어느 한쪽으로도 갈 수 없는…"

"난 상관없어요. 부지원 씨에게로 가라고 해요."

"돌아오면 용서해줘요. 돌아온다면 맞아줘요."

사실 마도로스들은 정상적인 가정을 갖지 못한다. 먼저 아내들이 용서를 안 하니까 더욱 그랬다. 그래서 대부분 이혼을 하고 늙어선 오갈 데가 없는 경우가 많다. 젊은 날 그 영화는 다 사라지고 남은 건 쓸쓸한 노후뿐이라며 선장의 눈엔 눈물이 고이고 있었다.

"돌아온다 해도 전 아닙니다. 부지원 씨가 있으니까요."

사랑의 환희는 자꾸 슬픈 연가로 쓰이고 있었다. 선장의 말처럼 이 사람을 용서하고 받아들여야 하는 건가. 아니다. 그에겐 부지원이 있다. 그녀는 목숨을 내놓을 만큼 애절하게 그를 사랑한다. 그러나 난 기다림뿐이었다. 그것은 사랑의 희생이 아니고 이기주의적 고집이다. 그렇다면 부지원은 진정으로 그를 사랑한 여자였다.

며칠 후 난 편지 한 통을 받았다. 황만수, 마도로스 황에게서 온 편지였다.

'그대를 위하여 황만수의 영육을 바친다.'로 시작되는 내용은 해산도의 해양공원 마스터 프로그램을 정부에 제출하고 외자를 끌어들이는 데 성공했다는 것이었다. 그리고 '그 모든 지적재산권을 모두 구인해 작가에게 준다는 각서를 첨부합니다.'

'인해 씨, 난 한곳에 머물 수 없는 인생을 타고났어요. 내가 알고 있는 아니 내가 현재 인연을 가지고 있는 피부와 언어가 다른 수명의 외국 여인들이 있어요. 난 이 모든 여인을 외면할 수가 없습니다. 난 이제부터 그녀들에게 진 빚을 갚아야 해요. 그리고 부지원 씨에게도…. 그래서 다시는 돌아오지 않을 것입니다. 세상에 태어나서 오직 당신만을 사랑했습니다. 인해 씨… 지금도 사랑해요.'

정말 알 수 없는 것이 마도로스 마음이었다.

난 그가 부쳐 온 지적재산권을 국가에 헌납한다는 각서를 법원에 접수하고 해산도로 내려갔다. 부지원을 만나기 위해서였다. 그런데 내가 막 저택에 도착했을 때 그녀의 장례식이 치러지고 있었다. 관리인은 그녀가 그를 다시는 보지 못한다는 슬픔에 젖어 지내다가 자살을 해버렸다는 것이다. 가엾은 여인이다. 난 그녀의 영혼에 명복을 빌며 해산도를 떠나왔다.

나쁜 자식, 비굴한 인간, 바람둥이, 사기꾼, 난 그에게 욕설을 퍼부었다. 어떻게 많은 여인을 울리는가. 나쁜 남자였다. 한바탕

욕설을 퍼붓고 나니 마음이 후련해졌다. 그러나 마음의 한편에
선 책임을 지기 위해서 떠났다는 그가 안타까웠다. 신세를 진 여
인들을 외면할 수 없어서 떠난다는 말, 바보인가, 순진한 것인가.
내가 정말 그를 사랑 한 것인가? 기다림, 그것은 사랑이 아니다.
그를 위하여 죽을 수 있는 부지원이 한없이 부러웠다. 소설은 마
침내 마무리되었고 난 그를 보내기로 하였다.

(2004년 한국 바다문학상(부산) 본상 수상 작품)

박영래

1994년 《삶터문학》 등단. 소설집 『세작』『지뢰꽃』『반려견 실종사건』. 장편
소설 『곧은골 연가』『여걸』『어게인미팅』『어탁』『내 안의 블랙홀』. 제15회 경
기도문학상(2006). 제43회 한국소설문학상(2017). 제11회 월간문학상(2022).
(사)한국소설가협회 중앙위원. (사)한국문인협회 감사

찰나의 순간

조 전무가 배대지 전 지점장의 부음을 전해 들은 것은 해외 출장을 마치고 코로나19로 자가 격리에 들어가 있을 때였다. 입국할 때 코로나19 검사 결과 음성 판정을 받았음에도, 탑승객 중 한 명이 양성으로 나오자 2주간 자가 격리 조치 됐다. 회사에 가서 보고해야 할 일이 산적해 있는데 갑자기 코로나19로 발목이 잡힌 것이다. 우선 시급한 업무만 사장에게 구두보고 했고 세부적인 것은 자가 격리가 끝난 후 대면보고 하기로 했다. 말이 자가 격리지 심리적 육체적 압박감에 얼마나 불안하고 답답한지 가택연금이 따로 없었다. 오전 오후에 걸쳐 보건소, 시청, 질병관리본부 담당자로부터 확인 전화가 매일 같이 걸려 왔다. 체온 체크를 하며 건강 상태를 모니터링하는 이유도 있지만, 혹시라도 집 밖으로 벗어났는지 담당자가 노심초사하면서 확인하는 것인데 불편하기가 이루 말할 수 없다. 시청 담당자가 영양 간식거리를 문 앞에 두고 초인종을 누른 후 잽싸게 사라질 때도 있다. 또한 분리수거용 비닐봉지를 보내와 사용했던 마스크나 생활폐기물은 따로 담아서 배출할 것을 신신당부하기도 했다. 담당자의 얼굴은 안 보이고 핸드폰에서 곧장 물건을 확인해 보라는 문자만 도착하는데 혹여 대면할 때 감염될까 꺼리는 모습에 영 기분이 찜찜하다. 심지어 가족과도 접촉을 금하고 있어 실내에서 마스크 착용하는 것은 물론 식사도 혼자서 해야 하고 아내와는 각방을 써야 했다. 여기다 핸드폰에 앱을 깔아 위치추적이 되어 모처에서 감시받는 느낌으로 얼마나 불쾌한지 모른다. 자가 격리 수칙을 어기는 경우 법적 처벌을 피할 수 없다.

그런데 갑자기 배대지 지점장의 부고를 받은 것이다. 배대지 지점장은 2002년 한일 월드컵 때 윗선의 압력에 의해 권고사직 당했다. 월드컵은 국제적인 큰 행사였고 대통령이 일본으로 건너가 관중석에서 일왕과 나란히 앉아 결승전을 참관하는 등 특별 관심 행사이기도 했다. 거리엔 뜨거운 응원 물결이 아파트단지엔 함성이 방방곡곡 울려 퍼졌다. 이렇게 월드컵으로 전국이 뜨겁게 달아오르고 있을 때 본사에서 붉은 악마 티를 직원 수만큼 전 지점에 내려줬다. 그런데 지점장은 왜 하필이면 붉은 티냐며 무시해 버리고 고객 방문 시 회사 제복 차림으로 업무에 임하도록 조치했다. '대~한민국!'을 외치며 응원하는 건 좋은데 온 국토가 빨갛게 물들어가고 있는 것을 볼 수 없다는 게 이유였다. 빨간색에 알레르기 증상이 생기는 이유를 정확히 알 수는 없으나 평소 애사심만은 굳건한 지점장이었다. 그러다 윗선에서 어떻게 알았는지 사장이 질책받게 되었고 이내 본사로부터 불호령이 떨어지는 등 대가는 혹독했다. 그날 이후로 직무가 정지되고 부속실에 대기발령 상태로 있다가 월드컵 폐막 직후 사직했다.

배대지 지점장이 퇴사하게 되자 지점 내에서 박수치는 사원들이 있었다. 그중 한 사람이 A/S팀장이다. 상사에게 얼마나 시달렸으면 그랬을까. A/S팀장은 평소 지점장과 각을 세우곤 했는데 후에 명예퇴직을 했다. 말이 좋아 명예퇴직이지 원하지 않는 강제퇴직이나 다름없었다. 아이엠에프 이후로 수많은 회사가 구조조정을 단행하면서 명예퇴직이라는 이름으로 사원들을 거리로 내몰았다. 줄을 세워 명퇴 대상을 정하는데 극단적 선택을 한 직원도 있었다.

A/S팀장은 공교롭게도 지점장이 퇴사한 지 얼마 되지 않아 명퇴 대상 1호로 옷을 벗었다. 이미 작성된 살생부 명단에 A/S팀장의 이름이 올라 있었던 것이다. 나만 죽지 않겠다는 생각에서였을까? 살생부 작성은 전임 배대지 지점장이 직무 정지 전에 해 놓았었다. 살생부는 요즘으로 말하면 블랙리스트다. 그 당시 정부기관은 물론이고 민간업체까지 명단을 작성해 놓고 대외비로 관리해 왔다. 요즘도 블랙리스트 사건으로 정치권이 온통 시끄럽다. 엄혹한 시기에 용케 피해 간 직원이 있었다. 조 팀장이다. 조 팀장은 배대지 지점장과 같이 근무하면서 업무적으로 섭섭한 일들이 있었지만 애사심에서 우러나온 충정으로 받아들여져 승승장구하게 되었다.

강단 있는 배대지 지점장이었지만 코로나19 앞에서는 꼼짝도 못 했던 것 같다. 코로나19에 감염된 이유는 병원에서 담낭 절제 수술을 받고 1주일간 입원 치료 중이었는데 퇴원을 하루 늦추는 바람에 변을 당했다. 퇴원 결정을 제때 해줘야 하는 담당의사가 갑작스런 일로 자리를 비우게 됐기 때문이다. 물론 퇴원 이틀

전에 코로나19 검사 결과 음성 판정을 받고 퇴원 준비를 하고 있던 중이었다. 그런데 하필이면 전날 새로 입실한 환자가 검사 결과 확진자로 드러났다. 그 환자는 중환자실에 있다가 일반병실인 배대지 지점장이 있는 곳으로 옮겨왔는데 그때까지도 본인이 확진된 줄도 몰랐었다. 24시간을 꼬박 그 환자와 같이 있다 보니 여지없이 감염되었다. 더구나 침상이 바로 곁에 있었고 간병인이 별나게 환자와 말을 많이 했다. 평소에 마스크를 썼어도 식사할 때는 벗기 때문에 비말이 병실을 휘젓고 다녔다. 여기다 간병인은 다른 층에도 왔다 갔다 하고 타 환자와도 접촉했다. 이 바람에 확진자가 여럿 나오고 병원이 발칵 뒤집혔다. 질병관리본부에서 확인 점검 나오고 방역 지침을 소홀히 한 병원에 폐쇄 명령이 떨어졌다. 건물 전체를 방역 처리하기 위해 위급환자 외에 일반 환자는 모두 퇴원 조치했다. 배대지 지점장은 손쓸 겨를이 없을 정도로 급격하게 증세가 악화되었다. 수술 환자다 보니 같은 병실에 있던 다른 환자보다 면역력이 약해 병원균이 온몸으로 전이 된 것이다. 제날짜에 퇴원했으면 이런 일은 없었을 거라며 가족이 병원에 울며불며 항의했지만, 배대지 지점장은 이미 임종을 눈앞에 두고 있었다. 하루 차이가 생과 사를 갈라놓자 가족들은 몹시 비통해했다. 숨을 거둘 때까지 얼마나 고통스러운지 멀리서 지켜보던 가족과 의사 간호사까지 공황 상태에 빠졌었다고 전해왔다.

아무튼 조 전무는 자가 격리 중인 상태에서 조문 가고 싶어도 가지 못해 안타까움으로 애를 태웠다. 자가 격리가 아니더라도 정부의 강력한 거리두기 지침으로 조문은 불가능했다. 심지어 장례도 치르지 못하고 화장을 마칠 때까지 가족마저도 주검에 가까이할 수 없으니 말이다.

'아! 어찌 이럴 수가….'

문득 20년 전 지점장과 근무하면서 있었던 갈등의 추억이 파이프 담배 연기처럼 모락모락 피어올랐다.

지점장실에서 회의를 마치고 나오는 팀장들의 얼굴은 항상 어둡고 무겁다. 회의 분위기가 어떻다는 것을 짐작할 수 있는 모습이다.

배대지 지점장은 회의를 진행하면서 팀장들의 눈을 똑바로 보며 쥐 잡듯이 한다. 업무실적으로 따지다 보니 팀장들은 절절맬 수밖에 없다. 어서 이 지옥 같은 시간이 빨리 가기를 바란다. 배대지 지점장이 부임한 지 1년 가까이 됐건만 조금도 정이 가지 않는다. 그동안 간부들에게 다정한 말을 해주거나 격려 따위는 한 번도 들어본 적이 없었으니 정이 들 리 만무하다. 특이한 것은 간부회의를 마치면 10여 분간은 사담(私談)을 꼭 하는데 주로 집에서 기르는 강아지의 재롱에 관련된 얘기다. 이곳에 부임할 때 처형(妻兄)이 기르던 흰색 털을 가진 몰티즈 한 마리 가져왔는데 응석을 부리며 잘 따른다고 한다. 짐승일지라도 같이 생활해 보니 사람보다 충성심이 높다고 그 큰 눈을 굴리며 팀장들을 번갈아 본다. 마치 너희들보다 말 잘 듣는 우리 강아지가 낫다는 눈빛이다. 자랑이 이만저만 아니다. 업무보고 할 때는 잘잘못을 꼭 따지고 질타하지만 개 얘기만 나오면 행복해하는 모습이 심하게 말해 소시오패스(sociopath) 기질이 있어 보였다. 도대체 저 인간은 성장 과정이 어떻길래 사람을 대하는 태도가 저럴까? 정신적인 문제가 있는 것은 아닌가? 하는 의구심이 들을 만큼 별난 사람이었다. 목소리는 얼마나 큰지 팀장들에게 호통치는 소리가 부속실은 물론 복도에까지 울려 화장실에 가던 직원들이 무슨 일인가 하고 기웃거리기도 했다. 창피한 노릇이다. 정이라고는 눈곱만큼도 없는 사람이다. 이런 사람을 두고 비정한 인간이라고 했던가? 강아지를 아끼는 만큼 그 반만이라도 팀장들에게 다정하게 배려해 줄 수는 없을까? 팀장이 지점장에게 매일 간부회의 때마다 야단맞는다는 소문은 금 새 각 지점에도 퍼져나갔다.

총무팀장이나 A/S팀장은 그래도 강심장이어서 그런지 지점장이 아무리 고압적이어도 노여움을 타지 않는다. 특히 총무팀장은 유들유들한 대처로 위기(?)를 잘도 피해 간다. 그것은 지점장이 좋아하는 강아지의 재롱을 같이 호흡 맞춰주는 것인데 다른 팀장들이 따라 하기 힘든 비위 맞추기다. 위기를 모면하려고 애쓰는 억지 춘향에 닭살 돋는다. 판매팀장은 그들보다는 성격이 온순하고 상사에 대한 복종심이랄까 그런 거 때문인지 항변 한 번 하지 못하고 있다가 회의를 마치고 나오면 휴게실에서 담배 서너 대를 태우고서야 자리에 돌아간다.

집에 가면 아내와 아이들이 있는 가장이다. 아무리 직장이 힘들고 맘에 안 들더라도 가정을 돌보기 위해서는 온갖 수모를 감내해야 하는 40대 중반의 외로운 중견간부이다.

"여보. 우리 집에 강아지 한 마리 키워요."

아내는 남편이 지친 모습으로 귀가할 때마다 안타까워 강아지로 집안 분위기를 바꿔주고 싶었다. 아이들은 어느새 쑥쑥 자라

대학 입시를 앞둔 고교생이다. 집에 있는 시간이 별로 없다. 학교에서 보충수업이 끝나면 학원으로 달려가야 하는 등 아빠와 마주하는 시간이 거의 없다. 조 팀장은 아이들을 무척 예뻐했다. 아무리 힘들어도 아내와 아이들이 곁에 있을 땐 구겨졌던 얼굴이 확 펴지지만 요즘은 그런 모습 보기 힘들다. 집안에서 호탕한 웃음소리 들어본 지도 꽤 오래됐다.

그래서 강아지를 들여놓으면 집안 분위기도 바뀌고 남편의 구긴 인상도 펴질 거라는 생각을 갖게 된 것이다.

"안 돼!"

조 팀장은 단번에 거절했다. 강아지가 귀엽기는 하지만 방에 털이 날리고 여기저기 오줌똥 지리고 장마 때는 냄새가 나기 때문에 절대로 안 된다고 했다. 깔끔한 성격인 조 팀장이 받아들이기 어려운 이유가 여기에 있었다.

"어디 당신만 힘든 줄 알우? 나도 힘들단 말야. 당신 출근하고 아이들 학교 보내면 하루 종일 집에서 얼마나 적적한지 알기나 해요?"

아내가 목소리를 높이며 불만을 토로했다. 그래도 집에서 개 키우는 것만큼은 안 된다고 손사래 쳤다.

다음 날 아침 간부회의가 진행되었다. 지점장실 탁자 주위에 팀장들 셋이 앉아 부속실 여직원이 갖다 놓은 찻잔을 들었다. 긴장된 상태에서 마시다 보니 차 맛이 별로였다. 차를 마신 다음 각 팀장이 전날 실적과 당일 계획을 보고했다. 지점장은 가장 관심을 갖는 업무가 판매 보고다. 실적이 좋지 않으면 당연히 다그치지만, 목표를 달성해도 더욱 언성을 높여 더 많이 올리라고 한다. 도대체 얼마를 더 해야 만족하는 걸까? 조 팀장은 한참 잔소리를 듣고 나면 기분 좋을 리가 없다. 여기다 막돼먹은 언사가 심히 불쾌하게 했다.

업무보고가 끝나면 지점장이 업무 이외의 대화를 이어간다. 물론 사적인 얘기다.

"요즘 우리 아이가 얼마나 이쁜 짓을 하는지 좋아죽겠어."

처음엔 우리 아이라고 해서 그 나이에 늦둥이를? 하며 의아해했는데 집에서 기르는 개를 두고 한 말이었다. 1년 전 이곳에 부임하면서 강아지와 같이 왔는데 그 강아지가 어느새 새끼를 낳았다고 한다. 모두 7마리나 되는데 집에서 다 기르고 싶지만 비용을 감당치 못하여 어미와 새끼 두 마리만 남겨두고 모두 분양하겠다는 것이다.

지점장은 개를 얼마나 좋아하는지 퇴근 시간만 되면 뒤도 안 돌아보고 집으로 달려갔다. 눈도 뜨지 않은 강아지가 눈앞에 아른거려 가만있을 수 없다는 것이다. 그래서 요즘은 회식 자리 외에 사적인 모임은 일체 참석하지 않는다. 어쩌다 회식 자리에 참석하더라도 시계만 들여다보았다. 앉았다 하면 화투장을 꺼내 고스톱 치자고 하는 전임 지점장과는 스타일이 완전히 달랐다. 적어도 팀장들과 무릎을 맞대고 소주 한 잔 기울이는 시간을 가지면 얼마나 좋을까? 아니면 점 100 고스톱으로 간부들 마음을 풀어주면 얼마나 좋을까? 그럴 바엔 강아지와 놀겠다는 심보인가?

아무튼 불같은 성정을 지닌 지점장이 강아지 앞에서는 쪽도 못 피는 모습에 역겹기까지 했다. 사람보다 개를 더 좋아하는 건 이기주의가 아니고 무엇이겠는가. 심하게 말하면 비정한 인간이라고 해야 옳을 것이다. 어느 때는 강아지가 지점장 손목이나 발목을 콱 물었으면 좋겠다고 생각했다. 그러길 바라고 천지신명께 간절하게 기도했다.

문득 아내가 강아지를 기르자고 한 말이 떠올랐다. 얼마나 적적했으면 그랬을까? 그래도 집에서 개는 안된다며 머리를 저었다. 그러면서도 온종일 혼자 있는 아내가 은근히 걱정스러웠다. 이러다 우울증이라도 걸리면 어떡하지? 조 팀장은 고개를 조금 전보다 세게 꺾었다. '우울증이라니! 절대 그래서는 안 되지! 강아지가 우울증에 도움이 된다면 아니 호랑이 새끼라도 마다할 수는 없지!' 하면서 강아지를 분양하는 쪽으로 마음이 기울었다. 그리고 무엇보다 지점장의 강아지를 분양받게 되면 지금처럼 심한 면박은 없을 거라는 일거다득에 결심을 굳히게 했다.

지점장은 개 얘기를 하면서 몹시 기분 좋은 모습이었다. 다른 팀장들도 거기에 비위를 맞추며 덕담을 주고받기도 했다. 평소답지 않은 화기애애한 분위기였다.

"점장님 개새끼…"

지점장에게 부탁하려고 말을 꺼냈는데 그다음 말이 연결이 안 되었다. 다른 팀장이 끼어들어 말을 끊었기 때문에 얼른 생각이 안 난 것이다.

"…?"

찬물을 끼얹는 말에 동석했던 팀장들은 화들짝 놀라 불똥이 자신들에게 튀지 않을까 몸을 사렸다.

"…한 마리 주세요. 저도 키우고 싶어요."

겨우 말을 이어 붙였지만 좀 어설펐다. 분양받고 싶다는 말을 꺼내야 하는 데 평소 자주 쓰지 않는 용어라 금방 떠오르지 않은 것이다. 아파트 분양이라면 모를까 동물에게도 분양이라는 말을 쓰다니 이해가 안 가는 부분이었다.

지점장은 넓적한 볼을 씰룩씰룩하더니 한마디 했다.

"조 팀장은 먼저 언어순화부터 해야겠어. 음~ 분양받고 싶다고? 개 키우는 게 장난이 아닌데… 젖 떼면 바로 연락해 주지."

분위기가 좀 수그러들자 '점장님 개새끼'라는 말을 떠올린 총무팀장과 A/S팀장이 웃음을 참느라 애쓰는 표정이 역력했다. 듣기에 따라서 지점장에 대한 욕이 될 수도 있고 안 될 수도 있기 때문이다. 아니면 통쾌하게 한 방 먹였다는 생각 때문일지도 모른다.

얼마 후 지점장으로부터 강아지를 넘겨받아 아내에게 갖다줬더니 '아이구 내 새끼 아이구 내 새끼' 하면서 얼마나 좋아하는지 모른다. 그렇게 좋아하는 아내를 첨 봤다. 그러나 아내가 눈앞에 없을 땐 조 팀장은 강아지를 구박했다. 퇴근하면 강아지가 꼬리를 흔들며 문 앞에서 반긴다. 그러나 그 강아지는 곧 지점장의 얼굴로 보였고 이어서 본인도 모르게 발로 툭 차며 밀쳐냈다. 그러다 보니 강아지는 저를 싫어하는지 알고 있는 듯 조 팀장이 집에 있는 날이면 슬슬 피해 아내 치맛자락에 숨는다. 손찌검을 하게 되면 아내가 버럭 화를 내기 때문에 눈을 흘기거나 눈빛으로 레이저를 쏘기도 했다. 강아지는 그의 눈빛에 옆 눈으로 보며 경계심을 드러낸다. 동물이지만 눈치가 사람 못지않다. 아무튼 지점장한테 심한 질책이라도 받는 날은 강아지가 화풀이 대상이 되곤 했다.

하루도 거르지 않고 마른 수건 쥐어짜듯 하는 상사의 고압적인 업무지시에 조 팀장은 알게 모르게 속앓이를 했다. 이따금 "어으!" 하는 소리를 내며 소화불량으로 트림을 거하게 하기도 했다. 지점장의 비위를 맞추려고 강아지를 분양받았는데 조 팀장을 대하는 태도는 여전했다. 홧김에 겨우 끊었던 담배를 다시 피워 물어야 했던 그의 심정이 오죽할까.

해도 해도 끝이 없는 판매 전쟁. 금년도 판매 목표 조기 달성했으면 이제 숨 좀 돌려도 좋으련만 배대지 지점장은 목표 달성으로 끝나는 것보다는 얼마나 더 하느냐가 중요하다며 달리는 말에 채찍질하듯 하였다. 이름에 걸맞게 볼록한 배를 한때 사장을 상징했던 것만큼이나 소중하게 하고 다니는 꼴을 보면 더욱 못마땅했다.

'저놈의 배때지 한번 콱! 내질렀으면!'

축구 볼 차듯이 걷어찼으면 속이 후련할 것 같았다. 그러나 마음뿐이고 싫으면 자신이 회사를 떠나면 그만이지 괜히 상사를 미워해서야 쓰겠느냐며 마음을 다잡곤 하였다.

일본 쓰나미 업체와 합작으로 개발한 사계절용 냉장고는 아직은 수요가 밋밋했다. 대기업에서 김치냉장고나 인공지능냉장고가 이미 출시되어 국내에 선점했기 때문이다.

"조 팀장! 오늘은 실적이 왜 이래?"

배대지 지점장은 보고서철을 탁자에 던지며 담배를 꼬나물었다. 보고서철은 탁자에서 길게 미끄럼을 타며 조 팀장 앞에서 멈췄다. 지점장이 아무렇게나 내 던지는 것 같지만 각도에 따라 팀장들이 앉아 있는 앞에 정확히 멈춘다. 달인도 따라 하기 힘든 경이로운 문서철 전달이다.

조 팀장은 얼굴을 위로 까딱하며 불쾌한 표정을 지었다.

얼굴이 좀 긴 편인 조 팀장은 무엇에 놀라거나 지점장이 가혹한 꾸지람을 할 때마다 턱을 위로 끄덕였다. 그걸 본 사람은 기분이 상할 정도로 좋은 모습은 아니었다.

"조 팀장은 사고의 전환이 필요해. 그런 식으로 인생을 살지 말라고!"

배대지 지점장은 조 팀장의 턱주가리가 영 거슬렸다. 무슨 말을 하면 턱을 위로 젖혀 사람 약 올리는 것 같기 때문이다. 어느 때는 저놈의 턱주가리를 잡고 뺨싸다구를 한 대 때려 주고 싶은 충동이 일어나기도 했다.

"한꺼번에 밥 열 끼 먹었다고 해서 며칠씩 굶는 사람도 있나? 정신 차려 이 사람아!"

조 팀장은 턱을 깐죽거린 후 밖으로 나와 휴게실에서 담배를 뻑뻑 피웠다.

"조 팀장. 그렇게 당하지만 말고 먼저 나처럼 받아버려! 상사는 한 번쯤 치받아야 그다음 조심한다구."

지난번 간부회의 중에 리콜 실적이 부진하다며 A/S팀장을 호되게 야단쳤다. 전국 지점 중에서 최하위였으니 당연한 질책이었다. 여기다 지점장실로 걸려 오는 민원전화가 적잖았다. 대기시간이 길어지다 보니 민원인의 짜증이 이어졌고 지점장의 심기가 불편했다. 그러나 기름밥만 10년 넘게 먹은 그가 호락호락 당할 위인이 아니었다.

‘한정된 인원으로 그 많은 물량을 어떻게 감당할 수 있느냐’며 삿대질하면서 고성을 질렀다. 이에 열 받은 지점장은 성난 멧돼지처럼 방방 뛰며 주변의 재떨이 필연대 그리고 선풍기까지 내동댕이쳤다. 이 와중에 총무팀장과 판매팀장이 싸움을 말리느라 진땀을 뺐다.

그 뒤로 이상하게 매사 건 건 판매팀장에게만 화살을 퍼붓는 것이었다.

‘정신 차려? 그래. 기회를 보자. 이번에 실적을 더 올려놓고 그래도 XX하면 그땐…’

애매한 담배 서너 대 더 피우고 휴게실을 나온 조 팀장은 팀원들과 구두 밑창이 닳도록 뛰어다니며 판매에 열을 올렸다. 실적을 예상보다 많이 거두자 팀원들과 기분 좋게 한잔하느라 늦게 귀가했다. 낮에 얼마나 많이 걸어 다녔는지 양말이 땀으로 축축하게 젖었다. 그만큼 발 냄새도 지독하게 났다. 평소에도 무좀 때문에 발 냄새가 고약했다. 어느 땐 양말을 벗기 전에 냄새나는 발로 예민한 강아지 코에 갖다 대기도 했다. 강아지도 사람 발 냄새는 싫어하는지 기겁하며 꼬리를 감추는데 때로는 입술을 까뒤집고 이빨을 드러낸다. 그런 모습이 지점장의 얼굴로 보여 깜짝 놀라기도 하였다. 오늘은 아예 켄넬에서 빤히 바라만 보고 나오지 않았다. 지독한 발 냄새 때문이다.

다음 날 판매실적 보고를 당당하게 하였다. 당일 판매목표 120%를 달성했으니 당연히 자신감에 차 보였다.

보고를 다 받은 지점장은 볼을 씰룩씰룩하더니 보고서철을 조 팀장에게 날렸다. 이번엔 던지는 각도가 달랐다. 마치 조련사가 견공에게 원반던지기 하는 자세다.

조 팀장은 날아 온 보고서철을 얼른 받았다. 이젠 하도 숙달이 되어서 어느 쪽으로 날아와도 잘 훈련된 견공처럼 덥석 물을 수 있었다. 그냥 놔둬도 되지만 바닥으로 떨어질 경우 분위기 또한 심상치 않은 방향으로 흘러갈 수도 있어 이럴 때 조심해야 했다. 마치 견공을 조련하듯 하는 행위에 모멸감도 느끼지만 이미 잘 길들여 있었다.

칭찬 들을 줄 알았던 조 팀장은 예상하지 못했던지 그 긴 턱을 위로 심하게 끄덕였다. 그 모습을 가장 싫어하는 지점장이었다.

"10년 전 내가 쓴 저서에 이런 말이 있지. '당일 판매에 만족한 세일즈맨은 존재할 이유가 없다'고…. 겨우 시키는 일만 해서는 상하 관계인 당신이나 나나 얼마 가지 못하고 도태되고 마는 거야. 잠만 자지 말고 내 자서전을 찾아 읽어보고 공부 좀 해!"

조 팀장은 이번에야말로 대들 수 있는 찬스라 생각하고 있던 중 자서전 어쩌고 하는 바람에 그만 하극상의 시나리오를 놓치고 말았다. 10년 전에 쓴 책이 아직도 서점에 있는지 의문인데 그 자서전을 주지도 않고 찾아서 보라고 하니 기가 찰 일이었다.

앞에 앉은 A/S팀장은 눈짓을 여러 번 해 왔다. 대들라는 것이다. 그러나 조 팀장은 입을 굳게 다물어버리고 말았다. 한번 다문 입은 간부회의가 끝나고 밖에 나와 담배를 피워 물때까지는 열리지 않는 게 그의 질긴 자존심이었다.

"조 팀장. 이번에 좋은 기회를 놓쳤구먼. 보고서철을 집어 던질 때 받아치는 거야. 똑같이 되니까 저도 뭐라고 말할 수는 없다고.”

휴게실에서 A/S팀장이 조언이라고 꺼낸 말이었지만 조 팀장은 담배만 하염없이 빨아댔다.

‘그래. 보고서철을 집어던질 때 받을 게 아니라 떨어진 걸 주워서 지점장의 상판대기에다 던져야 하는 거였어.’

“저놈의 배때지를 콱!”

“아니, 여보 왜 그래요?”

새벽녘일까. 조 팀장의 잠꼬대에 아내가 흔들어 깨웠다.

“어머, 이마에 식은땀 좀 봐!”

벌써 출근 준비할 시간이었다. 아내가 흔들어 깨우지 않았으면 계속해서 악몽에 시달릴 뻔하였다.

“여보, 배때지가 뭐예요?”

“지점장 이름이야.”

“으이그. 당신 상사 알만해요. 또 못살게 구는가만? 전임 지점장과는 조기축구도 하며 잘 지내더니 이번 지점장은 대체 왜 그런데야.”

아내는 고뇌에 찬 남편의 모습을 보며 말했다.

“…”

“당신을 얼마나 얕봤으면 윗사람이 그러겠어요. 모두 다 당신의 그 우유부단한 성격 탓이에요. 오죽하면 상사 눈 밖에 날까. 으이그! 속 터져!”

아내는 조 팀장의 불편한 심기에 불을 지폈다.

‘우유부단…. 그래! 아무리 열심히 일하면 뭣해. 인정도 못 받는걸. 오늘은 정말 그놈의 배때지를 확 걷어차든가 아니면 재떨이를 집어 던지고야 말겠어! 요즘 팀원들도 구석구석에서 배짱 없는 팀장이라고 쑤군거리던데. 어휴! 정말 존심 상해서….'

업무수첩과 보고서철을 옆구리에 끼고 지점장실로 향하는 조팀장의 가슴엔 한바탕 하고야 말겠다는 굳은 의지가 가득 차 있었다.

'오늘은 정말 성공한 쿠데타가 되어야 할 텐데….'

부속실에 들어설 때 여직원은 보이지 않고 A/S팀장이 대기하고 있었다.

"좋은 아침이요."

히죽 웃으며 말하는 모습이 조금 있을 시나리오를 죽 읽고 있는 듯했다.

'그래 오늘은 너도 내 성질을 알아볼 거다. 그간 우습게 봤지?'

A/S팀장과는 업무적으로 사이가 별로였다. 판매팀장이 실적을 많이 올리면 그만큼 A/S팀장의 일거리가 많아지기 때문에 팀원들의 불만이 클 수밖에 없다. 그래서 사석에서 꼭 해주는 말이 있었다. '좀 적당히 해! 그런다고 출세 하나?'라고. 여기다 리콜이 장난이 아니게 얼마나 많은지 끝이 보이지 않는다는 불평도 털어놓았다.

이때 정장 차림을 한 지점장이 배를 내밀며 들어섰다. 머리도 단정히 빗어 넘겨 깔끔해 보였다.

지점장이 안으로 들어서자 팀장들도 졸졸 따라 들어가 소파에 앉았다.

"어? 누가 이렇게 해놨어?"

여기저기 집기류가 비틀려 있고 선풍기 코드도 빠져 있다. 더구나 조금 전 책상을 닦은 곳은 물기가 그대로 있고 의자도 틀어져 있다.

지점장은 방방 뛰었다. 먼지 하나만 있어도 난리 치는 지점장이었다. 두 팀장은 마치 가시방석에 앉은 듯 불안한 자세를 취했다.

"총무팀장 오라고 해!"

총무팀 사무실과 연결된 인터폰으로 불호령을 내린 지점장은 담배를 꺼내 물었다. 가스라이터를 켜 불을 붙일 때 즉시 호출당한 총무팀장이 사색이 되어 조아렸다.

"도대체 누가 이렇게 엉망으로 청소한 거야? 부속실장은 코빼기도 안 보이고!"

담배 한 모금 빨아 당긴 지점장은 날카로운 눈빛으로 총무팀장을 쏘아보았다. 부속실에는 여직원 1명이 근무하는데 편의상 부속실장이라 불러주고 있었다.

"부속실장은 오늘 생휴라 아줌마가 청소했습니다."

지점장의 성깔을 잘 모르는 다른 사람이 청소했다면 오늘 불호령은 예고 된 거나 다름없었다.

"생휴? 지난주에 생일이었잖아?"

"아닙니다. 한 달에 한 번 있는 생리휴가입니다."

총무팀장이 '생리휴가'에 힘을 주어 말하자 지점장은 얼굴 근육을 실룩하더니 보고서철을 펼쳤다. 판매팀장 보고 차례였다. 어제 실적이 그 전날보다 조금 부진했다. 판매는 매일 같이 좋을 수는 없었다. 판매도 살아있는 생물이다. 따라서 실적은 파도치듯 오르락내리락하기 마련이다. 오늘은 당당하게 보고하기엔 실적이 낮아 주눅이 들었으나 뒤엎는다는 결심은 변하지 않았다.

보고하던 조 팀장은 재떨이가 자신의 바로 앞에 놓여 있는 것을 보아두었다. 손을 뻗으면 바로 잡을 수 있는 위치에 있고 지점장과는 상당한 거리에 있었다. 지점장이 담배 피울 때 쓰는 재떨이다. 오늘 아침 아줌마가 청소한 후 아무렇게나 놔둔 상태였다. 유리로 된 투명한 재떨이는 무게가 꽤 나가 보였다.

'그래 잘됐다. 만약 조금이라도 욕설이 나오면 이걸로….'

조 팀장은 보고를 마치고 약간 고개를 삐딱하게 하며 지점장을 바라보았다.

"조 팀장! 이것도 보고라고 하나? 왜 요즘 판매실적이 부진한 거야?"

부라리는 눈알이 금방이라도 빠져나와 바닥에 떨어져 때그르르 굴러갈 것만 같다.

"판매라는 건 말입니다. 잘될 때도 있고 안 될 때도 있는 거 아닙니까? 전 월 그래프를 자세히 보십시오. 매일 같이 잘된다면 조직이 무슨 필요가 있고 특판 기간 설정은 왜 해야 합니까? 상식적으로 도저히 이해가 안 되네요?"

조 팀장은 처음으로 목에 힘주며 당당하게 말했으나 지점장에게는 염장 지르는 소리로 들렸다.

'옳지, 그래 잘한다. 모처럼 바른 소리 하는구먼.'

A/S팀장은 조금 있으면 굉장한 일이 벌어질 걸 고대하고 있는 듯했다.

"뭐뭐? 이런 얼간이…."

순간 조 팀장은 얼굴이 발개지면서 재떨이를 두 손으로 부여

잡았다. 얼간이? 여태 살아오면서 어느 누구한테도 욕 한 번 듣
지 않고 참 착하게만 살아왔다. 아무리 목구멍이 포도청이라지만
상사의 폭언에 더 이상 참는 것도 한계가 있다. 부들부들 떨리는
손을 통하여 차가운 재떨이가 바스러질 것만 같았다. 그런데 하
필 이럴 때 전화벨이 요란하게 울렸다.

"존경합니다, 고객님. 지점장 배대지입니다."

뜻밖의 전화에 조 팀장은 멈칫했다. 다른 팀장도 긴장하긴 마
찬가지였다. 이른 아침부터 전화라니 민원전화가 분명해 보였기
때문이다. 그러나 발끈했던 지점장의 얼굴에 화색이 돌며 상대방
과 통화를 하면서 누그러지고 있었다.

"미국 ABC냉장고 벤치마킹 견학 대상에 조 팀장이 추천되었다
고요? 아이고 전무님 감사합니다. 아무렴요. 정말 잘합니다. 예예.
고맙습니다. 좋은 하루 되십시오."

지점장은 만면에 웃음을 띤 채 수화기에 넙죽 절하며 내려놓
았다. 지점장은 재떨이를 찾았다. 손에 든 담배 끝에서 재가 금방
이라도 떨어질 것만 같았다. 순간 조 팀장은 들고 있던 재떨이를
얼른 지점장의 손 밑에 갖다 댔다. 아슬아슬한 찰나였다. 손가락
한 마디 정도 되는 긴 재는 말끔히 닦아놓은 투명한 유리 재떨이
에 원형을 유지한 채 사뿐히 내려앉았다. 재떨이보다 몇만분의 1
은 가벼울 재이건만 거대한 바위를 들고 있는 것 같았다.

"허허허. 조 팀장. 정말 잘됐네그려. 미국 ABC냉장고 벤치마킹
견학에 자넬 추천했는데 엄청난 경쟁자를 물리치고 선정됐다는
거야. 그간의 판매실적도 만만치 않고 지점장이 추천한 사원이라
면 의심할 여지가 없다는 데 아무튼 축하하네."

　지점장은 일어나서 조 팀장에게 손을 내밀었다. 지점장의 달라진 모습에 놀란 조 팀장은 턱을 심하게 끄덕였다. 총무팀에서 공적조서를 작성하지 않고 기관장이 직접 구두로 추천했기에 철저한 보안 속에 날아온 낭보였다.

　"그리고 이번 견학엔 부부 동반도 할 수 있다는 거야. 이야~ 우리 지점에 경사가 났네. 경사가 났어."

　자기 일처럼 좋아하는 지점장의 모습은 지금까지 웬수처럼 여겨왔던 조 팀장의 양심을 어리둥절케 하였다. 하마터면 견학은 고사하고 상관 폭행죄로 징계위원회에 회부 될 뻔했다.

　'후유….'

　조 팀장은 재떨이를 보며 '한 번도 경험해보지 못한 순간이 바로 이런 것인가'라며 아직도 미몽(迷夢)에서 깨어나지 못했다.

　조 전무는 바람처럼 흘러간 과거를 회상하며 마스크를 착용한 채 소파에 앉아 멍때린 듯 허공을 바라보았다. 배대지 지점장의 부고 소식에 아무것도 보이지 않았다. 강아지는 그러한 조 전무의 마음을 위무라도 해주려는 듯 무릎 위에 살짝 올라앉아 까만 눈으로 올려다보았다. 지점에 근무할 당시 배대지 지점장의 강아지를 분양받아 키워왔는데 바로 그 개가 낳은 새끼다. 한때 이 강아지의 어미를 구박했지만 찰나의 순간 이후로는 살갑게 대했다. 그리고 그 강아지의 새끼를 애지중지 기르고 있다. 정도 많이 들었다. 개의 수명은 보통 12년에서 15년이지만 길게는 20년까지 살 수 있다고 한다. 이 강아지의 어미는 천수(天壽)를 다하고 갔다. 곁을 떠나자 더 예뻐해 주지 못했던 걸 가장 마음 아파했다.

사실 그 당시 배대지 지점장이 미국 ABC냉장고 벤치마킹 출장에 추천해 주지 않았더라면 오늘날 전무 자리에 오르지 못했을 것이다. 벤치마킹을 성공적으로 마치고 그거에 접목하여 신상품 냉장고를 개발해 낸 계기가 되어 쓰러져가는 회사가 굴지의 재벌회사로 성장했다. 뭐니 뭐니 해도 신화를 창조하는 데 가장 큰 도움을 준 분이 바로 배대지 지점장이었다.

조 전무는 강아지를 꼭 안으며 어서 이 난국인 코로나19가 하루속히 종식되기를 간절히 바랐다. 그리고 경건한 마음으로 배대지 지점장의 명복을 빌었다.

(2022년 제11회 월간문학상 수상작)

박희주

전북 임실 출신, 전북대 졸업
2005년 《월간문학》에 중편 「내 마음속의 느티나무」 신인작품상으로 소설
계 데뷔
소설집『내 마음속의 느티나무』『이 시대의 봉이』『싹수가 노랗다는 말은 수
정되어야 한다』『절벽과 절벽 사이를 흐르는 강』장편소설『사랑의 파르티
잔』『아낭아치』『나무가 바람에 미쳐버리듯이』『대한일본인 소다 가이치』
제46회 한국소설문학상, 2021년 우수출판컨텐츠 선정, 제8회 박종화문학상,
제1회 부천시문화예술대상
현 한국소설가협회 이사, 한국문인협회 70년사 편찬위원장, 수주문학상 운영
위원장, 펄벅선양사업회 운영위원

떠도는 익살의 회화

새벽 네 시. 김 목사는 계단을 쓴다. 술집이 있는 2층에서 교회가 있는 3층까진 쓸 것도 없으나 1층 입구에서 술집인 2층까진 그야말로 쓰레기장이 따로 없다. 담배꽁초며 구겨진 휴지, 이쑤시개, 찐득거리는 껌, 심지어 가래침까지. 어쩔 땐 고춧가루와 시래기가 범벅인 토사물이 벽에서 계단으로 흐른 채 달라붙어 볼썽사나웠다. 모두가 어둠을 틈타 아무도 보는 이 없을 때 저지른 얍삽한 짓들의 부산물이 아니고 무엇이랴. 다행히 요즘은 덜한 편이다.

다섯 시가 못 되어 신도들은 새벽기도를 위해 몰려온다. 그때까지 계단 청소를 마치고 샤워를 한 다음 양복으로 갈아입어야 한다. 그러려면 항상 서둘러야 했다. 조금 일찍 일어나도 조급한 마음은 마찬가지. 빗자루질이 끝나면 마포 걸레질이다. 담배꽁초를 비벼 놓은 자리나 가래침 자국은 쓰는 것만으로 감추어지지 않았다.

어둠이 골목에 가득하다. 술집 주인은 오늘도 간판의 불빛을 끄지 않았다. 〈에덴의 추억〉. 술집 이름으로 에덴의 추억이라니? 볼 때마다 가소롭거니와 하나님 지으신 동산에 대한 불경한 느낌이 들지만 어쩔 도리가 없다. 갖가지 색으로 화려하게 반짝거리는 그 간판 아래, 형광등 하나로 빛나는 하얀 바탕에 청색 아크릴로 새긴 '생명수 교회'가 초라하기 그지없어도.

"계단 청소야 제가 해도 상관없습니다. 그렇지만 영업이 끝나면 계단 입구에 있는 간판의 불은 꼭 좀 꺼주십시오. 새벽기도 오시는 성도님들께서 술집에 들어서는 기분이랍니다."

"아, 그렇겠군요. 그 기분 이해해요. 꼭 신경 쓰도록 하겠습니다. 그런데 저도 신이 아니고 사람인지라 깜빡깜빡하거든요."

며칠 전, 지금까지 감당해야 했던 모든 불편함을 무릅쓰고 그 말만 했었다. 자신도 '꼭'이라는 말을 썼지만 곱상하게 생긴 술집 여주인도 생글생글 웃으며 꼭을 강조했다. 굳이 신이 아니라 사람이라는 말을 덧붙여 자신을 비꼬는 것 같아 거슬리기도 했다. 그랬는데.

자신이 봐도 크기로나 조명으로나 색상으로나 교회 간판은 술집 간판에 가려 잘 보이지도 않는다. 더군다나 지하에 있는 이발관을 상징하는 건물 외벽에 붙은 네온사인은 스물네 시간 쉴 새 없이 돌아가 쳐다만 봐도 속이 울렁거려 멀미할 때처럼 어지러웠다. 막막하다. 그렇게 정신머리가 없어서야! 술집 주인의 곱상한 얼굴이 뻔뻔한 얼굴로 변하여 가증스러웠다. 그녀가 옆에 있다면 얼굴에 침이라도 뱉어주고 싶은 심정. 술집 문은 굳게 닫혀 있고 스위치는 그 안에 있다. 간판에 연결된 전선을 잘라버리고 싶으나 명색이 목사인데 그럴 순 없어 억지로 참는다. 무슨 수단을 쓰든 해야지. 김 목사는 쓴맛을 다지며 계단을 올라갔다.

얼마나 감사한 일이었던가. 서른 평에서 쉰 평으로 이사 올 때는. 성도도 그만큼 불어났다. 서른 명에서 쉰 명으로. 백 명이 되고 이백 명이 되는 건 시간문제처럼 보였다. 곧 셋방살이를 벗어나 아름다운 성전을 건축할 수 있을 것도 같았다. 모든 게 하나님의 은혜라 여겨졌다. 그의 머릿속은 어느새 새 성전에 대한 설계로 꽉 찼다. 성전만 건축할 수 있다면 여한이 없을 듯싶었다. 목회 생활 이십 년이 되도록 셋방살이를 면치 못했다는 자괴감은 나이가 들어갈수록 심해졌다. 희망의 싹이 보였다. 그러나 한 달이 가고 두 달이 지나도 성도는 더 이상 불어나지 않았다. 그러자 처음엔 드러나지 않았던 문제들이 불거지고 보이기 시작했다. 그는 그 문제들을 해결하기 위하여 발 벗고 나서리라 다짐했다.

한적한 시간이었다. 지하의 이발관을 들어갔을 때 목사는 어리둥절했다. 지하라 할지라도 머리를 깎는 곳이라 자연히 대낮같이 환하리라 생각했다. 그런데 아니었다. 숨소리조차 들릴 만큼 조용하고 어두컴컴하기조차 한 데다 숨이 탁 막힐 정도로 칸칸이 커튼이 쳐져 있었다. 아무래도 이상했다.

"아니, 여기 이발관 아니에요?"

"맞아요."

그를 맞은 여자는 나이를 짐작하기 힘들었다. 언뜻 보면 아가씨 같기도 한데 어찌 보면 아줌마 같기도 했다. 짙은 화장 때문이리라.

"이발하시게요?"

"네."

엉겁결에 그는 대답했다. 그러자 여자는 그의 양복저고리를 벗겼다. 어디서 퍽퍽 손뼉 부딪치는 소리가 났다.

"따라오세요."

여자는 주름진 칸막이를 확 밀치더니 앞장을 섰다. 하얀 허벅지가 드러나는 낯 뜨거운 미니스커트에 반소매 블라우스. 면도하는 여자들도 이렇게 변했구나. 언제였던가. 촘촘한 나무 창문으로 길 가는 사람들을 이발 중에도 거울로 엿볼 수 있는 자연 채광의 이발소를 가본 때는. 구레나룻이 긴 늙수그레한 이발사가 덧댄 이부의 바리캉으로 머리를 빡빡 밀어주면, 따뜻하지도 않은 연탄난로에 비누 거품을 일으켜 얼굴에 바르고, 가죽 띠에 칼을 문질러 면도를 해주던, 아직 시집가지 않은 긴 생머리 여자의 생생한 숨결이 야릇하게 느껴지던 시절은. 여자 면도사는 화장하지 않은 민얼굴에 하얀 가운을 입은 아주 깔끔한 차림이었다. 그때 이후로 이발소에 간 기억이 없다. 그의 머리 손질은 언제나 미용사 출신의 아내 몫이다. 지하실의 이발관이 어떤 풍경인지는 그래서 상상이 되지 않았다.

그가 복도 같은 길을 따라가 앉은 곳도 어두컴컴하긴 마찬가지였다. 다만 정면의 거울과 특유의 의자만이 이발하는 곳이란 걸 알게 했다. 전혀 예상하지 못했던 낯선 풍경에 그는 잔뜩 주눅이 들었다. 나가버릴까 하는 생각마저 들었으나 자신의 소심함을 탓했다. 목사들이 세상을 몰라도 너무나 모른다는 어떤 성도의 말도 생각났다.

"면도부터 하겠습니다."

여자는 의자를 뒤로 젖힌 다음 비로소 불을 밝혔다. 불빛은 의자 주위만 환할 뿐이었다. 뜨거운 수건이 얼굴을 감싸고 비누 거품 대신에 면도용 크림을 발라 여자는 세심하게 면도했다. 그의 머릿속은 복잡해졌다. 이발을 위해서 온 게 아니었다. 등잔 밑이 어둡다고, 한 건물에 사는 사람들을 전도하지 않고 남 보듯 할 수는 없는 일이었다. 지하실부터 1층과 2층, 그리고 4층의 건물 주까지 전도할 생각이었다. 그들이 교회만 나와 준다면 지금까지 불거진 문제들이 자동으로 해소되리라는 생각이었다. 사실 제일 어렵고 힘든 게 가장 가까이 있는 사람들이었다. 자신을 가장 잘 이해하고 따르리라 여길 수 있는 사람들이 어깃장을 놓고 동냥도 안 주면서 바가지까지 깨려고 덤볐다. 예수님께서 왜 고향 사람들로부터 환영받지 못했는지 이해가 되었다. 사소한 이해관계로 생긴 벽을 넘기란 피차간에 어려웠다. 그것을 뛰어넘어보리라 생각했다. 그런데 이발하는 곳의 분위기가 영 이상했다. 그렇다고 면도하는 도중에 말을 꺼낼 수는 없었다.

여자의 면도 시간은 길었다. 그러나 지루하지가 않았다. 부드러운 손으로 얼굴을 끝없이 문지르며 한데 또 하고 또 하길 반복했다. 귀에 난 솜털까지 여자는 밀었다. 이 맛에 남자들이 이발관에서 면도하는 거구나. 기분 좋은 느낌이었다. 피곤했던 삭신이 노글노글해졌다. 그대로 잠들고 싶었다. 여자는 코털을 자르고 다시 뜨거운 수건으로 얼굴을 닦아내더니 눈을 가리고 차가운 젤을 발랐다. 팩인가? 아무것도 보이지 않았다. 가슴에도 넓은 수건이 덮였다. 손톱을 깎고 귀지를 파냈다. 거기까지도 손님을 위한 서비스라 생각했다. 그런데…?

양말을 벗겨 발까지 씻겨주는 게 아닌가. 이렇게까지? 그는 미안할 지경이었다. 예수님이 제자들의 발을 씻겨준 건 사랑이고 자신을 한없이 낮춘 행위였다. 이 여인은 어쩌자고 나의 발을 씻기는가? 손님이 왕이라서?

마른 수건으로 발을 닦은 여자가 의자를 가져다 옆에 앉았다. 아직도 끝나지 않았는가? 여자가 팔을 가져가 손가락 하나하나를 잡아당기며 톡톡 소리를 냈다. 그리곤 주무르기 시작했다. 안마였다. 이거 참, 난처했다. 관두라 할 수도 없고. 어깨를 주무르자 팔뚝에 여자의 가슴이 뭉클하니 닿았다. 가슴이 철렁였다. 안 될 일이었다. 그렇지만 말이 나오지 않았다. 여자의 손은 어깨며 가슴이며 배를 떡 주무르듯이 주물렀다. 오른쪽 상체가 끝나는가 싶더니 의자를 왼쪽으로 옮겨 똑같이 주물렀다. 이렇게 가만히 있어야 하는가. 시험도 보통 시험이 아니었다. 그는 속으로 주여, 하고 외쳤다.

여자는 이제 아래로 내려갔다. 다리였다. 그것도 허벅지 주변이 주로 공략 대상이었다. 위로 아래로, 밖에서 안으로, 안에서 밖으로 여자의 손은 나긋나긋하게 움직였다. 간간이 여자의 손이 실수인 듯 가운델 건드렸다. 그러면 그것은 맹렬하게 반응했다. 정말 안마가 이런 것인가? 얼굴이 화끈거리고 심장이 벌렁거렸다. 그는 견딜 수 없었다. 일어나야 한다. 그러나 마음뿐, 섣불리 일어날 수가 없었다. 온몸이 저릿저릿해지며 어떻게 해주었으면 싶었다. 그 바람은 참으로 간절해졌다. 이러면 안 되는데…. 어? 여자가 혁대를 풀었다. 여자의 손이 갑자기 양물을 움켜쥐었다. 그러잖아도 마음과는 다르게 곤두서있던 그것 때문에 하나님을 섬기는 목자로서 심히 부끄러웠던 그는 어찌할 바를 몰랐다. 주여!

주여! 속으론 그렇게 부르짖었으나 밖으로 튀어나온 소리는 아!
소리였다.

"하실 거죠?"

"아!"

그때부턴 정신이 없었다. 그는 그가 아니었다. 상상도 못 했던
일이었다. 그의 의지와는 다르게 일은 벌어지고 있었다. 멈출 수
도, 멈추게 하지도 못했다. 아무것도 생각나지 않았다.

아! 수컷이라는 존재는 얼마나 허망한 존재인가. 그야말로 순
식간이었다. 천국에서 지옥으로 추락한 것은. 그는 부르르 떨었
다. 그 뒤로 여자의 동작은 빨라졌다. 여자가 젖은 수건으로 그
의 양물을 닦아주고 있을 때 그는 지옥으로 추락한 자신의 처참
해진 심정을 보았다. 어떻게 이럴 수가!

여자가 나머지 한쪽 다리를 대충대충 주무르고. 이윽고 얼굴에
발라 굳은 젤을 떼어 눈가리개를 벗겨내도 그는 눈을 뜰 수가 없
었다. 부끄러웠다. 이런 곳에서 전도할 생각을 하다니. 내가 순진
한 건가, 모자란 것인가? 이렇게 속수무책으로 당하다니. 여자가
자신이 목사라는 사실을 아는가. 꼭 농락당한 것만 같았다. 쥐구
멍이라도 있으면 들어가고 싶었다. 아니, 어서 빨리 이발관을 벗
어나고만 싶었다.

"그냥 가야겠는데…."

그는 여자를 쳐다보지도 못하고 안절부절.

"바쁘세요?"

"네."

그의 목소리는 속으로 기어들어 갔다.

"머리 안 깎으실 거예요?"

"네."

"그럼 빨리 머리 감겨 드릴게요."

그는 다행이다 싶었다. 이발해야 한다면 꼼짝없이 이발을 당할 참이었다. 그의 의지는 이발관을 들어설 때 이미 밖에 두고 온 거나 다름없었다. 그는 여자가 시키는 대로 재빨리 엎드렸다. 여자는 부리나케 머리를 감겼다. 드라이로 머리를 말리고 다시 누워 로션을 바르고 양말을 신겼다. 이제 나갈 일만 남았다. 그러나….

이 일을 어떡하지? 새로운 고민이 생겼다. 계산. 애초에 이발비도 모르고 들어왔던 그다. 얼마를 줘야 하는가? 분명히 이발비만 받진 않으리라. 난감했다. 물어볼 수도 없고. 알아야 면장을 한다는 속담, 틀림없었다.

그가 의자에서 일어나 여자를 따라 처음 들어왔던 곳으로 나가자 지금까지 보이지 않던 뺀지르르하게 생긴 남자가 빙긋이 입을 쪼갰다. 너의 행실을 다 안다는 듯.

"바쁘신가 보죠?"

"아, 네."

여자는 양복저고리를 입기 편하게 벌렸다. 그는 팔을 꼈다. 어떻게 하나?

"계산…?"

그는 지갑을 꺼냈다. 남자는 못 본 척했다. 여자는 수줍은 표정을 지었다.

"얼마… 를?"

"알아서 주세요."

“그래도…”

“다른 분들은 칠팔만 원 주세요. 좋으신 분들은 한 장도 주시고요.”

엥? 여자가 마귀 같았다. 그는 돈을 세기 싫어 십만 원권 수표한 장을 던져줬다. 성도들의 헌금이었다. 어쩔 도리가 없었다. 까마득했다. 자신의 지갑에서 돈이 나간 기억이. 여자의 입이 함지만 해졌다.

“또 오세요!”

어디 살며 뭐 하시는 분이냐고 물어보지 않은 것만도 천만다행. 계단을 오르면서 그는 퇴폐이발소란 말이 희미하게 떠올랐다. 자기완 상관없는 다른 나라 얘기로만 들렸었다. 그런 퇴폐가 같은 건물에 존재할 줄은 꿈에도 생각 못 했다. 그런 데다 친히 체험까지 하다니! 그토록 자랑스럽게 여겨지던 상가 건물이 전도의 대상에서 마귀의 소굴로 느껴진 건 그때부터였다.

왕복 4차선 도로변에 있는 상가의 1층엔 전자오락실과 24시 편의점, 치킨집이 있다. 2층은 라이브 카페라는 알파벳 필기체와 함께 에덴의 추억이라고 간판이 커다랗게 걸려있는 술집이고 3층이 생명수 교회, 그리고 4층에 상가 건물주와 목사의 살림집이 있다. 전자오락실도 편의점과 마찬가지로 밤낮으로 으르렁거렸다.

김 목사는 이발소에서 그 일이 있고 난 후 상가 건물에 세 들어 있는 업소에 대한 전도를 포기했다. 그 순간이야 어찌 됐건 생각조차 하기 싫어 전도할 마음이 싹 가셔버린 것. 교회를 드나들며 계단을 오르내릴 때도 지하실만 쳐다보면 등골이 서늘하고 가슴이 철렁였다. 쉬지 않고 돌아가는 네온사인은 자신을 비웃는 것만 같고 행여나 면도하던 여자를 다시 만날까, 가슴을 졸였다. 다행히 그 뒤로 마주치진 않았지만, 혹시라도 만나게 된다면 시치미를 딱 떼고 말리라 마음먹었다. 그것은 퇴폐를 체험한 후, 참담한 마음을 가눌 길이 없어 강대상 앞에 엎드려 눈물 흘리며 기도한 답이었다. 또 마음을 다지기 위해 여태까지 자연스러운 바람머리, 앞머리가 이마를 가리던 걸 머리를 뒤로 빗어 스프레이를 뿌려 이마가 훤히 드러나도록 다녔다.

이사 오고 시간이 지날수록 상가의 업소들은 하나같이 교회에 아무런 도움이 되지 못했다. 신축건물이나 다름없던 건물은 차츰차츰 지저분해졌다. 층과 층 사이 계단의 중간에 있는 화장실엔 수시로 사람들이 들랑거리고, 중 고등학생들이 몰래 피우는 담배 연기가 자욱했으며 치킨집에서 풍기는 기름 냄새는 코를 찔렀다. 그러나 그런 것들은 사실상 사람 사는 곳이라면 으레 있을 수 있는 일이기에 이해할 수도 있었다. 문제는 에덴의 추억에서 밤이면 울려 나오는 자지러지는 노랫소리, 술집과 교회가 같은 건물에 공존한다는 심정적인 거부감이 문제였다. 위에선 예배드리는데 어떻게 밑에선 술을 마실 수가 있으며, 위에선 간절하게 기도드리는데 어떻게 밑에선 희희낙락할 수 있고, 위에서는 찬양하는데 어떻게 밑에선 떡따는 소리로 노래를 부르냐는.

일요일 낮에 드리는 주일예배와 수요 저녁 예배, 금요 철야, 새벽기도, 유초등부, 중고등부, 청년부 등 셀 수 없이 많은 예배와 여러 행사에 에덴의 추억은 심각한 방해물이었다. 술집 손님과 예배를 드리려는 성도가 나란히 계단을 오르내리고, 술 취한 사람이 계단에 퍼질러 앉아 있는가 하면, 한밤중에 남녀가 껴안고 서로의 입술을 탐하는 장면까지 목격되었으니. 이런 환경에서 어떻게 교회가 부흥하길 바랄 수 있겠느냐는 목소리가 높아졌다.

위는 교회, 아래는 술집. 위는 하나님 중심인데 아래는 사람 중심이고, 위는 엄숙한데 아래는 시끄럽고, 위는 도덕적인데 아래는 퇴폐적이고, 위는 영혼을 구하는데 아래는 육신을 구하고, 위는 회개하는데 아래는 타락을 부추기고, 위는 맑은데 아래는 흐리고, 위는 빛을 좇는데 아래는 어둠을 즐긴다? 도저히 양립할 수 없는 극단의 공존. 진풍경이었다.

김 목사는 고민했다. 생각 같아선 하루라도 빨리 상가를 벗어나고 싶은 마음이 간절했다. 도저히 불가능한 일이지만 그 건물을 통째로 살 수 있다면 얼마나 좋을까, 라는 꿈도 꾸어 보았다. 그렇게만 된다면 이발소도 내쫓고 에덴의 추억도 내쫓아버리고 1층에 있는 세 곳 점포 모두 쫓아버리리라. 만약에 건물주가 성도가 된다면? 그래서 건물을 교회에 헌납한다면? 가능한 일이었다. 재벌 회장이 성도가 되어 거액을 헌금한다면? 그것도 가능한 일이었다. 그러나 그런 건 정말 꿈에 불과하다는 걸 그는 잘 알았다.

다른 데로 이사 갈 수도 없었다. 3층의 임대 기간은 오 년. 내부시설비도 만만치 않게 들었다. 옥상의 첨탑은 어찌하고. 난감했다. 보증금 일부는 은행에서 빌렸다. 현실적으로 교회가 움직이는 건 불가능했다. 그렇다고 건물주에게 2층에 술집이 들어서는 걸 말하지 않았느냐고 따질 수도 없었다. 교회가 문은 먼저 열었으나 계약은 술집 주인이 먼저 했다 들었으니. 2층에 카페가 들어설 것이라는 사실을 목사도 알고 장로도 알고 권사도 알고 집사도 알았다. 뒤늦게야 카페라기에 차나 팔고 고상한 클래식이나 틀어 조용할 줄만 알았지, 이렇게 술도 팔고 생음악으로 시끄러울 줄 예전엔 미처 몰랐다고 서로 발뺌하기에 바빴다. 어떻게 할 것인가. 목사는 물론이고 믿음이 깊은 성도 모두의 고민이었다.

급기야 주일예배 후 전체 세례교인의 합동회의가 열렸다. 목사는 모두가 실감하는 난장판 위에 교회가 서 있는 기상천외한 현실을 얘기하고는 어떻게 하면 좋겠는가, 의견을 물었다. 그러자 술집에 사람들이 들어가지 못하도록 청년회가 방해하자는 의견이 나왔다. 그러나 그것은 영업 방해로 법에 저촉되는 행위라는 말에 쏙 들어가고 말았다. 교회가 이사 갈 수는 없으니 술집이 이사 가도록 설득하자는 의견이 나왔다. 그러나 그 의견도 술집 주인이 천사가 아닌 이상 이사 비용과 인테리어비용을 물어줘야 그나마 가능할 것이라는 전제조건에 모두가 고개를 저었다. 더 이상 뾰족한 의견이 나오지 않았다. 모두가 서로의 얼굴만 쳐다볼 뿐이었다. 그때였다. 나이 팔십인 홍 권사가 일어나 참으로 답답하다는 듯 외쳤다.

"구하라, 그러면 너희에게 주실 것이요. 찾으라, 그러면 찾을 것이요. 문을 두드리라, 그러면 너희에게 열릴 것이니. 구하는 이마다 얻을 것이요, 찾는 이가 찾을 것이요, 두드리는 이에게 열릴 것이니라.' 그런 예수님의 말씀도 잊으셨습니까? 기도하면 될 걸 뭘 그리 걱정들 하세요. 우리 모두 저놈의 술집 망하라고 기도합시다. 망하면 조용해질 것 아니요?"

그녀의 목소리는 믿음이 충만하여 그런지 카랑카랑했다. 그러자 '주여, 아버지'를 입에 달고 다니는 이 집사가 맞장구를 쳤다.

"권사님 말씀이 맞습니다. 예수님께서는 너희가 기도할 때에 무엇이든지 믿고 구하는 것은 다 받으리라 하셨습니다. 오늘부터 당장 2층에 있는 술집 망하게 해달라고 철야 하며 기도를 드립시다."

"그럽시다."

다른 대안이 없었다. 모두가 이구동성으로 기도뿐이라는 데 공감을 표시했다.

그날 밤부터 김 목사를 비롯한 생명수 교회 열혈 성도들은 철야기도에 들어갔다. 성도들은 술집 망하게 해달라고 기도했지만 김 목사는 이발소까지 망하게 해달라고 간절히 빌었다.

에덴의 추억.

밤 열 시가 되었건만 테이블은 반도 차지 않았다. 개업하고 나서 처음 몇 달은 주변에 없는 라이브라는 신선한 매력 때문인지 장사가 곧잘 되었다. 그러나 시간이 지날수록 손님이 들지 않았다. 종업원의 인건비며 관리비, 출연료, 대출금 상환 등 고정비용은 줄어들지 않는데 수입은 자꾸 줄어들었다. 지난달은 서빙하는 아르바이트생을 두 명 줄이고 소모품을 아낀다고 아꼈는데도 적자를 면치 못했다. 불길한 생각이 머릿속을 떠나지 않았다. 윤정은 한숨을 쉬며 맥주를 홀짝였다. 무대 위에선 '숨어 우는 바람소리'라는 애절한 노래를 이제 막 스무 살을 넘긴 어린 여가수가 이별을 몇 번이나 경험한 것처럼 참 청승맞게도 잘 부른다.

"물장사를 아무나 하는 게 아니다. 쉬운 일이 아니야. 잘 생각해서 해. 털어먹는 거 한순간이야."

자신도 물장사하면서 친구는 그렇게 말했다. 똑같은 이혼녀 신세인 친구의 가게는 거의 매일 손님으로 넘쳐난다. 돈이 통장에 두둑해지고. 돈이 사람을 달라 보이게 하는가. 친구는 이혼하기 전보다 훨씬 좋아 보인다. 얼굴의 혈색부터 달라지고 반지며 목걸이 같은 장신구, 입고 다니는 옷, 타고 다니는 자동차도 외제다. 행동거지도 품위 있고 만나는 남자들 또한 핸섬한, 잘나가는 부류뿐이다. 네가 그럴진대 내가 못 할 게 뭐야?

"내가 할 수 있는 게 있어야지. 친구 좋다는 게 뭐니? 널 믿고 하려는 거야."

남편의 외도. 한 번은 용서했으나 두 번째는 용서가 되지 않았다. 아이들까지 맡겨버리고 이혼을 결심한 건 친구의 당당한 홀로서기에 영향을 받았다고 해도 과언이 아니었다. 저는 뭐 날 때부터 프로였나? 물론 처음 시작할 때 친구의 도움은 컸다. 그러나 도와주는 데도 한계가 있었다. 친구의 가게에서 경험을 쌓는다고 몇 달을 지켜본 바가 있어 친구와 똑같이 한다고 하지만 어딘가 모르게 어설펐다. 그러자 가게의 장소며 종업원이며 출연진, 안주까지도 친구의 가게보다는 왠지 부족하고 모자란다는 생각이 가시지 않았다. 친구의 가게는 초저녁부터 새벽까지 손님이 많건 적건 간에 열기가 넘치는데 에덴의 추억은 절정의 시간에도 그만큼의 열기가 느껴지지 않았다. 친구의 가게는 손님이 없어도 언제고 들이닥칠 분위기인데 자신의 가게는 있던 손님마저 곧 나가버릴 것만 같았다. 무대 위의 가수가 아무리 분위기를 잡아보려 애가 타도록 소리를 지르나 억지처럼 느껴졌다. 그러다 보니 손님까지도 친구의 가게에 오는 손님들과 격이 다르게 보였으니.

무엇 때문에 이러는가. 손님에게 대하는 내 태도?

친구는 당당했다. 점잖은 손님에겐 의연했고 지분대는 손님에겐 도도했다. 젊은 사람들에겐 포근하고 나이 든 사람들에겐 발랄하게 대했다. 나도 친구 못지않다! 외모에서도 학생 시절부터 친구는 나보다 한 수 아래였다. 친구가 나보다 앞서는 데는 이혼과 술장사를 빨리 시작했다는 것뿐, 정말 뭐 하나 나을 게 없다고 자부했다.

무엇이 문제인가. 친구의 가게도 상가의 3층이다. 다만 친구 가게의 4층과 5층은 모텔이라는 것이 달랐다. 가만? 내 가게의 위층은? 교회, 교회구나.

멀리서 가게를 보면 낮에는 옥상의 첨탑이 먼저 눈에 띄고 밤에는 붉은 십자가가 선명했다. 술집과 교회. 절대로 궁합이 맞을 리 없다. 왜 이걸 여태껏 몰랐을까.

"좀 이상해요."

"뭐가?"

"교회 밑에서 술병을 나른다는 거요."

아르바이트 여대생도 손님들에게 인기가 좋은 미스리도 그런 말을 했었다. 그러나 한쪽 귀로 흘렸다. 장사가 그런대로 되었기 때문에.

"장 마담, 터를 잘못 잡은 거 아뇨?"

"터를 잘못 잡다니요?"

"나도 일요일이면 교횔 가는데 어쩐지 꺼림칙하거든. 하긴 술 마시고 바로 고개 들어 회개할 수 있으니까 나쁠 것도 없겠지만 말이야."

건설 회사를 운영하는 박 사장이 웃으며 한 말이다. 농담조로 들렸지만 요즘 그가 오는 일도 뜸하다. 그러고 보니 하나에서 열까지 장사가 잘되지 않는 게 모두 교회 때문으로 보였다. 간혹 마주치는 교회 신자들의 외면하는 눈길도 사실은 경멸하는 차원을 넘어 벌레 보듯 했다는 생각이 들자 소름이 쭉 끼쳤다.

하긴 자신부터도 위에서 십자가가 벌겋게 불을 밝히고 있는 술집엘 가는 것보다 여차하면 들어가기 편리한 모텔이 있는 술집을 선호할 참이다. 어쩌자고 그 많은 세상살이 중에 하필 교회가 들어섰단 말인가.

그녀는 3층에 교회가 들어설 줄은 애당초 까맣게 몰랐었다. 계약하고 며칠 있다 인테리어 공사를 하려고 보니 이미 교회가 이사 와 있었던 것. 그때까지만 해도 무심코 교회가 들어왔구나, 그랬었다. 별문제가 있으리라곤 꿈에도 몰랐다.

찬 바람이 불면 좀 나을까 싶었으나 여전히 장사는 잘되지 않았다. 그렇다고 라이브 무대를 없앨 수는 없어 중요한 시간을 빼고는 출연료가 아주 싼 아마추어들로 채웠다. 대신에 술값을 내리고 팔지 않던 소주도 메뉴에 넣었다. 그러나 손님은 늘지 않았다. 하루하루 적자는 쌓여갔다. 술을 공급하는 업체에선 룸을 만들어 예쁜 아가씨들을 데리고 장사해보라 권해왔다. 그러자니 다시 인테리어를 해야만 한다. 이미 남편과 헤어지면서 받은 위자료는 한 푼도 남아 있지 않았다. 어떡해야 하나. 이미 들어간 돈을 생각하니 문을 닫을 수도 없고 문을 계속 열자니 빚만 늘어나고. 이러지도 못하고 저러지도 못하는데, 목사가 찾아와 간판 불 잘 끄란다.

'신자들이 술집에 들어서는 기분이라고? 흥, 우리 손님들은 교회 와서 술 먹는 기분이라 뭣 같단다. 아예 문을 닫으라고 하시지?'

속에선 열불이 났으나 알았다고 웃으며 보냈다. 생각 같아선 그 잘난 얼굴에 독한 양주를 끼얹어주고 싶었다.

그녀는 오기가 생겼다. 의식적으로 간판의 불을 끄지 않았다. 알만한 사람에게 전화하고 손님들에게 받은 명함을 들추며 갖은 웃음으로 전화를 했다. 놀러 좀 오시라고. 돈이 없고 카드가 없으면 외상도 서슴없이 주었다. 종업원들에게 금지했던 술 시중도 들게 했다. 자신이 술선수범했다. 잘 마시지 않던 술도 마셨다. 원래 많이 마시지 못하는 술인지라 조금만 도가 지나쳐도 속이 울렁거려 화장실에서 토했다. 그런데도 또 마셨다. 그러나 적자였다. 어떤 때는 종업원들만이 가수의 노래를 들었고 어떤 날은 고작 한 테이블의 손님만 받은 날도 있었다. 노래하는 사람도 듣는 사람도 신이 나지 않았다. 얼굴에선 피곤한 기색이 떠나지 않았고 팽팽하던 피부도 거칠어졌다. 화장하지 않아도 예쁘다는 소리를 들었건만 이제 화장하지 않으면 손님 앞에 나설 용기도 없어졌다.

더는 견디기 힘들었다. 몸도 마음도 지쳤다. 돈을 더 빌릴 곳도 없었다. 그 누구도 의지할 데가 없었다. 노래하는 사람은 오지 않았고 종업원들도 결국 스스로 떠났다. 망한 것이다.

그래도 불은 밝혔다. 생음악 대신 오디오에서 흘러나오는 음악 소리를 키웠다. 허망했다. 이혼한 지 1년도 안 돼 가진 거 다 털어먹어 버렸으니. 텅 빈 가게에 그녀는 홀로 앉아 술잔을 기울였다. 앞으로 살길이 막막했다.

"아! 하나님, 어찌해야 합니까?"

하나님을 믿는 건 아니었다. 저절로 나온 소리였다.

"교회 다녀라. 이 세상천지 믿을 건 하나님밖에 없어. 그분께 매달려라. 네 서방 그러는 거 하나님께서 붙잡아 주실 것이다."

일찌감치 홀로 되신 친정어머니의 간절한 부탁에도 윤정은 교회를 나가지 않았다. 어떻게 교회 나간다고 남편의 바람기를 잡는단 말인가. 말도 안 되는 소리였다. 그녀는 하나님을 믿기보다 남편의 각서를 믿었다. 다시 한번 바람을 피우는 날엔 무조건 이혼한다는 각서. 그녀는 남편을 사랑했고 남편도 그녀를 끔찍이도 아꼈다. 둘 사이에 이혼은 절대로 있을 수 없는 일이었다. 한 번은 실수라 생각했다. 그래서 그녀는 남편의 사랑을 믿었고 이혼에 대한 강력한 경고를 신뢰했다. 그러나 남편은 또 바람을 피웠다. 그래도 남편을 사랑하지 않은 건 아니었다. 그만큼 사랑했기에 배신감도 그만큼 컸다. 하지만 이혼을 무릅쓰고 피운 바람이었다. 그래서 용서할 수 없었다. 남편은 이혼 서류를 내미는 그녀 앞에서 사색이 되었다. 남편의 그녀에 대한 사랑은 바람을 피우고서도 전혀 흔들림이 없다는 걸 그녀는 잘 알았다. 그녀는 그게 아이러니였고, 그게 더 가증스러웠다. 그래서 결행했던 이혼이었다.

'남편의 바람은 내가 교회를 다니지 않아 계속되었던 걸까?'

그럴지도 모른다. 사랑은 전혀 변함이 없었지 않은가. 그가 그리웠고 아이들이 보고 싶었다. 후회스러웠다. 당당히 홀로서기에 성공해서 아이들에게 나서고 싶었는데… 비참했다. 교회에 가볼까? 바로 위에 있는데. 오늘이 몇 요일이더라? 아니, 요즘은 밤마다 찬송 소리가 들리잖아. 다시 시작하게 해달라고, 손님이 꽉꽉 들어차게 해달라고 하나님께 매달려볼까? 술을 마셨잖아. 마셨으면 어때, 이 답답한 심정을 더 잘 알아주시겠지.

윤정은 살금살금 계단을 올라갔다. 부끄러웠다. 문 앞에 서서 머뭇거렸다. 웅성거리는 소리가 안에서 들려왔다. 무얼 망설이랴. 슬그머니 문을 열고 들어가 자리에 앉았다. 아무도 쳐다보지 않았다. 천정에서 몇 개의 등만이 희미한 빛을 뿌리고 있었다. 어떻게 해야 하는가. 옆을 보고 앞을 보았다. 모두가 고개를 숙이고 뭐라고 중얼거렸다. 엄숙한 분위기였다. 기도하는가 보다. 그녀도 고개를 조아리고 눈을 감았다. 어찌해야 합니까, 하나님? 그녀는 기도할 줄도 몰랐다. 그렇지만 교회라는 곳에 들어와 앉았다는 것만으로도 안도감이 일었다. 두근거리던 가슴도 서서히 진정되어갔다. 그러자 들리지 않던 소리가 옆자리와 앞자리에서 또렷하게 들려왔다.

"이루지 못할 것이 없으신 하나님 아버지. 당신께서 이곳에 허락하신 이 신성한 교회가 물질과 쾌락에 눈이 먼 자들에 의해 심각히 위협받고 있습니다. 그들은 저희가 예배하는데 술을 마시고, 기도하는데 노랠 부르며, 찬송하는데 고함을 지릅니다. 아버지, 저들을 물리쳐 주시옵소서. 예수님께서는 예루살렘 성전을 강도의 굴혈로 만든 자들을 책망하시고 모든 장사치를 내쫓으셨습니다. 우리 교회도 저 타락한 자들의 더러운 모습과 음성이 들리지 않도록 도와주시옵소서. 우리 교회를 정결케 하여 주옵소서. 하루속히 술집이 떠나가도록 역사하여 주시옵소서. 술을 파는 자들도 망하고 술 마시는 자들도 망하게 하여 주시옵소서.”

아니? 이게 무슨 말인가? 윤정은 자기 귀를 의심했다. 술을 파는 자도 망하고 술 마시는 자도 망하게 해달라니?

“하나님 아버지, 도대체 에덴의 추억이 무슨 망발입니까? 하나님 지으신 동산을 타락의 온상인 술집으로 모욕해도 되는 건가요. 하나님을 업신여기는 행위를 어찌하여 눈감고 계십니까. 여태껏 참을 만큼 참으셨습니다. 절대로 용서하지 않으실 줄 믿습니다. 그들이 철저하게 망하게 될 줄 믿습니다. 그리하여 하나님을 믿고 따르는 백성들이 더욱더 하나님을 사랑하고 사모하게 될 줄 믿습니다.”

에덴의 추억을 망하게 해달라고? 온몸에 소름이 쭉 끼쳤다. 둔기로 뒤통수를 얻어맞은 기분이었다. 이러고 있으니, 이렇게 처절하게 기도하고 있으니… 장사가 될 리 만무했다. 틀림없었다. 자기가 망하게 된 게 교회 때문임은 의심할 여지가 없었다. 이들이 저녁마다 부르짖는 기도는 다름 아닌 내 술집 망하게 하나님께 졸라대는 것 아닌가. 어찌 망하지 않고 배겨날 수 있었으랴.

윤정은 참을 수가 없었다. 다음날부터 그녀는 녹음기를 들고 철야기도에 참석했다. 그리곤 신도들의 인정사정없는 기도내용을 모조리 녹음했다.

윤정은 교회를 경찰에 고소했다. 교회 신자들의 기도 때문에 자신의 술집이 망하게 되었으므로 손해를 배상하라고. 녹취에는 신자들의 인정사정없는 기도가 담겼다.

김 목사는 어이가 없었다. 교회를 고소하다니? 살다 살다 이런 꼴까지 당해야 하나? 기가 막혔다.

경찰은 목사와 윤정을 불러 물었다.

"고소인은 정말로 기도로 인해서 술집이 망했다고 생각하십니까?"

"그럼요. 틀림없습니다. 날이면 날마다 모든 교인이 합심하여 울부짖으며 기도하는데 망하지 않고 배겨날 수 있겠습니까?"

"목사님은 그게 가능하다고 생각하십니까?"

목사는 어처구니가 없다는 듯 웃었다.

"경찰관님, 상식적으로 생각해보세요. 어떻게 기도해서 술집이 망하겠어요? 이 개명 천지에 기도해서 모든 게 이루어진다면 안 이루어질 게 어디 있겠습니까. 천만의 말씀, 만만의 콩떡이지요. 아마 기도해서 술집이 망했다고 하면 지나가는 개도 웃을 겁니다."

목사는 오히려 똑같이 기도했는데 어째서 술집만 망하고 이발소는 망하지 않은 거냐고 반문하고 싶은 심정이었다.

믿는다.

안 믿는다.

한 치도 물러서지 않는 두 사람.

경찰은 조서에 이렇게 썼다.

〈하나님에 대한 술집 주인의 믿음은 매우 확고했으나, 목사의 믿음은 너무 형편없었다.〉

윤석원

1958년 전라도 출생.

건국대학교(법학과), 명지대학교 대학원(문예창작 전공) 졸업.

1993년 《창조문학》 여름호, 단편소설 「춤」으로 등단.

16회 한국소설작가상(2026), 8회 한국문학인상(2022), 1회 두만강문학상(2009), 11회 창조문학대상(2007) 수상.

장편소설집 『환생유혹』(上·下)(1997), 『어머니 품 안에는』(2006), 『광주에 가고 싶다』(2011)

단편소설집 『남자가 사는 법』(2004), 『우리고향』(2017), 『쑥맥들』(2025)

중심잡기

송영차량 스타렉스가 도착했다. 08시 35분쯤 되었고, 어김없이 일곱(할머니 5명, 할아버지 2명)분 어르신이 동승했을 터이다. 센터 출입문이 열리고, 이어 차량 문이 자동으로 열리면서, "좋은 아침!" "어르신들 어서 오세요." "우리 선상님, 안녕~" 누가 먼저랄 것도 없이 인사부터 나눈다. 그사이 송영 보조자와 운전자가 어르신들이 내릴 수 있도록 준비했다. 천천히, 천천히. 무엇보다 안전이 우선이다. 먼 곳부터 차례로 승차했으나, 하차할 때도 가장 나중에 탄 어르신부터 내려야 한다. 먼저 탔으니까 빨리 내려야 한다는 고집들을 설득하기까지 투덜투덜 말도, 탈도 많았었다. 움직임이 불편할 뿐 아니라 좌석 위치를 고려했기 때문으로 어르신들을 차례대로 잘 태우고 잘 내리는 것 또한 운전자의 능력이다. "빨리 안 내리고 뭔 지랄이래, 저 뚱땡이년은." 오늘은 또 무슨 불만인지 알 수 없지만 할머니1이 안쪽에서 궁시렁이다. 여지없이 할머니4가 "저 미친년은 맨날 같은 소리여."라고 습관적으로 맞받고 무거운 몸을 부축받아 겨우 하차해서 거칠게 숨을 내쉬며 엘리베이터에 오른다. 먼저 내린 할아버지1과 할머니2는 구석에 서서 아침 인사를 나누는지 부산스럽다. 할머니3이 "우리 이쁜 선생님!" 하면서 나사복 몸을 더듬거렸고, 엉덩이를 쓱쓱 문지르며 장난을 쳤다. "저 망구는 아직도 남자를 밝히네, 부끄러운 줄도 모르고." 라며 할머니5가 잽싸게 뒤따랐다. 할아버지2는 늘 편안한 음성으로 "오늘도 수고가 많수다, 나 선생." 그랬지만 당신 표정은 오늘도 어둡다. 그러는 사이를 할머니1이 비집고 들어서며, "웜에, 우리 선상님은 언제나 요로케 멋져." 늘 그랬듯, 미리 꺼내서 들고 있던 요구르트를 나사복 손에 쥐어준다. 버릇이다. 반갑다는 몸짓이고 당신도 뭔가 한다는 표현이다. 그러지 말라고, 안 먹는다고, 한 번만 더 가져오면 아들(유일하게 무서워하고 또 믿는 사람이다.) 한테 전화한다고 했어도 그뿐이었다.

승하차 시 손 소독과 발열 체크를 꼭 해야 하는 번거로움도 잘 견디고, 마스크를 쓰고 생활하는 것 또한 이제는 습관이 된 듯하다. 엘리베이터가 2층에 도착하기 전 나사복은 계단으로 뛰어 올라가 문 앞에 섰다. 〈중심잡기〉가 눈에 똑바로 보인다. 시(詩) 제목인데 모두가 기억했으면 싶어서 출력해 붙여두었다. "워머, 우리 멋쟁이 선상님." 방금 보고도 할머니1은 또 격하게 인사를 한다. 입과 몸으로 대화를 주고받으며, 두 손으로는 어르신을 부축하면서, 두 눈은 어르신들 움직임을 놓쳐서는 안 된다. 길게는 40여 분 차량에 있었으니 급한 용무가 있기 마련이다.

요양보호사의 숙련된 행동에 따라 일사천리로 할머니3, 2, 1을 화장실로 안내하고, 나사복은 다른 어르신들과 생활실로 이동하여 안전하게 소파에 앉을 수 있도록 돕는다. 또한 입구에 벗어놓은 신발을 신발장에 정리하고, 겉옷과 소지품을 챙겨 개인사물함에 넣는다. 물론 어르신들 사진과 이름표가 붙어있지만, 마음이 바쁘거나 돌발변수가 생겼을 경우 다급해서 실수도 하게 된다. 별거 아니지만 어르신들보다는 뒷정리하는 종사자가 더 야무지게 챙기고 알아 정리해서 다음 근무자에게 인수인계해야 한다. 그래야 저녁 송영 때 시끄럽지 않다. 서로 바뀌거나 분실과 습득, 있고 없음에 관한 소란을 방지하기 위함이다. 어르신들 이름부터 소지품이나 신발, 옷차림 등등이 엇비슷해서 실수도 많았고, 그 어르신들마다의 습관이나 버릇, 챙겨야 할 소지품, 복용 약, 특성과 행위, 집착하는 물건, 도움, 지팡이 등 소소한 것들을 잘 기억해야 하고, 상황에 따라 빠르게 움직일 수 있어야만 종사자들은 초보 딱지를 면할 수 있었다.

"치매에 걸리면 불필요한 것들이 벗겨져 나갑니다. 걱정할 일이 있어도 모르죠. 치매는 신이 우리에게 준비한 구원입니다." 이렇게 말한 그는 수십 년 연구 끝에 치매연구 전문가가 되었다. 하지만 그 또한 치매진단을 받는다. 그리고는 치매연구에 보탬이 되고자 자신의 투병경험을 기록하기 시작했다는 내용의 다큐멘터리를 보면서 치매를 가슴으로 느꼈던 나사복은 치매환자와 어울려 6년을 넘게 사회복지사 업무를 하고 있다. 물론 고비도 있었다. 중심잡기가 쉽지 않았다는 뜻이다. "오늘도 중심을 잘 잡아야지 / 결심하는 것이 / 내 하루의 첫 기도이다." 아침마다 몸으로 시詩를 느꼈던 탓인지, 인생 이모작으로 시작한 일이었는데 이제는 나름 즐겁다. "물은 쏟으면 줄고, 정은 쏟으면 붙는다."는 의미를 어르신들과 생활하면서 더 많이 깨닫게 된 것이다. 그래서 치매와 관련된 이야기와 사례, 서적, 영화와 다큐 등등을 좋아한다. ‘웰 에이징!’ 자신부터라도 ‘잘 늙고’ 싶은 심정이었다. 그리고 즐겁지 않으면 솔직히 힘든 직업이다. “사회복지사 커플이 결혼하면 기초생활수급 대상자.”란 전설처럼 떠도는 말의 의미를 알 것도 같았다. 물론 함께 근무하는 종사자들, 간호조무사와 요양보호사, 운전원과 조리원까지 어느 누군들 그러하지 아니하겠는가?

“늙은이 망령은 곰국으로 고친다.” 싸가지와 바가지 같은 말이지만 우선 써먹는다. 따뜻한 차 한 잔씩 나눠드리고, TV 켜고, 창문 닫고, 막 돌아서는데, “선상님, 나도 커피 한 잔 줘봐여.” 화장실을 다녀오는 할머니1이다. 화장지를 맘껏 풀어 돌돌 말아서 올록볼록 여기저기 숨겼는데, 화장지 끝자락이 가슴팍 사이로 삐져나왔다. 지적해봐야 소란스러울 뿐이니 못 본 척해야 한다. 설득도, 사정도 해보고 별 방법을 다 동원해 보았지만 묘수는 없었다. 대다수 어르신이 집착하는 그 잘난! 말 많고 탈 많은 화장지? 그 화장지만으로도 한나절이 부족할 만큼 할 말은 많다. 하여튼 한마디 더 나오기 전에 믹스커피를 준비해서, “어르신, 여기 커피요. 오늘도 한잔하신 겁니다.” 할머니1이 빠르게 다가왔다. 툭하면 커피 타령이라 하루 석 잔 이상은 안 된다고 메모판에 기록하고 확인까지 해도 빡빡 우기면 대책이 없었다. 돌아서면 잊어버리겠지만, 그래도 표시해두는 게 상책이다.

오늘도 화장실에서는 할머니2의 뒤처리로 분주한 모양이다. 보호자의 속내를 익히 알고 있어서 말없이 해결하는 편이 속이라도 덜 상한다. 아침에 일어나 기저귀를 한번 확인하고 어르신을 센터로 보내면 좋으련만, 요양보호사는 변이 말라비틀어져서 닦이지도 않는다며 소란이고, 지독한 구린내와 지린내가 화장실부터 복도를 점령한 상태였다. 그 사이 두 번째 송영 차량 모닝이 도착했다. 비교적 먼 거리의 어르신 3명을 센터장이 모셔왔고, 다시 출발했다.

잠시 후, 스타렉스가 8명(할머니 6명, 할아버지 2명) 어르신을 또 모셔왔고, 모닝이 네 번째로 어르신 2명을 모시면 아침송영은 무사히 끝난다. 물론 종사자도 각자의 업무시간에 맞게 출근한다. 센터에서 가깝고 인지능력도 비교적 좋아, 걸어서 다니는 5등급 할아버지와 6등급(인지지원등급) 할머니가 도착하면 전원 출석하게 된다. 각각의 여건상 낮 동안 가정에서 치매 어르신을 돌볼 수 없어서 센터를 이용하기 때문이랄까. 진료 예약이 있거나, 밤새 안녕이라고 갑작스럽게 병원에 입원하는 경우가 아니면 결석은 없는 편이다. ㄱㄴ구립 ㄷㄹ데이케어센터는 서울특별시 '좋은돌봄' 인증기관으로써 장기요양급여제공의 규정에 따라 치매와 노인성 질환으로 중심잡기가 어려운 어르신 스물두 분(여자 17명, 남자 5명), 중심잡기를 잘해야 할 종사자 14명이 어울려 생활하는 주야간보호시설이다. 어르신을 위한 구립의 단독건물이라 환경도 좋은 편이고, 생활공간도 넉넉해서 이용 어르신이나 보호자들의 만족도가 매우 높다.

할아버지1은 지금 화장실에 가야 할 표정이다. 어제도 아침부터 들락거리기만 했지 성공하지 못했다. 주 2회 변을 보는데, 그것도 규칙적이지 못하다. 화장실 근처를 서성이면 긴장할 수밖에 없다. 그동안 똥 잘나오는 자세부터 나오지 않을 때 대처방법 등, 상식과 비상식, 민간요법까지 여럿을 동원했지만 소용없었다. 태생적인 것도 있었고, 병이 생긴 이후 더 그랬다니까 말이 더 필요 없다. 극심한 변비로 어르신도 고통스럽지만 마르고 굳은 변 때문에 양변기가 막히면 뚫기가 어렵고, 무른 변이 되도록 기다리는 것도 공동시설에서는 한계가 있다. 당연히 뚫어뻥이나 관통기로는 해결할 수 없는, 변 굵기가 당신 두 주먹만큼 크고 단단해서 차라리 집게로 집어내 처리하는 요령을 터득하기까지 애절함도 많았다. 그랬으니 도움받는 쪽은 눈물 날만큼 곤욕스럽고, 돕는 쪽도 곤혹스럽기는 마찬가지. 더는 염치가 없다고 어르신도 한숨을 내쉬지만 해결방법은 결국, 소리 없이 처리할 수밖에 없었다.

어쩌다 어르신 혼자서 해결하겠다고 시도했다가 판을 더 키우는, 일테면 변기와 바닥에, 몸과 옷에 변을 뭉개고 칠해 놓으면 한바탕 잔치를 하게 된다. 성인지감수성과 인격보호 차원에서 남자종사자의 돌봄이 꼭 필요한데, 여건상 그 손길이 부족한 터, 아침부터 이런 변수가 생기면 난감해진다. 어느 때는 마사지를 해야 하고, 그래도 힘들면 변을 손가락으로 파내는 방법이 또한 쉬운 선택일 수도 있다. 자신을 "구부러진 송곳."이라 표현하고 한탄하는, 센터에서 가장 젊고 건장하고 잘생겼으며, 겨우 육십 중반인데 파킨슨과 경도인지장애로 장기요양등급을 받은 어르신이다. 당신 스스로도 '어르신!' 호칭이 거시기하다 했으나, 그냥 편해서 쓴다.

발병은 4년 전부터인데, 더 이상은 가족이 감당할 수 없어서 센터를 이용하고 있다. 전직 국문과 교수였고, 시인으로 등단해서 시집도 여럿 출간했었지만 지금은 거의 말이 없다. 말을 해도 소통이 어려워 많이 불편한 상태다. 때문에 갈수록 말을 피하고,

하려 하지도 않았다. 파킨슨 증상으로 근육이 경직돼 발음이 부정확하고, 말이 입 밖으로 잘 전달되지 않는 것이다. 그뿐이겠는가. 말을 잊어버린 어르신도 있고, 귀가 어두워 대화가 어려운 어르신들이 많아도, 어쨌거나 숙련된 종사자는 그 몸짓과 눈빛으로 소통이 가능해서 크게 어렵지는 않았다. 하지만 참으로 아쉽게도 그런 종사자들은 융통성 있고 슬기롭게 적응할만하면 자주 바뀌게 되었다. 이직률이 높은 업종의 특성을 생각하면 다양한 증상을 나타내는 어르신들에게 더 좋은 서비스를 제공하기까지는 어려움이 있는 것도 현실이다.

손을 씻고 나오면서 할아버지1이 시원하다는 표정으로 나사복을 향해 왼손을 들어 OK 표시로 고마워했다. 10시쯤 되었는지 오전 간식이 준비되고 있었다. "어르신, 일 봤으니까, 맛나게 잡수고 운동 계속하셔요." 그러면서 나사복도 손을 씻었고 어르신 옷매무새와 뒤태도 살폈다. 그랬으나 쓸쓸하고 안타까운 모습은 어쩔 수 없다. 비슷한 시절에 태어났고 학창시절과 사회생활을 동시대에 했었을 터인데, 한 사람은 도움을 받아야 하고, 또 한 사람은 도움을 주는 현실의 현상, 이제는 흔한 일상의 모습으로 놀랍지도 아니하다.

하여튼 잘생기고 젊다는 이유로, 또 딱하다는 뜻으로, 남동생 같은 친근함 때문인지 표현이 가능한 어르신들마다 장난하듯 "인물값 했겠지. 건강할 때 잘 지키지. 있을 때 잘하지 그랬어." 그러면, 할아버지1도 "내 나이가 어째서?"라고 장난을 쳤고, 또 누군가는 "똥 싸기 딱 좋은 나이!"라 했다. 하지만 어르신도 곧 요양원으로 옮겨가야 할 처지다. 아직은 창창한데 너무 빠른 후속 조치라는 뜻이다. 한참 더 벌어도 아쉬울 판인데, 이제는 부인도 더 감당할 수 없단다. 호구지책으로 매번 송영시간을 맞출 수 없다는 이유였다.

더는 개인정보에 관한 문제라서 자세하게 공유할 수 없지만, 대기 중인 그곳에서 부르면 언제든 여기는 퇴소하게 된다. 이렇듯 데이케어센터를 더 이용할 수 없는 경우는, 일테면 건강이 악화되어 거동이 불편하거나 와상으로 송영이 불가능한 경우와 보호자의 생활여건이 받쳐주지 못하거나 센터생활을 적응하지 못하는 경우 등 여러 가지다. 대부분은 어르신 의사와 상관없이 요양원이나 요양병원으로 옮겨가게 되는데, "구만리장천이 지척."이라 말하며 애매모호하게 떠나는 보호자도 있었다. 아이들 유치원과 비슷한 편제라 주야간보호시설을 한마디로 '노치원'이라 쉽게 설명한다. 하지만 나이 들면 서럽다고, 송영시간이면 그 모습을 곧 확인할 수 있었다. 아파트단지나 주택지의 주차 공간에서 유치원 차량이 도착하거나 출발할 때를 보라. 뭐가 그리도 좋아서, 날이면 날마다 왁자하고 시끄러운지 알 수 없다. 하지만 어르신들 모습은 딴판이다. 모시고 나오는 보호자들 또한 그야말로 고단하고 지쳐 보였다. "죄 중에 불효죄가 가장 크다."는데 말이다.

＊

코로나19 때문에 어르신들도 혼란스럽다. 뭐가 뭔지 알 수도 없었고 알고 싶지도 않은데, 눈뜨면 규제가 더 심해지고 하지 말라는 것도 많아져서 마냥 죄송할 따름이다. 누구나 지켜야 하고

다 함께 이겨내야 하니까 조금만 더 참아보자고 오늘도 부탁드렸다. 동動적인 활동을 삼가고 정靜적인 활동을 권장하더니, 갈수록 태산이고, 생활 속 거리두기로 동료들과 이야기도 마음대로 하지 못한다. 외부인 출입이 통제되면서 프로그램 강사와 자원봉사자 등이 진행하던 음악활동이나 신체활동, 레크리에이션 수업을 할 수 없으니 어르신들 입과 손발을 묶어놓은 꼴이다. 요일마다 다양하게 진행하던 수업을 하지 못해서, 어르신들 각각의 독특한 스트레스와 알 수 없는 인지장애가 나타나는 것도 현실이다. 그랬어도 하루하루 지나면 괜찮겠지 했는데, 벌써 해가 바뀌었다.

코로나19 통합뉴스 룸에서 발생현황을 실시간으로 알렸지만 아직까지는 센터와 관련된 확진환자 없이 잘 버텨내고 있다. 하지만 센터생활의 질은 그만큼 떨어지고 있다. 코로나검사를 받을 때마다 무섭다고 겁내고 두려워했던 모습들도 이제는 아련하다. 요양시설이라서 어르신과 종사자 모두는 구세주나 다름없는 '화이자'백신을 우선하여 접종한 상태다. 그나마 다행이지만 언제쯤 다시 박수치며 노래하고 율동을 할 수 있을지 답답할 지경이다. 센터는 어르신을 위해 양질의 케어서비스를 제공하려 노력하고, 방역에도 최선을 다하고 있지만 어려움도 많았다. 때문에 시市와 구區에서는 사회적 거리두기 단계가 상향될 때마다 가족돌봄이나 재량 휴원을 권고했지만 예상했던 것처럼 그 변화를 원하는 동참의견은 제로에 가까웠다. 당장 생사의 갈림길도 아닌 상황에서 어르신도 어르신이지만 보호자들의 생계문제도 있었고, 센터와 종사자간의 임금문제도 있었기에 지방자치단체장의 다급함을 다 수용할 수는 없었다. 하여튼 "늙은이 괄시는 해도 아이들 괄시는 않는다."는 말처럼 유치원이나 어린이집은 일정기간 휴원하거나 가족돌봄 휴가 등을 이용했으나 아쉽게도 어르신들, 즉 부모를 모시겠다는 보호자들은 거의 없었다.

이용료(개인부담금 15%, 보험공단 85% 지원)가 부담스럽기보다, 하루의 8시간부터 길게는 12시간을 센터에서 책임지기 위해 모셔가고 모셔다주는 서비스를 이용하는 보호자들, 즉 아들과 며느리로서 혹은 딸과 사위로서, 어르신을 돌보겠다고 느닷없는 그런 결정을 할 수는 없었을 것이다. 그나마 부부세대의 보호자는 "어쩔 수 없지요. 오래가지는 않것지요?" 했지만 말이다. 그야말로 처음에는 어르신들보다 종사자들이 더 미치고 환장할 판이었다. 방역수칙과 지침은 왜 그토록 많은지, 그래도 코로나19 시간은 느리게 흘러갔고, 오늘 하루도 또 무사히 지나가기를 기원해 본다.

인지능력이 저하된 어르신들이라 즐겁게 노래하고 웃고 떠들며 활기찬 활동들이 많아야 하는데, 방역지침 때문에 어르신들은 맥아리가 없는 생활을 너무 오래 견디고 있다. 케어센터는 이용 어르신을 위해 일상생활 도움뿐만 아니라 케어서비스를 다양하게 제공할 수 있어야 하는데, 그 공백이 아쉬울 따름이다. 일테면 데이케어센터 설립의 복석과 기능을 잊어버리는 건 아닐까 우려스럽다. 이제는 방역의 이유를 알려고도 아니하고, 어르신들 모두의 애창곡이던 '내 나이가 어때서'를 까맣게 잊어버린 듯하며, "빌어먹을! 요놈의 목숨이 질긴게 별것을 다 보고, 도대체가 언제까지 요렇게 재미없는 것만 할는지." 불만도 많지만, 코로나19의 끝도 아직은 알 수 없다.

　우당탕 퉁탕~ 생활실에서 소란스러움이 전해졌다. 이어 할머니4와 1의 목청이 악머구리 끓듯 한다. 1층 사무실 사람들(센터장과 사회복지사 3명)도 동시에 긴장한다. 사고 발생의 두려움 때문이다. 가끔씩 일어나는 소소한 시비들은 오히려 활력을 증진하는 기회도 되지만, 어쨌거나 동태파악은 해야 해서 나사복이 2층으로 올라간다. 보나 마나 할머니1이 소란을 만들고, 할머니4는 수습하는 과정에서 울분을 참지 못한 야단법석일 터였다. 둘 중 한 사람이 없으면 그야말로 센터가 조용할 것인데, 누군가 스스로 이용을 중단하지 않는 한, 센터에서 먼저 퇴소를 강요할 수는 없다. 모두에게 공평하고 공정해야 하기에 그렇기도 하겠지만,

　한편으로는 그만큼의 불편함도 이용자들은 감내해야 한다. 이용 대상자는 필요에 따라 언제 어느 때나 자유롭게 보호시설을 이용할 수 있을 만큼, 나라의 사회복지정책이 여유롭지 못한 것도 현실이다. 한마디로 자리가 부족하기 때문에 쉽게 퇴소하거나, 또한 입소도 쉽게 할 수 없다. 입소를 간절히 바라는 대기자가 많을 뿐만 아니라, 치매 어르신들에게 생활공간이 자주 바뀌는 것 또한 바람직하지 않고, 장소이동도 많지 않아야 한다.

　어쨌거나 건강보험공단과 지방자치단체의 도움으로 각종 보호시설이 법에 따라 운영되고 있어서, "세상 많이 좋아졌다." 그나마 고마워하는 가족들도 많다. 보편복지와 선별복지의 장단점을 탓할 여유도, 이유도 없이 치매환자 가족에게는 실질적인 도움이 우선 간절하기 때문이다. 하여튼 좋을 때는 언니동생 하면서 속

마음까지 털어놓았다가도 또 어느 순간부터 서로를 경멸하는 사이로, 일주일은 더없이 좋았다가 또 일주일은 내내 싸우고 서로를 잡아먹지 못해서 난리굿 판이다. 아쉽게도 요즘은 그 굿판이 잦다는, 일테면 치매가 더 빠르게 진행되고 있다.

지방 중소도시에서 올라왔으나 촌스럽지 아니하고, 화려한 장식을 좋아하며, 오목조목하나 우악스럽고 당당한 몸피의 할머니1은 70대 초반인데 중증치매로 일상생활이 점점 어려워지고 있다. 눈에 보이는 물건들, 수건과 물컵, 화장지와 마스크, 비품과 액세서리 등등, 어느 순간 슬쩍해서 가방에 숨겨놓은 습벽으로 인해 종사자들 인내심과 슬기로움이 평가되기도 한다. 때로는 지지해서 달래고, 때로는 강하게 제지하지만 그때뿐이다. 어설프게 다가갔다는 남자 요양보호사들도 당해내지 못하는, "날 잡아 잡사~" 하면 감당이 불감당이다. 더럽고 치사해서 피하는 게 상책이라는 요령을 동료들은 너무 자연스럽게 터득했다. 가족들도 어머니 때문에 의견이 많았고, 아직은 요양원으로 보낼 수 없다는 아들 주장이 강하지만, 독거생활에 따른 위험성과 불안함으로 딸들은 그 한계를 벌써부터 호소하고 있었다.

반면에 넙대대하면서도 마음은 한없이 평퍼짐한 그러면서 누구라도 잘난 체하는 꼴을 못 보는, 강퍅하고 지혜롭지 못한 할머니4는 80대 중반으로 여러 노인성 질환이 많지만 아직은 건강하고 치매도 경미해서 반장 역할을 하고 있다. 인정도 샘도 넉넉하고 많아서 반장을 하고 있지만, 치명적으로 문맹이라는 것 때문에 자신도 모르게 감정을 순간적으로 폭발한다. 남편과 일찍 사별하고 서울로 올라와 아들딸 다섯을 억척으로 키워내 지금은 다복한 편이다.

도시생활에 익숙하고 종교생활도 오래했던 덕분에 활발하고 사교적이지만 불평불만이 많아서 종사자들도 어렵기는 마찬가지다. 하여튼지 늘 오지랖이 문제였다. 할아버지2가 입원 치료를 하는 동안 반장을 할 수 없었고, 움직임도 불편하고 몸과 마음이 편치 않아 힘들어하던 그 틈을 비집고 들어 반장이 되었다. 어르신 수완에 어정쩡한 종사자가 동조해서 놀아났는데, "무식한 년이 어떠케 반장질을 하느냐?"고 따지는 할머니1을 사전에 입막음했던 관계로 그 번복은 포기되었지만, 아슬아슬 반장을 유지하고 있다.

한마디로 할머니1은 깡패 같은 년이고, 할머니4는 무식한 뚱땡이로 둘은 서로를 그렇게 칭한다. 욕으로 치면 둘 다 금메달감으로 육두문자부터 쌍욕과 쌍말이 난무하는 상황을 처음으로 경험한 센터의 모든 사람은 울 수도 웃을 수도 없는, 그저 경악을 금치 못하는 표정들이었다. 질 수 없다고 서로 쏟아내는 욕들이 어찌나 찰지고 거칠고 험악스러운지 더는 그 욕지거리가 터지기 전에 수습해야 했었다. 물건을 던져서 깨지고 다치는 경우가 차라리 덜 아플 것 같은 느낌이랄까. 그렇게 싸우고도 본인의 분이 덜 풀리면, "저런 미친년." 또는 "저 무식하고 뚱뚱한 년." 때문에 당장 센터를 그만두겠다고 서로가 씩씩거린다. 얼마나 정나미가 떨어졌으면, 제발 그러라고 모두가 쌍수로 환영하겠는가만 매번 도로 아미타불이다. 아무튼 "내가 아닌 사람으로 내가 변해가는 것." 치매 때문에 생겨나는 현상들이겠지만 센터에서는 오롯이 종사자들 인내심으로 감당해낼 부분들이다.

점심을 맛있게 먹고, 케어팀(간호조무사와 요양보호사)의 도움으로 양치도 하고, 각자 화장실 볼일도 본 후, 공기압 마사지를 하거나 침대에 잠시 눕거나 소파에 앉아 TV를 보면서 휴식을 취하거나, 텃밭으로 조성한 옥상에서 산책하는 경우도 있다. 해서 어르신들 이동이 많고, 수선스럽고 복잡한 점심시간과 양치시간에는 돌발사고의 위험이 높아 사회복지사도 돌봄 지원을 해야 한다. 치매 어르신들 돌발행동은 언제 어디서 어떻게라도 가능해서 그것을 예방할 수 있는 눈과 손은 많을수록 안전하기 때문이다. 그럼에도 불구하고 현실적 규정을 무작정 탓 할 수 없지만 케어 인력이 부족한 것도 사실이다. "중심을 잘 잡아야 넘어지지 않는 법"인데 그만큼 어렵다.

신발장 앞에서 할아버지3과 할머니5가 신발을 놓고 또 옥신각신이다. 세상없이 인자하고 공손한데, 신발 앞에서는 조금도 양보가 없다. 할머니가 신발장을 열어 뭔가를 확인하듯 두리번거렸고, 또 반듯하게 정리도 하고, 색다른 신발이다 싶어 만져도 보고, 크기가 확연히 다른 남자 신발을 이리저리 움직이면서, "신발 하나도 똑바로 못 놓나!" 그랬다. 전직 초등학교 교장선생님이었는데, 초임 시절 아이들 신발 때문에 어려움이 많았단다. 최근까지도 기분 좋으면 교가를 흥얼거리는데, 아쉽게도 지금은 알아들을 수 없다. 어찌나 정확하고 또렷하게 잘 불렀던지 나사복은 물론이고 여러 사람이 그 교가를 기억할 정도였는데, 어르신은 하루가 다르게 변화하고 바뀌었다.

어느 날부터인지 알 수 없으나 그런 할머니 모습을, 칠색 팔색 할아버지3이 싫어했다. "내 신발을 왜 만져?" 하면서 득달같이 달려갔고, 또 다그치기까지 했다. 평소에도 늘 신발을 지키는 초병처럼 시선을 신발장에 집중하고 있어서 걸핏하면 다툼이 생겼다. 어르신의 유일한 애창곡 "전우의 시체를 넘고 넘어~"를 4절까지 꼭 부르는 4등급 어르신이다. 혼자 시골에 살다 올라와 막내딸 집에서 3년을 살았는데도 아직 시골 냄새가 풀풀 난다. 덕분에 더 정이 가고, 말랑말랑 악의라고는 병아리 눈물만큼도 없지만 육이오와 전투화의 기억에서 벗어나지 못해 여전히 현실을 혼란스러워한다. 학도병으로 잡혀가지 않으려 밤낮으로 도망치던 때와 친구와 형들이 끌려가던 모습을 잊을 수가 없었고, 또 너무 생생하여 지금도 밤이 무섭고 잠을 잘 수가 없다고 했다. 전쟁 후 지지리도 어렵고 힘들던 시절에 입대했었고, 오로지 배가 고파서, 종교와 상관없이 예배에 참석했다가 전투화를 잃어버린 사건 때문에 군대생활이 엉망진창으로 바뀌게 되었다는 거였다. 그 시절이 떠올라 가끔씩 웃음으로 이야기를 시작했으나 어르신은 그때마다 눈물을 훔치면서 그 끝을 마무리하지 못했다.

할머니3과 할아버지5는 엉큼하고 때로는 능글맞아 종사자들 가슴을 출렁이게 한다. 할머니3은 팔십 대 후반으로 아직도 곱고 밝으며 여성스러운데 행동이나 말은 또 딴판이다. 남자가 잘생기면 인물값 한다고 아무에게나 시비를 걸고, 부인한테 잘하고 바람피우지 말라고 누구에게나 하소연하듯 했다. 그러면서도 남자들에게 일부러 다가가 장난치듯 느끼한 표현을 하고, 몸을 더듬고, 성性적 행동이나 말을 노골적으로 했으며, 때로는 화장실까지 쫓아가 배변행위를 방해하거나, 정말 뭔가를 보고 싶은 간절한 표정으로 소변기를 기웃거려 남자를 당황하게 했다.

할아버지5는 멀쩡하게 배우자도 있고, 학식이나 스타일로 봐 방정한 노신사로 믿어 의심치 않았는데, 글쎄 성性적 욕구를 휘뚜루마뚜루 풀어놓거나 표현했다. 처음엔 종사자의 현명하지 못한 처신이라 탓하고 믿으려 하지 않았다. 인권을 무시해서가 아니라, 치매 어르신의 행위를 얼마만큼 감내할 것인가의 문제였다. 어르신의 서툰 행위와 의도적인 접촉이나 접근요구 등은 충분히 문제의 소지가 있을 수 있겠으나, 개인감정에 따라서는 치명적인 모욕감으로 공론화하기에 지나침도 없지 않았다. 그럼에도 불구하고 무작정 인내하게 할 수도 없었다. 뿐만 아니라 할머니3과의 노골적인 표현이나 행위 등도 선을 넘지 않도록 살피고 저지하는 것 또한 일반적인 성인지 정서로 감당해 내기가 쉽지 않았다. 조금 과하면 추행이나 모욕이 될 수 있었고, 그렇다고 방치할 수도 없어 우선은 보호자에게 사실을 알려 전문의처방을 받도록 하고, 더 성한 사람이 슬기롭게 대처해주기를 바라마지않을 수 없었다.

할아버지5는 기초생활수급자로 생계급여와 주거급여, 의료급여를 받고 있는, 그러나 아주 풍족하고 여유롭게 느껴지는 어르신이다. 젊음을 믿고 일찍이 남미의 볼리비아로 이민 가서 잘 살았다는데, 돈 떨어지고 몸 아프니까 돌아올 수밖에 없었단다. 그래도 고국이 살만해져서 이만큼의 복지와 혜택을 누릴 수 있어서 어쨌든 고맙다 그랬다. 하지만 그 진정성은 느껴지지 않았고, 요구와 불만도 많아서, 또다시 떠나겠다는 계획과 날짜를 수첩에 적어두고 하루에도 수십 번 확인하고 있지만 다 소용없는 메모였다. 이제는 당신 스스로 아무것도 할 수 없는, 일상의 대화도 어려운 처지를 당신만 모르고 있다.

할머니2, 6, 7, 9, 11은 예쁜 치매다. 치매면 치매지 무슨 그따위냐? 그러면 할 말이 없겠으나, 하여튼 예쁜 치매와 아닌 것은 천양지차다. 초기치매인 경우가 주로 많지만 말기에 가깝거나, 함께 사는 딸조차 알아보지 못하면서도 여전히 순한 모습의 어르신도 있다. 자나 깨나 웃으며, 잘 먹고 잘 놀고, 열심히 따르고 즐겁게 생활하는, 본성 그대로 예쁘게 행동하는, 그야말로 탓할 게 1도 없는 어르신들이다. 때문에 주야간보호시설에서 가장 선호하는 3등급, 4등급 대상자들이다.

물론 치매진행 속도나 과정에서 예상할 수 없는 증상이나 행동이 나타날 수 있으나, 어쨌든 돌봄이 쉽고, 어르신들도 나름 센터생활을 더 만족해했다. 천생 여자로 살면서 누군가의 엄마였고, 누이였고, 딸이었고, 또 나였을 어르신들에게는 종사자들 손길 또한 부드럽기 마련이다. 치매가 무섭다가도 저런 치매라면, 나도? 하고 오두방정까지 떨면서 고단함을 털어 볼 때도 있다. 가족과 보호자들도 아직은 어르신과의 생활이 견딜만하고, 센터에도 관심이 많아서 적극적으로 협조하는 편이다.

할아버지4와 할머니10은 폭력성이 있어서 늘 주의해야 한다. 느닷없이 밀치거나 꼬집고, 주먹질도 두렵지만 언어폭력도 무서워서 상처받기 쉽다. 치매 어르신 행동이라고 백번을 이해하려 했어도 순간순간 무너지는 마음은 어쩔 수가 없었던지 퇴사하는 종사자도 여럿 있었다. 그런 고단함과 단단함도 없이 누군가를 돌볼 수 없었을 것이다. 더군다나 치매 어르신인데, 마음에 철갑을 둘러도 때로는 흔들리기 마련이었다. 두 분 다, 누워 침 뱉기 식으로 아무에게나 시비를 걸고, 욕설과 폭력으로 동료는 물론이고 종사자에게까지 공포 분위기를 조성하고 가끔씩은 그 분위기를 견디지 못해 또 다른 폭력도 생겼다. 예비역 대령 출신으로 정확하고 올바름의 표상이라 했던 할아버지고 목사 사모님 소리를 들었던 어르신인데, "시어미 미워서 개 배때기 찬다."고, 현실은 그러한데 보호자들은 그럴 이유가 없다고 믿으려 하지 않는다. 치매는 보이는 것이 결코 다가 아니라는 뜻이다.

할머니8, 12, 13, 15, 16은 배회와 변덕이 심하다. 흔히 볼 수 있고 많은 치매 어르신들이 나타내는 증상이지만 자칫 방심하면 문제가 발생된다. 살갑고 부드럽고, 대화도 가능하며, 인내심도 많아 좋을 때는 다 좋다. 그러나 늘 낙상 위험이 있고, 이리저리 돌아다니며 시비와 일거리를 만든다. 답답하다는 이유로 별의별 핑계를 만들어 외출과 탈출을 시도하려 하지만 종사자들도 척하고 알아낸다. 은행 일을 봐야 한다, 집에 누가 오기로 했다, 머리가 아프다, 일몰증후군에 의한 귀가본능 등등. 보호자의 허락 없이는, 대단히 죄송하게도 어르신들 마음대로 할 수 있는 일은 없다. 이도저도 통하지 않을 때는 무작정 무대뽀로 집에 가겠다고 소리치며 출입문 앞을 지키고 서 있거나, 또는 지나가는 사람에게 구조요청을 해 오해하게 하거나, 보일러실 창문 틈으로 탈출을 시도하기도 하고, 자동장치가 된 출입문이 알 수 없는 오류가 생겨 아무도 모르게 외출하거나 등등의, 어르신들 행동은 눈 깜박할 사이에 일어나게 된다. 공교롭게도 사고는 애매모호한 상황에서 발생하기 때문에, "미친개 풀 먹듯."하고 "미친년 달래 캐듯 한다."고도 했었다.

할머니14는 오른쪽 편마비로 휠체어를 이용해서 이동하고, 식사부터 화장실 사용까지 도움이 적극 필요하지만 인지능력은 그나마 좋은 편이다. 좀 모호하고 어중간한 표현이긴 하나, 어르신을 돌보는 종사자들 의견은 이랬다. 돌봄은 무척 힘들지만 차라리 마음으로는 편한 어르신이라고. 장기요양사업으로 가장 빛나는 도움을 받고 있는 어르신이다. 사는 동안 내내 "남편 복 없는 년은 자식 복도 없다." 그 말을 위안 삼아 살았지만, 우여곡절 끝에 데이케어센터를 이용하면서부터 열에서 아홉이 변했을 정도로 좋다 그랬다. 혼자서 십 남매를 길러냈으니, 결국은 자식들의 살림살이도 더 넉넉해지지 않았다. 뿐만 아니라 불행은 겹치더라고, 비교적 젊은 나이에 어르신도 뇌출혈로 쓰러졌고, 그것으로 다 멈추고 말았다는 거였다. 하여튼지 어르신은 "지금이 최고여, 최고~"라며 행복해 하고 있지만, "열 자식이 한 부모 못 모신다."고 얼마나 그 최고가 더 연장될는지? 보호자는 경제적인 어려움을 호소하는 중이다.

할머니17은 인지지원등급으로 일주일에 사흘(월 수 금)을 이용한다. 나라에서 치매환자와 가족을 좀 더 보살피겠다는 취지로 추가된 등급이지만 실효성은 별로다. 탁상행정의 시행착오인 것이다. 솔직히 돈도 되지 않으면서 행정적인 일만 많고, 어르신들도 불편하고 이용할 센터도 많지 않았다. 공단평가에서 연속 최우수등급을 받은 데이케어센터로서의 자부심과 부담감은 아니겠지만, 규정상 6등급 어르신 2명까지 이용할 수 있으나, 그럴 수 없는 이유와 규정은 하도 많아서 생략한다. 하여간 1명도 걱정과 우려를 감내하며 모셨다. 발병 전까지 보육원 원장을 했다는 어르신이지만 센터를 3일만 이용해야 하는 이유를 이해할 수 없듯이, 당신 스스로 걸어서 출석하는데, 화 목 토는 아니라고 그냥 돌려보낼 수도 없었다.

물론 보호자는 고맙고 미안한 마음으로 추가 이용료를 지불하겠다지만 규정상 그럴 수도 없다. 아직 본인은 추호도 치매라고 생각하지 않았고, 좀 심하다 싶은 동료들을 살피고 안쓰러워한다. 그럼에도 불구하고 치매癡呆란 "어리석고 또 어리석다."는 뜻이고, 또 "마음을 지우는 병."이 치매라지만 어르신들마다 어찌 행복했던 시절이 없었겠는가 말이다. 뿐이겠는가, 우리 어르신들의 이야기는 늘 즐겁고 또한 슬프지만, 그것이 다 참인지 거짓인지는 알 수 없다. 하지만 종사자들은 자신의 능력껏 그것을 감내하고 잡아냈으리라.

✳

도대체 사무실에는 무슨 일이 그렇게나 많으냐고 가끔 묻는다. 어르신들도 그렇고 종사자들도 그랬다. 그것도 허구한 날, 날이면 날마다. 정부정책과는 무관하게. 그리고 보니까 일찍 출근하고 늦게 퇴근하는 것이 습관화되었고, 오히려 정시 출퇴근이 어색할 만큼 누가 시키지 않았는데도 그런 분위기에 적응했다. 그러하지 못하면 결과는 빤했다, 하루 근무하고 다음날 포기하는 종사자부터 일주일이나 한 달도 다 채우지 못하는 사회복지사도 여럿 있었다. 그나마 견딜만하고, 그래도 상식이 통하는 곳이라 스스로 다짐하고 근무한다. 최저임금으로 버티는 직장생활 다 거기서 거기 아닌가? 그러면, 더는 할 말이 없다.

하여튼 센터 앞을 지나가다 "데이케어가 뭐하는 곳이래요?" 또는 "여기는 어떻게 해야 이용할 수 있나요?" 물으면, 공손하게 안내하는 것부터, 장기요양등급을 받을 수 있도록 절차를 알려주거나, 보험공단에 신청서를 접수할 수 있도록 돕고, 신규 입소상담을 통해 어르신의 특성과 특징을 잘 파악해서 모든 종사자와 공유하고 숙지하여 어르신 돌봄 시 유익하게 서비스를 제공할 수 있도록 하고, 어르신들이 우리 센터에 머무는 동안 안전하고 즐겁게 지낼 수 있도록 최선을 다함이 사회복지사 기본업무가 될 터였다.

이것 말고도 각자 할 일은 끝없이 많다. 그리고 모든 업무는 서류가 증명하게 된다. 때문에 그 서류철에 파묻힐 지경이다. 국민건강보험공단의 지표와 매뉴얼에 맞추어 공단평가와 모니터링을 해당 연도에 따라 준비해야 하고, 노인장기요양보험법에 따라서 장기요양급여와 이용자의 개인부담금을 매달 청구하여 센터가 운영될 수 있도록 해야 하며, 각각의 회계업무를 처리해야 함은 물론 지방자치단체의 지도점검, 행정감사, 인증심사, 보조금감사, 각종 안전점검 및 지침 등을 처리하고 준비하면서 이용자상담과 보호자상담, 입퇴소 안내, 센터 내 안전관리와 소소한 민원부터 어르신과 종사자의 신변보호 등등 다 나열할 수가 없다. 하지만 그런 와중에도 법을 악용하는 사례는 얼마든지 많았다. 못된 법인法人도 있을 수 있고, 무모한 센터의 센터장도 있기 마련이니까.

지키려는 쪽이나 악용하려는 쪽도 나름 대단하기는 마찬가지겠으나, 하여튼지 종사자들은 본인의 하루 업무처리도 버거운데,

어떻게 그런 부당청구와 불법사용, 보조금횡령과 불법행위 등은 발생하고 또 발각되어 처벌되는지 도무지 알 수 없었다. 그렇게 열심히 지표와 세부지표까지 철저하게 준비하고 대비해도 공단평가나 인증심사에서 자유로울 수 없었고, 산더미 같은 업무와 태산 같은 서류철에 질식할 것 같은데, 그런 일탈행위를 꾀하는 막무가내들은 있었다. 일테면 나랏돈은 눈먼 돈이라는 놈들과 나랏돈 먹기 참 더럽게 힘들다는 놈들의 이해충돌 때문에 끝없는 행정업무에서 벗어날 수 없는 구조, 또한 현실이고 사실이다. 그래서 사회복지 행정업무와 어르신을 위한 케어서비스 중 무엇이 먼저인지 헷갈리는 경우, 일테면 업무에 집중하면 어르신들 돌봄이 부족하고, 돌봄에 집중하면 업무에 지장이 생기는 딜레마 말이다.

저녁 식사를 거부하고 휴게실 침대에 할아버지2가 누워있었다. 가끔씩 밥맛이 없다고, 그래서 따로 죽식을 준비해드렸는데, 오늘은 그것도 마다했다. 아들과의 힘겨루기가 아직 끝나지 않은 터였다. 어르신 스스로도 그랬다. 원인은 당신이 너무 오래 살아서 생기는 문제들인데, 그러면서도 아들은 물론이요, 며느리와 손자 손녀까지도 마음으로 당겨지지 않는단다. 96세의 고령이나 워낙에 인지능력도 좋고 행실도 바르지만 노인성 질환으로 온몸이 부서질 듯 아픈데, 그냥 참고 견디라는 말뿐. 병원도 가족도 어찌할 방법이 없단다. 효도하겠다는 장남을 믿고, 함께 생활한 지 겨우 1년이 넘었는데 여전히 동거가 불편하기 짝이 없다고, 어르신도 식구들도 그만큼씩의 한탄과 원망이다. 차라리 시골에서 혼자 살 때가 백번 좋았다. 좋은 뜻으로 고향의 터전과 살림살이를 다 팔아 합쳤으니 돌이킬 수도 없었다. 그동안을 함께 살지 않았으면 애당초 합치지 말았어야 했다고 땅을 치지만 서로가 지금을 후회하고 서운해할 뿐이다. 때문에 "고래 싸움에 새우 등 터진다."고 센터에서도 역시 슬기로움이 필요하다. 그래도 이만큼의 복지혜택을 이용할 수 있어서 다행일 터였고, 이런 복지시설이 없었다면 부모 자식으로써 또 얼마나 많은 피눈물을 흘려야 했을지, 짐작이 된다.

송영 차량 막차가 출발준비를 하고 있다. 저녁 8시 30분쯤 되었고, 어김없이 여섯(할머니 4명, 할아버지 2명)분 어르신이 2층에서 내려와 승차를 기다리고 있다. 저녁 식사를 하지 않았던 어르신을 위해, 나사복은 시간을 놓쳐 먹지 못했던 오전 오후 간식을 봉지에 싸 들고 나왔다. "오늘도 수고 많이 했수다, 나 선생." 할아버지2가 먼저 저녁인사를 청하자, 나사복은 "이거라도 잡수고 주무셔요." 하면서 가슴으로 안았다. 어르신도 숨을 멈추고 마음으로 힘껏 당겼다. 할아버지1이 끼어들어, "나도 오늘은 잘 자것지요? 똥 싸서." 할머니1도 "우리 멋쟁이 선상님, 안녕~" 그러면서 차에 올랐다. "어르신들, 내일 또 만나요. 밤새 안녕하시고요." 송영 차량 후미등 불빛이 사라지자, "중심을 잡으려고 노력하고 또 노력해서 / 잘 버티어낸 것에 대한 감사가 / 내 하루의 마침기도이다." 오늘 하루도 중심잡기는 잘한 건가?

(제8회 한국문학인상 수상작품)

*이해인 시인의 詩, '중심잡기'를 모티브로 하였다.

윤찬모

경기 양평출생. 2009년 월간 《문학저널》에 단편 「잠을 먹는 꿈이」로 소설을 쓰기 시작하여 단편집 『잠을 먹는 꿈이』, 「꿈으로부터의 고백록」(한국소설문학상) 외 다수의 단편과 중편 「미끼」, 장편 『여울넘이』(문학저널 창작문학상), 『조선의 발바닥』(2016세종도서문학나눔), 『별종소리』(일붕문학상), 「구름 속에 잠수함」, 『어두울 수 없는 밤』(전영택 문학상) 등을 발표하고, 『양강유록楊江遺錄』, 『1920~50년대 양평사회사』를 편술함.

꿈으로부터의 고백록

부스스 깨어나 바라보는 달력은 6·25 때 마지막 남았던 도시처럼 위태로워 보였다. 저곳마저 빼앗긴다면 해가 떠오를 시간은 영영 사라질지도 모른다. 남은 시간을 살아가려면 여태껏 쫓겨오던 세월을 반격하여 잃어버린 과거를 되찾아야만 한다. 그런다고 해도 옛날에 놀던 그 바닥은 아닐 터이지만.

어젯밤 꿈에서는 어느 낯익은 노인과 빼곡한 군중에 관하여 많은 이야기를 나누었다. 얼굴은 인자해 보였지만 굵은 눈알 속엔 지배욕으로 가득 차 있었다. 오래전에 어디선가 많이 보았던 인상인데 누구인지 도무지 기억나지 않아 밤새도록 꿈자리가 혼란스러웠다. 그 눈동자 안에 품은 야심이 이 세상의 미래이려니. 노인은 서서히 세상을 장악해 나가고 있었다.

회중들은 받아놓은 잔칫상 앞에서 모두 웃고 떠들며 나라를 이야기하고 있었다. 그들 틈에서 홀로 앉은 나는 상에 놓인 밥들이 희미하여 자세히 먹어보려고 안경을 찾아 썼다. 윤기 나는 백옥 밥알이 선명하게 보이므로 배고팠던 세상은 앞으로 이렇게 선명한 밥알의 통치를 받을 것이다.

고기떼가 우글거리는 틈바구니에서 숨이 막혀왔다. 물속인가, 물 밖인가. 헤어나야 한다. 몸이 가늘어지는 장면으로 넘어갔다. 발목은 손아귀에 한 움큼으로 잡혔고 손목은 손아귀 안에서 손톱 길이만큼 더 겹쳐졌다. 점점 가늘어지다가 가냘픈 미래로 사라질지도 모른다.

깨어나 발바닥을 어슷하게 맞대니 S형 곡선이 생겼다. 휘청거리더라도 이 곡선 길로 걸어가야 한다. 올해도 과년한 세 딸이 몰려온다는 걸 마다했다. 일흔을 축하하려는 생일상은 앞장서 죽음으로 다가가는 아비에게 낯간지러운 위로일 뿐. 서운해하는 아내에게 지난밤 꿈 얘기를 했지만 전혀 풀 수 없는 모자이크 꿈이란다.

매일 밤 나타나는 꿈속의 장소와 사람을 떠올리며 상념으로 가득한 아침에 유선전화로 벨이 울렸다. 광고 전화로 알고 처음엔 받지 않으려고 했다. 울리다 지치면 끊어지겠지, 했는데 5분이 넘도록 간절하게 울려댔다. 옛 전화로 왔으므로 혹시 옛사람일지도 모른다는 생각에 조심스럽게 수화기를 들었다.

"양세우 씨요? 나요. 어제 만난 정승명."

"아, 예."

"오늘 우리 집에 좀 다시 올 수 있겠어요?"

바로 어제 서로의 이름만 확인하고 휴대전화 번호를 나누었는데 유선전화로 연락이 왔다. 언제든 다시 만나기로 했던 사람이다. 하루밖에 지나지 않았는데도 반가워서 우리 집 전화번호를 어떻게 알았느냐고 묻지 않았다. 저쪽에서 추궁당하는 느낌이 들까 염려해서다. 육십여 년 전 우차(牛車)를 부리던 사람의 얼굴을 떠올려 어제 만난 얼굴에다 겹쳐놓기까지 그리 오래 걸리지 않았다. 늙었지만 젊었을 적 얼굴이 부리부리한 눈자위 주변에 그대로 남아있었다.

꿈은 가끔 생시의 잔영과 지난 경험의 조각들을 멋대로 연결하여 엉뚱한 변형스토리를 꾸며냈으므로 꿈에 속아서 억지 해몽 놀이로 닥쳐올 일을 미리 알려고 애쓸 필요도 없는 노릇이다. 그래야 지난 꿈에 휘둘리지 않고 살 수 있다. 눈을 뜨면 꿈같은 건 완전히 무시하기로 몇 번이고 다짐했지만, 시간이 지날수록 한 겹씩 쌓이는 꿈은 지워지지 않는 기시감으로 기억의 저장고에 쌓여갔다.

생시에 한 번도 가본 적이 없는 장소가 꿈에 자주 나타나는 이유는 뭘까. 꿈에서 처음 겪는 일들이 생시의 경험처럼 반복하여 전개되는 밤은 또 뭘까. 생시에 전혀 본 적이 없는 인물이 잊을 만하면 꿈속에서 나타나 생과 몽을 구별할 수 없도록 흩트려 놓는 훼방꾼의 정체는 누굴까.

작정하고 날을 잡아 꿈에 자주 나타나는 비슷한 곳이라도 찾아보기로 했다. 어제 시내에서 강변길을 무한정 걸어 오르다가 그리 설지 않는 집 앞에 이르러 언제 어디선가 많이 본 듯한 우마차를 만났다. 네 기둥으로 받친 지붕 아래서 우차의 고무바퀴는 이미 낡고 삭아서 찌그러졌고 짐을 싣던 널판은 꽁무니를 치켜올린 채 마른 풀이 무성한 땅에 고꾸라져 있었다. 우차 앞부분에 솟아난 말뚝손잡이가 어렸을 때 보던 것처럼 익숙했다. 우차의 앞쪽에서 중심을 잡고 박혀있던 바로 그 손잡이다.

우차의 주인을 떠올렸다. 꿈에서 만났던 노인의 이미지와 희미하게 겹쳤다. 똑같은 얼굴이 벌써 몇 번이나 꿈에 나타났는지 모른다.

사람이라고는 살지 않을 것 같은 집의 방문을 조심스럽게 두드리니 구십 안팎의 노인이 혼자 있었다. 어려서 '가막골'에서 우차를 따라다니던 양세우라고 노인의 기억을 깨워 내자 자신이 정숭명이라며 내 손을 맞잡았다. 얼굴은 어렴풋이 떠올랐지만 이름까지는 기억에 없던 사람이다.

"가막골 양세우라고? 많이 늙었군."

노인은 눈을 지그시 감고 옛 생각에 깊이 빠져드는 듯했다. 수인사만 나누고 일단 집으로 왔는데 아침부터 생각지도 않았던 전화가 온 것이다. 반가움보다 그저께 밤에 꾸었던 꿈과 내 발걸음을 그리로 이끌어갔던 정체가 무엇이었나 하는 의문에 휩싸여 아침부터 복잡한 생각이 얽히고 있었다.

열두 살, 매우 흐리고 축축한 날이었다. 그날도 멀리서 워낭소리와 삐걱거리는 바퀴소리가 들려서 뛰어나갔다. 서너 명의 아이들이 우차 뒤를 따라 올라왔다. 우차의 주인은 소를 모는 채를 아이들에게 휘두르며 쇠파리 쫓듯 했다. 그래도 주인 몰래 올라타서 흔들거리는 재미에 겨울부터 이듬해 봄까지 끈질기게 따라다녔다. 집 앞은 길바닥에 돌이 많아 덜컹거렸기 때문에 잘 다져진 남의 집 마당을 지날 때 조심스럽게 올라타야 한다. 그날따라 눈치를 살피다 올라탈 기회를 못 잡고 마당을 지나치고 말았다.

따라오던 아이들이 하나둘씩 제풀에 떨어져 나가고 마을을 지나 들길로 들어서자, 나 혼자만 남았다. 우차는 뒤쪽보다 낮은

앞쪽이 뛰어오르기 수월했다. 주인 몰래 뒤따라가다가 바퀴 앞쪽
으로 다가가서 말뚝 같은 손잡이를 붙잡고 몸을 날려 사뿐히 올
라타야 했다. 올라앉기 전에 주인에게 들키면 여지없이 쫓겨나지
만 일단 오르기만 하면 짐 싣는 곳까지 가도록 모른 척하고 내버
려 두었다. 작은 손이라도 따라가기만 하면 나무 싣는 일을 거들
어 주었으니까. 일이 끝나면 우차 주인은 공책과 연필을 사서 쓰
라고 십 원짜리를 한두 장을 주었다. 끝까지 따라와서 일을 도운
상금이다.

우차가 마을을 지나 산길로 들어설 때쯤이다. 바퀴 앞쪽으로
가서 말뚝 같은 손잡이를 잡고 올라타려는데, 디뎠던 발이 미끄
러지면서 잡았던 손잡이를 놓쳐 떨어지고 말았다. 다시 일어나려
고 했지만, 몸은 이미 우차 밑으로 들어갔다.

"아~앗!"

어느새 바퀴가 몸을 타고 넘자 나도 모르게 벌떡 일어났다. 주
인이 깜짝 놀라서 우차를 세우고 다가왔다. 바퀴에 깔리고도 멀
쩡하게 일어나다니. 당장은 상처가 없어 다행이었고 일어났다는
게 신기하여 몸부터 툭툭 털었다. 이미 들켰으니, 주인에게 혼쭐
이 날 것만 같아서 별것 아닌 척했다.

"괜찮니?"

"죄송합니다."

어디든 다쳤다면 주인이 오히려 혼을 낼 것 같았다. 정말로 죄
송하여 꾸벅 절하고 집으로 도망치듯 내리뛰었다. 어머니에게 흙
묻은 러닝셔츠를 들어 배를 내보였다. 바퀴가 지나간 자국이 배
부터 다리까지 벌겋게 드러났다.

“어머! 괜찮으니?”

괜찮을 리가 없겠지만, 괜찮기를 바라는 마음으로 어머니는 그렇게 물었다. 고개를 끄덕이자 안도한다.

“다음부턴 절대로 따라가지 마라.”

어린 나이에 우차를 따라가서 나무 싣는 일을 거들고 몇 푼씩 손에 쥐는 재미를 어머니는 알고도 모른 척했었지만, 이번에는 아니었다. 그 돈을 모았다가 쌀을 살 때에 보태라고 내놓았던 아들이 눈물겹도록 대견했을 텐데도 말이다. 외갓집은 읍내에서 소문난 큰 부자라는데 어머니가 어떻게 해서 아버지 같은 무일푼 벌목꾼을 따라와 가난을 택했는지는 모른다.

열두 살밖에 안 된 아이의 배 위로 우차바퀴가 지나갔는데도 그날 저녁밥은 수월하게 넘어갔다. 떨어질 때 부딪친 엉덩이가 욱신거려 잠을 제대로 못 자면서도 신기하기만 했다. 아무리 빈 차라도 바퀴의 무게가 얼만데 그 밑에 깔린 몸이 멀쩡하다니. 꿈같은 의문을 품고 이튿날 우차에서 떨어지던 곳으로 다시 가봤다. 그러면 그렇지. 길을 가로질러 내 몸 하나 누울 만큼의 도랑이 꽤나 넓고 깊게 패여 있었다. 지금 생각해 봐도 기묘한 우연이고 천만다행이다 싶었다.

여태껏 세상을 가늘게 살아온 건 그때부터다. 아무리 먹어도 몸피는 늘지 않고 콩나물 자라듯 키만 자라났다. 어머니는 아들의 키가 대견스러워 가슴밖에 차지 않으면서도 먹을 것이 생기기만 하면 입에 넣어줬다.

“쯧쯧. 안팎이 모두 빼빼 말랐으니 아들 하나 있는 게 저 모양이지.”

　동네를 나다닐 때면 사람들은 가늘고 기다란 나를 가리켜 그렇게 쑥덕였다. 평생 살을 못 거느리면서도 여태까지 끈덕지게 버텨온 건 어머니의 악착 때문이었다.

　육십여 년 전의 우차를 여기서 다시 보다니. 우차는 여태 소털이 묻어있는 멍에와 함께 엉성한 지붕 밑에 제법 온전하게 보관되어 있었다. 평생을 끌고 다닌 노인의 분신이나 다름없었을 것이다. 노인은 무엇보다 그때의 작은 아이가 자기 앞에 초로의 얼굴로 찾아왔다는 게 믿기지 않는 모양이다. 그 어린아이가 이렇게 늙어가는 모습을 보고 자신도 그 세월만큼 밀려나 있음을 새삼 깨달았을 테니까, 훌쩍 지나가 버린 시간이 몹시 서운했을지도 모른다.

　"그때 자네가 보이지 않아서 혹 잘못되지 않았나, 하고 걱정을 많이 했지." 그날 우차에서 떨어지고부터 어머니는 우차만 지나가면 나를 꼭 붙잡아 두었기 때문이다.

　"소는 어쩌셨어요?" 노인의 말을 흘려듣고 우차를 끌던 소가 더 궁금해서 물었다.

　"평생을 부려 먹고 나보다 먼저 보냈지. 저기 묻어줬어."

　퍽 오래전인데도 내 입에 침까지 꼴깍거리게 하며 소죽을 맛있게 먹던 소의 얼굴이 눈에 선했다. 우차의 바퀴 옆 난간에는 소의 점심 소죽통이 묶여 있었다. 소죽통 위에는 거적을 덮어 온기를 보존했다. 주인은 마루다를 다 싣고 나면 소의 입을 씌운 망을 벗기고 점심 소죽을 먹였다. 나는 그때마다 소 앞에 쪼그려 앉아 침을 꼴깍 삼키며 소죽 먹는 모습을 물끄러미 바라봤다. 아버지는 이런 소 한 마리 키워 송아지 받아내는 일이 소원인데, 미리 외양간을 만들어 놓고도 아직 못 채운 채 벌목 일만 다녔다.

우차 주인은 나뭇가지를 꺾어다가 거칠고 투박한 손으로 젓가락 하라고 내밀며 같이 먹자고 했다. 밥을 한 덩어리 덜어 반합 뚜껑에 담아주고 먹으라던 우차 주인의 얼굴엔 언제나 속 표정을 감추는 짤막한 수염이 까슬까슬하게 덮여있었다. 반합에는 밥이 가득했기에 얻어먹으면서도 덜 미안했다. 나를 위하여 넉넉히 준비해 왔었는지도 모른다. 언제부턴가 수저까지 한 벌 더 챙겨 왔으니.

"자네가 걱정이 돼서 몇 번이나 들려보려고 했지만, 어머니한테 번번이 퇴짜를 맞았지. 어린아이 데려가서 일 시켜 먹다가 죽일 뻔했다고 단단히 화가 났던 모양이더군. 그 후론 자네 집 문간에 얼씬도 못 했는데 아버지 일 때문으로…."

거기서 새삼 아버지의 일을 떠올리고 싶지는 않았다. 그때 그 아이가 육십 년 만에 이렇게 불현듯 찾아온 셈이니, 서로의 얼굴은 설었지만, 같은 기억만으로도 우린 반가웠다.

며칠 전부터 꿈속에서 나오는 곳이 어디선가 많이 본 듯하여 찾아 나선 발걸음은 알 수 없는 힘에 이끌리고 있었다. 같은 하늘 밑, 서로 멀지 않은 곳에 떨어져 육십여 년이나 살아오면서 그가 삭아가는 우차를 치우지 않고 그대로 두었던 건 나를 다시 만나게 하려는 어떤 섭리(攝理)였는지도 모른다.

"아주머니는요?"

노인은 처음에 대답을 안 하고 얼굴에 까칠한 수염을 쓰다듬으며 누런 이로 빙긋이 웃었다. 그의 부인을 본 적이 없으니 궁금하지도 않았는데 괜히 물었다 싶었다. 대답 대신 그는 벽에 걸린 흑백사진을 가리켰다. 반사적으로 일어나 벽에 걸린 사진을 자세히 들여다보던 나는 까무러치도록 놀라서 뒤로 나자빠질 뻔했다. 사진은 퍽 곱상했던 젊은 시절의 어머니 얼굴이었다.

백옥 한복에 단정하게 쪽 찐 머리. 젊은 어머니는 지그시 웃으며 벽에서 나를 반겼다. 온몸에 바늘이 돋는 전율에 휩싸였다. 장례를 치르고 벌써 10여 년이 지난 내 집에서도 앨범 속에서만 잠자는 사진이었다. 노인은 놀라는 내 표정을 보면서 고개를 끄덕였다. 무슨 뜻일까. 저걸 보여주려고 나를 다시 오라고 불렀는지도 모른다. 그는 태연하게 사과를 손수 깎아 내게 권했다.

"자네 어머닌 한 발로 서 있어도 외롭지 않은 학(鶴) 같은 분이셨지. 내 말 같은 건 한마디도 파고들 틈이 없었어."

파고들다니.

"언제부터 홀로 되셨어요?"

"에이, 홀로는. 손주들이 꽤 여럿인데."

그러면서 노인은 벽에 걸린 사진으로 자꾸 눈이 갔다.

아버지는 저녁이면 방안에서 톱날을 쓸었다. 한 날 한 날씩 손잡이부터 끝까지 줄로 쓸어 쇳가루를 털고 나서 반대편 날을 쓸어 나갔다. 줄은 톱날을 쓸어 쇳가루를 냈고 톱날은 나무를 베며 톱밥을 쏟아낸다. 톱날을 다 쓸고 나서 아버지는 지남철로 쇳가루를 모았다. 톱날을 쓸고 벗어놓은 야전군복에선 톱밥이 한 움큼씩 털려 나왔다. 밖에 벗어놓든지 털고 들어오라는 어머니의 성화에도 아버지는 여전히 일하던 군복을 입은 채로 톱날부터 쓸어놓았다. 방안에 떨어지는 톱밥을 치우는 일은 어머니의 몫이었다.

아버지는 늦가을부터 이른 봄까지 산판에 다니면서 '마루다'

를 끊었다. 일인들이 이 땅에 남긴 통나무 이름이 '마루타'인데 산
판꾼들은 '마루다'라고 불렀다. 매일 지게에 톱을 걸고 나서던 아
버지는 산속으로 돌아다니면서 다 자란 아름드리 통나무를 베어
넘기고 가지를 다듬어 끊어놓는다고 했다.

우차를 타고 산 밑 야적장까지 가면 마루다 더미가 내 키만
한 높이로 쌓여 있었다. 주인이 나무를 싣기 시작하면 슬그머니
다가가서 힘닿는 대로 통나무를 우차로 옮겨 실었다. 처음에는
다친다고 저리 비키라던 주인은 '오냐 오냐' 하면서 받아 쌓았다.
그때는 그 일로 신바람이 났던 것이다.

완고한 외할아버지는 집안이 넉넉한데도 어머니와 이모들에게
글을 깨우쳐 주지 않았던 모양이다. 어머니는 그 한을 풀려는지
나를 쥐 잡듯 하며 공부시키려 했다. 무조건 앉은뱅이책상 앞에
앉아 무언가 읽고 쓰면 열심히 공부하는 줄 알고 화롯불에 고구
마를 묻어주며 흡족해했다. 하지만 읽고 있는 건 동화책이고 어
른들의 이야기책이었다. 언젠가 글을 읽을 줄 아는 옆집 아줌마
가 와서 내가 읽고 있는 책들이 모두 이야기책이라는 걸 알게 되
자 그날 밤에 된통 혼쭐이 나고 책들은 모두 아궁이로 들어갔다.

"학생이 학교 책을 봐야지, 돼먹지 않게 어른들 연애질하는 애
기책이나 보려면 지게 지고 느이 아부지나 따라다녀!"

어머니가 그토록 매몰찼던 적이 없었다. 동화책과 이야기책이
빠져나간 빈자리는 어머니의 얼굴 사진이 차지했다. 책상 위에서
밤낮으로 지켜보겠다는 엄포로 보였다. 그렇게 책에다 불을 지른
다음 날이었다.

눈이 금방이라도 내릴 듯 짙게 흐렸는데 멀리서 워낭소리가 들

리자 나갈 기회만 노리고 있었다. 우차 밑에 깔렸던 그날 이후로 어머니는 소가 올라오는 종소리를 듣기만 하면 방문 앞을 꼭 지켰다. 우차가 집에서 멀어져야만 문밖을 지키는 어머니의 인기척이 사라졌다. 이번에도 글러버렸다.

그럴 때마다 불 지른 책 속의 주인공들 타죽은 것이 안타까워서 아궁이를 뒤졌다. 겨우내 읽어낸 이야기는 타버린 재와 함께 머릿속에서 부서졌다. 그날 저녁엔 우차 내려오는 소리가 예전보다 일찍 들려왔다. 목을 빼고 내려올 소가 궁금하여 밖으로 나오는데 부엌에서 어머니가 먼저 뛰쳐나왔다. 어머니가 누군가로부터 소식을 먼저 들었는지, 예전보다 일찍 내려오는 낌새가 직감적으로 심상찮아서였는지는 모른다.

“어머! 왜 빈 마차야.”

가슴이 철렁 내려앉는 느낌으로 튀어나왔다. 예전 같으면 마루다를 잔뜩 싣고 내려올 텐데, 주인은 우리 집 앞에서 ‘워워’ 하며 빈 우차를 세웠다. 뒤에는 일꾼들이 빈 지게를 진 채 따라 내려오고 있었다. 우차에는 무엇을 감췄는지 거적이 덮어져 있었다.

어머니는 집 앞에서 멈추는 우차와 거적을 보고 이미 불길한 일이라는 걸 알아챈 모양이었다. 뛰어나가 거적을 벗기자마자 ‘여보!’ 하면서 쓰러져 실신해 버렸다. 놀라 뛰어나간 나도 ‘아버지!’ 하고 소리 지르며 늘어지는 머리와 팔다리를 흔들었다. 따라 내려온 일꾼들은 서둘러 들것을 만들고 아버지를 집 안 봉당에 안치했다.

아침에 날이 그토록 찌푸리더니 비도 없는 저녁에 날벼락이 내리치고 말았다. 한밤중에서야 겨우 정신을 차린 어머니는 방으로 들어가 하얀 이불보를 꺼내다가 거적을 걷어내고 아버지를 덮었다. 아버지를 태워 온 우차의 주인도 밤새도록 아버지를 지켰다.

"한 아름이나 되는 굴참나무가 쓰러지면서 우리 양 씨를 덮쳤던 거야. 그 밑에 깔렸으니 누구라도 빠져나올 재간이 없었지. 나무가 바윗덩이만 했다니까. 옆에서 안절부절못해 손도 못 썼어."

아무리 나무가 크더라도 사람이 옆에 있었는데 아버지를 못 구해 내다니, 어린 마음에 야속하고 의심스럽기까지 했다. 근처에서 일하던 사람들이 몰려왔을 때는 이미 늦었다고 했다.

"그게 100여 년이나 된 나무라던데, 나무들 숨통을 그렇게 많이 끊어놔서 나무귀신이 노했는지도 모르지?"

그렇게 말하는 사람이 야속했고 귀신이 있을 법한 나무도 두려웠다. 더 이상 그 거북한 소리를 안 들으려고 귀를 막았다. 그들에겐 아버지가 노련한 일꾼이어서 아까워했고 우리에겐 꺼져버린 등불이 되고 말아 막막하기만 했다. 어머니는 지난밤에도 톱밥으로 방을 어질렀다고 아버지를 타박하던 일을 무척이나 후회했다.

"세우 아부지~. 우린 어떡하라고."

아버지를 태워 온 우차 주인은 삼 일 내내 집에 머물면서 마을 사람들과 함께 장례를 도왔다. 동네 사람이 아니었지만 아무도 그의 도움을 낯설어하지 않았다. 그때 어머니와 낯을 익힌 우차 주인은 이따금 마루다를 실으러 올 때에 쌀을 한 말씩 실어다 주곤 했다. 그 쌀이 어떻게 된 쌀인지는 모른다. 우차가 점점 뜸해지더니 트럭이 드나들다가 읍내 외가에서 상급학교를 다니는 동안 산판도 흐지부지되었다. 매 주일마다 집에 오면 어머니는 목화를 잔뜩 쌓아놓고 씨아질로 밤을 새웠다. 남부럽지 않게 사는 외조부가 외손자는 데려다 공부를 시키면서 어머니에게는 왜 그토록 각박했는지 모른다.

자라서 직장을 잡고 결혼까지 하여 어머니와 함께 보낸 오십여 년은 도둑맞듯 잘려나가고 임종의 기억 앞에 섰다. 임종 무렵 어머니는 홀로인 나를 앞에 두고도 누군가를 간절히 만나고 싶어 했다. 눈치로 보아 이미 오래전에 떠난 아버지는 분명 아니었다. 어머니는 젊어서 무진 고생했는데도 마지막은 하얀 옷에 백설 같은 머리까지 더하여 퍽 고왔고 순결해 보였다. 병원 침대 위에서 떠나야 할 날이 다가오는데 귀가 어두워 듣지도 못하면서 찬송을 목청껏 부르며 웃었다.

"저렇게도 편안하실까?"

한 방에 있는 사람들은 도저히 이해 못 하겠다며 고개를 갸우뚱거렸다. 그러는 중에 어머니의 숨결은 생애의 11월쯤으로 기울다가 뱀의 꼬리처럼 존재에서 무(無) 쪽으로 명멸해 갔다. 조금만 서운해도 팩 토라지던 어머니가 말년에는 무던하고 넉넉해졌다. 입으로만 우물거려 무슨 말인지 못 알아듣겠기에 입가로 갖다 대는 내 귀에다 마지막으로 "고맙다."고 했다. 이미 귀가 어두워졌으니, 고개만 끄덕거릴 수밖에.

가뜩이나 왜소했던 어머니의 몸은 남은 재마저도 보잘것없었다. 0.2밀리 세필 깨알 글자로 어머니에게 못다 한 말을 쪽지에 써넣었다. 가느다란 아들의 몸을 불려보려고 온갖 것 다 구해서 챙겨 먹이다가 마디만 굵어진 어머니의 작은 손이 아름다웠다고. 읽지도 못하고 듣지도 못하는 어머니 앞에 놓았다.

어머니는 삽날 하나 깊이의 구덩이 안에서 흙에 녹아 당신의 잔디를 키우는 거름이 될 것이다. 발로 꾹꾹 누르고 명함만 한 표석을 심 박듯이 꽂았다. 깨알같이 쓴 쪽지도 묻었다. 언젠가는 지나가던 바람이라도 스쳐 읽고 가 주기를 바랐다. 시간이 더 지나면 이마저도 사라지겠지만 어머니의 마지막 땅은 아직 남았다. 평생 땅을 못 가졌으니 이만만 해도 과분하지 않은가.

노인은 어머니에 대해서 입을 꾹 다물었다. 어렸을 적에 책상 앞에서 보던 사진을 여태껏 잊고 지냈는데 그 사진이 왜 여기에 걸려있는지, 그동안 어떤 일이 있었는지 아무것도 묻지 않았다. 그렇다고 공연한 의문은 품지 않으려 했다. 아침에 집으로 걸려 왔던 집 전화번호에 대한 의문은 조금씩 풀리는 듯했다.

10년 동안이나 꿈에서도 안 보이던 어머니를 그곳에서 보다니. 그 사진을 보고 돌아온 후부터 그동안 잊고 지내던 옛일들이 악몽처럼 떠올라 눈앞에 어른거려서 잠을 설쳤다. 잠을 청하려 약을 먹고 나서야 예전의 꿈속과 같이 어느 노인의 이목구비 또렷한 인상이 나타났다. 눈빛은 여전히 나를 압도하며 원숙한 통치자로 성장해 있었다. 그의 꿈속 욕망도 세월이 지나면서 자라났던 모양이다.

어머니는 나의 학생 시절 토요일이면 홀로 기다리면서 가난 중에 빽빽한 풍요를 즐기려고 정성을 다해 콩나물을 키웠다. 그 콩나물에서 내가 가느다란 슬픔의 역설을 발견한 사실을 어머니는 모를 것이다. 내가 중년에 이르러서 어머니는 가위만 손에 잡히면 자투리 천을 길게 오려 발가락 양말을 만들어냈다. 한 구멍에 들어있는 발가락들이 숨 막힌다고 멀쩡한 양말까지도 다섯 갈래로 오려내 천을 덧대고 꿰매 놨다. 어머니는 갈라놓은 양말의 발가락 수만으로도 콩나물 같은 여러 갈래의 풍요를 즐겼을 것이다.

그러면서 가끔 하나밖에 모르던 아버지를 탓했다.

"네 아버진 살면서 나 하나밖에 몰랐다. 남들은 간조만 타면 젓가락으로 술상 두드리는 개울가 색싯집으로 갔는데 혼자서 곧장 집으로 왔어. 따돌림도 많이 받았겠지."

시간이 지나면서 예전의 꿈은 돌연변이처럼 진화하고 있었다. 아름드리 굴참나무가 쓰러지면서 내 몸을 덮치는 꿈을 꾸었다. 아버지가 미친 듯 달려들어 나무를 밀어냈지만, 꿈쩍도 안 한다. 가슴이 답답하고 점점 숨이 막혀왔다. 아버지는 내 팔을 붙잡고 빼내려 용을 쓰다 지쳐 울었다. 아버지가 우는 모습을 본 적이 없었는데.

"이러다가 결국 아버지처럼 죽고 말겠지."

아니다. 이건 꿈이다. 번쩍 정신이 들어 눈을 뜨자 몸은 땀으로 범벅이 되어 있었다. '꿈은 거짓이다. 밤마다 거짓을 조작하는 꿈을 이겨내야 한다. 꿈은 없는 일도 제멋대로 꾸며내 몸을 홀리게 만든다고 믿고 지난밤 꿈을 머리에서 씻어내려 애를 썼다.

언짢은 꿈을 꾸고 나면 선명한 잔영은 오래도록 남았다. 꿈을 무시했더니 다음부터는 어려서 우차에 깔리던 실제의 상황이 재현되었다. 순간적으로 몸 위를 지나간 우차의 검은 바퀴가 기억날 리 없건만 꿈속에서는 검은 바퀴가 가슴을 오래도록 누르고 괴롭혔다.

우차 주인이 다가와서 바퀴를 번쩍 들어 넘기자마자 막히려던 숨이 탁 트였다. 툭툭 털고 일어났더니 어서 집으로 가보라고 한

다. 주인에게 '고맙습니다.'를 연발하며 부리나케 집을 향해 달려
가 기다리던 어머니의 품에 안긴다.

아내가 숨 막힌다며 밀어냈다. 아내는 이 밤중에 뭐가 그렇게
고맙냐며 삐쭉거린다. 꿈속의 언어는 깨어난 아내에게 통역이 되
지 않았다. 아내는 땀으로 홍건한 몸을 만지며 기가 허하니 보약
이라도 먹어야겠다고 걱정했다.

아내에게 보약보다 정사면체 깍두기부터 바꿔 달라고 했다. 모
서리가 여섯, 면이 넷, 어느 곳을 젓가락으로 집든지 미끄러지는
구조여서 정사면체 깍두기는 접시 안에서 요리조리 밀려났다. 아
내는 그걸 안 먹고 남긴다고 시비다. 어떻게 무를 그토록 솜씨 있
게 정사면체로 썰었는지는 모른다. 젓가락으로 집으려다가 몇 번
이나 붉은 물이 튀고부터는 아예 포기했는데도 밥상 앞에서 번번
이 턱을 받치고 앉아 먹기를 재촉했다.

예전에는 깍두기 무를 어린애 주먹만큼 썰었다. 입을 크게 벌
려 먹다가 턱이 빠지고 혀를 깨물었던 적이 벌써 몇 번째인지 모
른다. 티격태격 다툼 끝에 작은 육면체 깍두기로 바뀌고 크기도
줄어드는 평정을 이루었지만, 아내는 여전히 정사면체 깍두기를
섞어 넣고도 젓가락이 뜸해지면 맛이 없어졌느냐고 뾰로통했다.

그러는 아내에게 강바람이라도 쐬면서 어렸을 적에 탔던 우차
를 보여주겠다고 공원으로 함께 나서니 오랜만에 나온 공원엔
아이들로 활기가 넘쳤다. 아내는 솜사탕을 돌리고 '달고나'를 만
드는 주변에 몰려드는 아이들을 보며 자기 손자 손녀라도 되는
듯 무척 반가워한다. 딸들이 독신선언만 안 했어도 그만한 아이
들이 수두룩했을 텐데.

"옛날에 우리처럼 딸만 많이 낳은 며느리가 또 애기를 가졌는 데요, 시어머니는 보나 마나 또 딸일 거라고 쫓아냈대요. 며느리 는 당장 살기가 막막해서 시댁 문 앞에 앉아 설탕을 녹여 과자 굽는 장사를 했대요. 아이들이 몰려들어 구경하면서 이게 뭐냐고 묻더래요. 며느리는 아직 이름을 짓지 못해서 대답을 못 하고 있 는데 배 속에 아기가 발길질하니까 '달고 나와라, 달고 나와라, 제발 달고 나와라' 했대요. 그때부터 아이들이 저걸 '달고나'라고 불렀다나 봐요."

아내도 어머니처럼 딸 많은 집 딸이라서 그런지 별걸 다 안다.

"시어머니가 그 말을 알아듣고 집안으로 불러들였다는데 애기 가 정말로 달고 나왔는지는 모르겠네요."

"달고 나왔겠지. 간절했을 테니까." 아내는 씩 웃는다.

내 관심은 달고나를 떠나 몸 두께를 재는 곳으로 쏠렸다. 일렬 로 사이를 띄어 세운 기둥이 38*cm* 간격에서 18*cm* 간격까지 여섯 칸이다. 줄지어 서서 차례로 그 사이를 빠져나가는데 아내가 일 찌감치 38에서 걸렸다. 내가 보란 듯이 38, 34, 30, 26, 22를 유유 히 빠져나가 18에서 코를 스치고 비껴서 빠져나왔다. 남들은 18 은커녕 30도 못 와서 쩔쩔매고 있었다. 맨 끝에 18을 빠져나온 나를 보고 어느새 몰려든 구경꾼들의 박수가 터졌다.

38도 통과 못 한 아내는 으쓱해 하는 나에게 자랑할 게 못 된 다고 또 핀잔이다. 이렇게 해서 나의 몸 두께는 18이다. 육십이 넘도록 얄따란 몸으로 살아온 건 나를 깔고 지나간 우차바퀴 때 문이라 믿고 있다. 그때 막 자라나려고 벌어지던 갈빗대를 찌그 려 놨기에 그럴 수밖에 없었다.

38의 기둥 사이를 통과 못 하는 엄마를 닮은 딸들은 집에 올 때마다 제 아버지를 닮지 않은 게 불만이다.

"으이그, 저 웬수들. 닮을 걸 닮으려고 해야지."

아내는 살을 덜어내려고 굶겠다는 딸들에게 제발 아버지 닮지 말고 넉넉하게 살라고 위협한다. 평생 거둬 먹여도 살이 안 붙는 남편에 대한 불만을 딸들에게 그렇게 쏟아냈다. 며칠 전에 칠십이 되는 아버지 생일상을 기어이 차리겠다고 딸 셋이 모여들었다.

"저는 결혼하겠어요. 상견례 장소, 날짜, 사람 다 잡아 놨으니, 참석만 하시면 돼요. 언니하고 동생은 이번에 빠져!"

험악한 세상을 홀로 살겠다고 버티던 셋 중에서 중간 딸이 생일케이크를 상에 옮겨 놓다가 독신을 포기하고 항복을 선언했다.

"배신자!"

"맞아. 언니는 배반자. 우리 자매끼리 똘똘 뭉쳐 살자고 하더니."

중간 딸에게 위아래서 배신자라고 성토하자 저보다 예뻐 보이는 형제들을 상견례에서 빼버렸다. 그러고부터 세 딸 사이로 부는 시샘의 바람이 냉랭해지기 시작했다. 모른 척하고 아내와 함께 둘만 나가기로 중간 딸에게 눈을 찡긋해 줬다. 칠십 줄에 드는 제 부모가 못미더워 제 애비의 반절 나이인 서른다섯을 먹기까지 제멋대로 준비를 다 해놨단다. 중간 딸은 살림꾼 엄마를 닮아 제일 야무진 실속파다. 물통이 둘은 중간 딸에 비하면 어림 반 푼도 안 된다. 갑자기 결혼하겠다고 나선 딸에게 아내는 신이 나면서도 예민한 심정을 남편에게 토해내고 있으니, 밥을 제대로 얻어먹으려면 바람이라도 함께 쐬어주는 게 상책이다.

공원을 지나고 노인의 집에 이르러 아내에게 오래된 우차부터 보여주며 바퀴 앞으로 떨어져 들어가는 시늉을 하고 옛 애기를 했다.

"오징어포를 뜰 뻔했겠네요." 아내에게는 그때의 아찔함이 도무지 통하지 않는다. 이토록 착한 남편을 못 만날 뻔했는데도 말이다.

아내와 함께 만난 정 노인은 이게 웬 호사냐는 표정으로 반가워서 어쩔 줄 몰라 커피를 내놓고 물부터 끓였다. 노인이 홀로 지내는 방치고는 깔끔했다. 방을 두리번거리더니 강변 모래밭에 심었다며 땅콩을 까먹으라고 한 바가지를 내놓았다. 아내는 초면이라 체면을 차리는지 주방에서 활개 치던 기개는 감춰두고 제법 다소곳하다. 아내의 눈이 방을 한 바퀴 둘러보다 벽에 걸린 젊은 여인의 사진에서 머물렀다.

"우리 손주가 이번에 장가를 든다는구먼. 딸은 셋째 딸이 최고라는데, 딸 삼형제 있는 집에서 둘째 딸을 빼 오겠다고 하니 여태껏 배웠어도 실속에는 맹한 녀석이지."

뜬금없기에 흘려들었다. 아내와 내 눈이 사진에 멈춰있는 줄 아직도 모르는 모양이다. 벽에 걸린 사진은 우리를 내려다보고 있었다.

"누구예요? 저분은."

노인이 아내의 말을 듣고 빙긋이 웃는다. 내가 먼저 말해야 했다.

"우리 어머니지."

아내는 고개를 갸우뚱거리면서도 내 말을 믿으려는 눈치다. 아내가 못 보던 젊은 얼굴이어서 낯설었겠지만, 마스크는 똑같았으니까. 아내는 수염이 훨씬 더 자란 노인의 얼굴을 뚫어지게 쳐다보다가 뭔가 깊게 의심을 품는 모양이다.

"당신도 알았어요?" 뭘 알았냐는 말인가.

"저 사람은 몰랐겠지요."

아내가 내게 물었는데 대답은 노인이 했다. 노인은 작정한 듯 말을 이었다.

"맞아요. 저분이 그쪽 어머니요. 산판에 발길을 끊은 후로 저렇게 사진으로라도 못 보면 강물로 뛰어들겠더라고요."

노인은 무슨 잘못을 저질렀는지 시종 변명하는 투다.

"어디서 구하셨어요?"

묻지 않을 수 없었다.

"자네 부친 장례를 치를 때 가져왔네. 꼭 다시 만나서 돌려드리려고 했는데 여태껏…"

노인은 벽에서 사진을 떼어 들고 조심스럽게 먼지를 닦아냈다.

"어머닌 안 계세요. 지금."

"병원에?"

"아뇨. 이 세상 떠나신 지 벌써 10년 됐어요."

노인은 사진을 안고 철퍼덕 주저앉았다.

"그런 줄도 모르고…, 내가 죄를 크게 지었네."

노인이 가져가라고 내어주는 사진을 내가 다시 걸어두었다. 돌아오는 동안 아내 앞에서는 아무렇지도 않은 듯 태연하려 애썼지만, 오늘 밤 꿈은 점점 더 끈질기게 나를 괴롭힐 것이다.

그날 밤 꿈에서 빽빽하던 군중들은 하나둘씩 하늘로 날아가고 있었다. 서로의 손을 잡으려고 하지만 더 멀어지면서 허우적거린다. 나만 날지 못하고 땅에 남았다. 급한 마음에 아내부터 찾았지만 보이지 않는다. 딸들은 모두 어디로 갔나. 어머니가 옆에서 백옥의 한복을 입고 은은하게 웃는다. 통나무에 깔린 나를 구하려던 아버지가 보인다. 그 모습이 먼저 떠난 세월의 거리만큼 희미했지만 아버지는 이미 하늘의 통치자로 변해 있었다. 하늘로 날아오른 사람들은 아버지의 뒤를 따라 날아가는 미몽(迷夢) 속에 머나먼 여행을 시작할 것이다.

한밤중에 꿈을 깨우는 수상한 전화벨 소리에 일어났다.

"아빠, 숨 막혀! 사람들이 무서워."

그쪽에서 무슨 일이 벌어졌는지 막내의 목소리는 힘겹게 울고 있었다. 전화벨 소리에 깨어 일어나 TV를 켠 아내가 전화를 뺏어 들었다.

"거기 어디야. 뭐라고? 이 밤중에 거긴 왜 몰려갔어? 언니들은? 당장 집으로 오지 못해!"

밤이 깊었는데 TV에서는 구급차가 모여들고 구급대원들은 이리 뛰고 저리 뛰며 들것을 나르고 있었다.

(제49회 한국소설문학상 수상작)

이은집

충남 청양 출생. 고려대 국문과 졸업. 육군 병장 제대. 서울여고 용산고 서울북공고 영등포여고 서울공고 여의도고에서 30년간 국어교사 근무. 문단 활동 : 한국문인협회 부이사장. 국제펜한국본부 이사. 한국소설가협회 최고위원. 한국문학예술저작권협회 감사 역임. 한국방송작가협회 회원. 한국음악저작권협회 회원. 계간문예지《문예빛단》회장. 수상: 〈상상탐구 작가상〉〈세계문학상〉〈여수해양문학상〉〈한국문학신문문학상〉〈카뮈문학상〉〈헤세문학상〉〈한국문인상〉 등 16개 수상. 저서 : 1971년 창작집「머리가 없는 사람」으로 문단 데뷔.『학창보고서』『눈물 한 방울』『통일절』『트롯 킹 국민가수』『AI 부인』 등 40권 발간. 그 외 방송작가와 작사가로도 활동함.

화가와 모델

"그럼 지금부터 〈보리밭 화가〉 나파엘 장 화가님의 일곱 번째 개인전 오프닝 행사를 시작하겠습니다. 먼저 공사다망하신 중에도 참석해주신 우리 화단의 큰어른 원로화가십니다. 선운 김홍창 화백님! 국정에 바쁘심에도 특별히 자리를 빛내주시는 국회 문광위원회 한오백 국회의원님! 한국 화랑가의 큰손 오명희 쁘랑뗴 갤러리 관장님! 그리고 미술평단의 마이더스! 이분의 미술평 여하에 따라 호당 30만 원의 그림값이 300만 원으로 껑충 뛰기도 한다구요. S대학 미대학장이신 오광평 교수님! 그리고 오늘의 전시회장을 가득 메워주신 축하객 여러분께 진심으로 감사를 드립니다. …안녕하십니까? 사회를 맡은 아나운서 김명찬입니다."

얼마 전까지 KMS 인기 아나운서였다가 프리랜서 선언을 한 후 돈이 되는 행사라면 전국 어디든 어느 행사나 전천후로 뛰는 김명찬 아나운서의 사회 솜씨는 개그맨처럼 유머러스하면서도 품위와 격조를 갖추었다. 따라서 전시회장에 둘러선 모든 축하객의 얼굴엔 절로 미소와 웃음이 번져났고, 그만큼 〈보리밭 화가〉 나파엘 장 화가의 표정도 전시회장 입구에서부터 꽃잔치를 펼친 축하 화환과 화분의 꽃송이처럼 환하게 피어났다.

"그럼 첫 순서로 선운 김홍창 화백님께서 축사를 해주시겠습니다."

김명찬 아나운서의 소개를 받고 마이크를 든 김홍창 원로 화백이 독특한 쇳소리 음성으로 입을 열었다.

"내가 나파엘 장 화가를 좋아하는 건 양귀비보다도 더욱 출중한 그녀의 미모 때문이에요. 하지만 그림을 보면 역시나 그림에도 절세의 미녀가 등장하지요! 오늘 여러분이 이 자리에서 보시다시피 그녀가 그린 보리밭 화폭엔 누드의 여인이 있잖아요? 그래서 나는 나파엘 장 화가와 그녀의 그림을 함께 사랑합니다!"

80의 나이임에도 50세 연하의 미스코리아 출신과 재혼을 해서 한때 각종 여성지에 인터뷰 기사가 도배질된 바 있는 화제의 주인공답게 선운 김홍창 원로 화백의 축사는 확실히 남달랐다. 그런데 그의 인터뷰 가운데 오프 더 레코드 일화로 이런 상상 초월한 특종이 있었으니.

"저… 김 화백님! 금년 춘추가 8순이신데 신혼생활은 어떻게…?"

그러자 그가 오른손의 가운뎃손가락을 펴 보이며 기자에게 속삭이듯 건네왔다.

"어허! 여기 발기부전 걱정 없는 이게 있잖은가?"

"네에? …하하하!"

이때 눈치를 챈 기자가 폭소를 터뜨리자, 선운 김홍창 화백은 이번엔 그의 혀를 쏘옥 빼물었다가 거두며, 더욱 목소리를 낮추어 또 하나의 비밀을 누설했는데…!

"흐흐흐, 늙으면 양기가 입으로 오른단 말도 있잖나! 그러니까 우리 부부의 성생활은 젊은이와 다름없다오!"

처음부터 뜨거운 박수를 이끌어낸 선운 김홍창 원로 화백의 뒤를 이어 이번엔 국회 문광위원회 한오백 국회의원이 마이크를 잡았다.

"여러분! 요즘 국회의원 얘기만 나와도 입맛이 떨어지시죠? 여야가 밤낮없이 쌈질만 하니까요! 하지만 부부간에도 그렇잖습니까? …한데 오늘 이 자리에 참석하고 보니 참으로 행복합니다. 제가 평소 존경하는 선운 김홍창 화백님 말씀처럼 절세의 미인이신 나파엘 장 화가님의 아름다운 보리밭 화폭에 담겨진 여인 또한 그러하니까요. 하하."

암튼 정치인들이란 물에 빠져 죽어도 입은 동동 뜬다는 우스갯소리처럼 엉뚱방뚱하면서도 속 시원하게 설파하는 한오백 국회의원도 역시 한방 단단히 명 축사를 터뜨렸다.

"네, 흔히 한국 정치엔 유머가 없어 팍팍하다고 합니다만, 한오백 의원님의 축사를 들으니까, 우리나라 국회가 화기애애해질 날도 머지않은 듯합니다. 다시 한번 축사를 해주신 국회 문광위원회 한오백 국회의원님께 뜨거운 박수를 부탁드립니다."

역시 방송가에서 닳고 닳은 김명찬 아나운서는 정치인들의 허세에 입맛을 맞춘 특별 립서비스로 한오백 국회의원을 띄워 주고 나서 행사 진행의 속도를 조금 더 다그쳤던 것이다.

"다음은 미술시장의 큰손이신 쁘랑떼 갤러리 홍명희 관장님의 트위터식 축사가 있겠습니다. 요즘 젊은 층에 대유행인 트위터에 오르는 글은 140자의 단문이라고 하네요?"

그러자 우리나라뿐 아니라 외국 화랑가까지 막강한 영향력을 발휘하는 재벌가의 사모님인 쁘랑떼 갤러리 홍명희 관장이 김명찬 아나운서가 넘겨주는 마이크를 들었다.

"안녕하세요? 앞에서 좋은신 말씀을 다 해주셔서 전 이곳에 온 목적만 말씀드리죠. 솔직히 고백하면 나파엘 장 화가님의 작품은 이렇게 오프닝 행사에 와서 미리 선약해두지 않으면 구입이 어렵답니다. 여러분, 전시된 작품 중에 빨간 리본이 달린 건 제가 예매한 것이니 착오 없으시기 바랍니다. 근데 제 말씀이 너무 길었죠?"

"하하, 나파엘 장 화가님의 작품은 전시회 문을 열자마자 벌써 대부분 품절 화가 되는군요? 그럼 다음은 오늘 전시회에 대해 한국 미술 평단의 태두이신 S대학 미대학장 오광평 교수님의 해설을 듣겠습니다."

자신의 위치나 지명도에 비해 맨 마지막 순서로 밀려난 그였지만 이미 나파엘 장 화가로부터 100만 원의 강평료! 아니 출연료(?)를 미리 받았기에, 그의 권위와 이론이 겸비된 작품에 대한 과대 뻥튀기 평설이 거침없이 쏟아져 나왔다.

"한마디로 나파엘 장 화가는 〈꽃과 뱀의 화가〉 천경자 여사 이래로 최고의 호가를 자랑하는 현재 한국 화단의 여류 화가 중에 가장 인기작가라고 하겠습니다. 에, 제가 쓴 작품평 내용은 팜플렛 도록에서 읽어보시도록 하시고요, 다만 이 화가의 그림값이 왜 이리 비싸냐? 거기엔 함부로 소개할 수 없는 비밀이 숨어 있는데요! 즉 나파엘 장 화가의 보리밭 그림을 정치인의 선거구 사무실에 걸면 재선은 기본이요 3선 4선도 따 놓은 당상이고, 공공기관 장이 소장하면 더욱 승진하며, 대기업의 본사 로비에 걸면 재벌 순위가 한꺼번에 몇십 계단씩 뛰어오른다는 전설 아닌 실화가 증 명하고 있기 때문이라 하겠습니다. 하하…”

“네! 오늘 한국 미술 평론계의 거목이신 오광평 S대학 미대학 장님께서 정말 천기누설을 하셨습니다. 그럼 끝으로 오늘의 주인 공이신 화단의 프리마돈나 나파엘 장 화가님의 인사 말씀이 있겠 습니다. 더욱 뜨거운 박수로 맞아주시기 바랍니다!”

드디어 〈보리밭 화가〉 나파엘 장 여사가 가을 하늘을 나는 잠 자리 날개처럼 환히 비치는 우아하고도 화려한 의상에 오늘따라 더욱 짙은 화장으로 그녀의 미모를 한껏 돋보이면서 김명찬 아나 운서가 넘겨주는 마이크를 살며시 잡아들었다.

“감사합니다. 여러분께서 저에게 과찬의 축하 말씀을 해주셔서 정말 몸 둘 바를 모르겠네요. 근데 음식을 앞에 놓고 행사가 길 어지면 예의가 아닌 것 같아서, 전 감사하단 말씀만 드리고요, 별 로 차린 건 없지만 많이 드시고 정담도 나누시고 작품도 감상하 시면서, 즐겁고 정겨운 시간을 함께해주셨으면 합니다. 다시 한번 감사드립니다!”

제7회 나파엘 장 화가의 미술전시회의 오픈 시각인 오후 6시 에서 행사가 10여 분 늦춰져 지금은 벌써 7시를 넘어섰기에 그녀 는 이처럼 단출한 인사를 했던 것이다.

“네, 이것으로 한국 화단의 프리마돈나 나파엘 장 화가님의 일 곱 번째 전시회 오픈 행사를 모두 마치고, 잠시 기념촬영 후에 파 티와 작품 감상을 하시겠습니다. 지금까지 사회에 KMS 전 아나운서 김명찬이었습니다. 고맙습니다.”

역시 프리랜서로 뛸 만큼 사회에 능수능란한 KMS 김명찬 아나운서가 다른 행사가 또 있다면서 좌중에게 목례를 하고는 바람같이 사라져버렸다.

“자, 나도 좀 바빠서요. 실례하겠습니다. 나파엘 장 화가님!”

바로 김명찬 아나운서를 뒤따라 한오백 국회의원도 부리나케 전시회장을 나갔다. 정치인들은 아무 데서나 함부로 사진을 찍었다가는 훗날 고위공직자 내정자로 청문회에 불려 나갔을 때 무슨 날벼락을 맞을지 모르기 때문일까? 그리하여 남은 귀빈들을 중심으로 기념촬영이 끝나자, 임시로 마련한 탁자에 차려진 다과와 음료를 들며 축하의 담소가 이어졌는데, 그때 저만큼 가장 큰 그림 앞에 한 젊은이가 서서 바람으로 물결치는 청보리밭에 발가벗은 채 두 손을 뒤로 짚은 자세의 누드 여체를 계속 붙박이로 감상하고 있는 게 아닌가? 그때 나파엘 장 화가는 쑥스럽게도 자신의 나신을 관음 당한 듯한 착각이 들었다. 실은 그 그림 속의 여자는 바로 그녀 자신이 모델이었다. 그러나 다음 순간 그녀는 젊은이에게 야릇한 호기심이 느껴져 자신도 모르게 그의 곁으로 다가갔다. 그리고 먼저 말을 걸었다.

“전시회에 와주셔서 감사합니다. 이 그림이 마음에 드시나요?”

그녀의 질문에 젊은이가 고개를 홱 돌리다가 오늘의 전시회 주인공임을 깨닫고 약간 놀란 얼굴로 대답했다.

“아뇨, 사실은 가장 마음에 안 들어서요.”

“네에? 그건 왜죠?”

너무나 뜻밖의 말에 그녀가 어처구니없다는 표정을 지으며 묻자, 방금 생방송 출연을 마치고 달려온 듯한 아이돌 그룹의 멤버 같은 꽃미남형의 젊은이가 살인미소와 함께 뻔뻔스런 말투로 더욱 기가 막힌 대꾸를 했다.

"다른 그림 속의 누드는 모두 아가씬데, 이 그림만 아줌마잖아요?"

"…?!"

순간 그녀는 하도 어이가 없어 눈만 크게 뜬 채 그를 쏘아보자

"자세히 보세요! 다른 누드는 가슴이 탱탱한데, 이 아줌만 바람 빠진 풍선처럼…"

"호호호, 젊은이가 별걸 다 보셨네요? 맞아요! 다른 그림 속의 여자들은 아가씨 모델이고, 이 그림은 바로 나거든요. 암튼 관심 있게 보아줘서 고맙네요."

"아! 그렇담 제가 화가님께 실례의 말씀을 드렸네요. ㅋㅋㅋ"

그러자 젊은이가 한글로는 표기가 곤란한 웃음을 웃으며 다음 말을 계속했다.

"저… 화가님, 오늘은 제가 알바를 나가야 해서요, 내일 점심때 다시 와서 작품 감상평을 말씀드려도 될까요?"

"좋아요! 내 그림에 대한 젊은이의 평가를 한번 받아보고 싶으니까…."

벌써 화단경력이 15년 가까운 세월의 연륜을 쌓자, 그녀의 작품 관객들은 주로 성인층에 국한되어 갔던 것이다.

*

‘뭐어? 내가 모델인 그림만 마음에 안 든다구…?’

나파엘 장 화가는 생각할수록 기가 막히고 화까지 치밀어서 다음날 점심 때까지 마치 병원에서 종합검진을 받고 그 결과를 기다리듯 안절부절못한 채 시간을 보냈다. 그리고 드디어 어제와 전혀 다른 복장을 한 젊은이를 만나게 되었다.

“안녕하세요, 어제 뵀던 니쿤입니다.”

“니쿤? 무슨 예명인가 봐요?”

이름이 하도 생소해서 그녀가 되묻자 역시 어제와 같은 살인미소를 지으며 그가 대답했다.

“아뇨, 한익훈인데 친구들이 소리 나는 대로 니쿤이라고 불러서요. 또 태국 출신의 가수 니쿤을 무척 좋아하기도 하구요. ㅋㅋㅋ”

암튼 그녀도 나이에 비해 10년은 젊어 보인다는 소릴 듣긴 하지만 요즘 신세대들과는 언어가 잘 통하지 않는 것이었다.

“응, 그럼 식사 안 했죠? 나도 안 먹었는데 잠깐 내려가요.”

“네!”

한데 니쿤은 고맙단 말도 없이 선선히 따라나섰다. 이윽고 갤러리 뒷골목에 위치한 음식점에 이르자, 그가 먼저 멋대로 주문했는데, 그녀는 손님 접대라 생각하고 그대로 따랐다.

“화가님! 어젠 제가 당돌했죠? 하지만 저로선 이해가 잘 안 돼서요. 참, 전 대학 새내기니까 말씀 놓으세요.”

“그래? 근데 그건 무슨 소리인가?”

“화가님의 그림 속에 등장하는 누드가 여자들뿐이니까 좀 이상하잖아요?”

“뭐라구…?”

“당연히 남자 누드여야 하지 않을까요? 화가님이 특별히 페미니스트라면 몰라두요.”

“아…! 듣고 보니 그렇기도 하네. 호호호.”

하도 엉뚱한 그의 말에 실소가 나오기도 했지만, 한편 그럴싸한 말이기도 해서 그녀는 웃음으로 맞받으며 다시 물었다.

“만약 모델을 남자로 바꾼다면 니쿤이 해줄 수 있는 거야?”

단도직입적인 그녀의 질문에 니쿤이 딴청을 부리듯 대답했다.

“근데 화가님의 그림 무대가 왜 하필이면 보리밭이죠? 그것도 전부 이삭이 팬 푸른 보리밭이더라구요?”

“그건 내가 시골 출신이라서… 그래서 보릿고개로 고생한 고향의 추억을 배경으로 한 거야!”

“아하! 그렇군요.”

“그리고 니쿤한테 이런 얘긴 좀 쑥스러운데, 내가 여고 때에 그 보리밭에서 서울로 유학 갔던 동네 대학생 오빠와 철없는 연애를 했었다구.”

“네에! 그러니까 보리밭에서 화가님이 누드로 그 오빠랑…?”

“호호, 니쿤과는 잘 통하네. 따라서 보리밭의 누드 여자는 모두 내 젊은 날의 분신이라고나 할까?”

그러자 그가 잠시 생각에 잠기더니 이런 뜻밖의 제의를 해오는 것이었다.

“화가님! 그럼 화가님의 분신인 여자 누드모델 대신에 그 오빠의 분신인 남자 누드모델로 바꿔 보시면 어떨까요? 남자 누드화를 그리는 여류화가라면 아마 굉장한 화제가 될걸요?"

"오! 정말 그렇네!"

순간 그녀는 박수라도 치고 싶을 만큼 색다른 아이디어에 감탄하면서 다시 니쿤에게 이런 질문을 했다.

"근데 니쿤이 한다는 아르바이트가 뭐야?"

"왜요? 화가님이 절 누드모델 알바를 시켜 주시려구요? ㅋㅋㅋ."

"으응, 니쿤. 말을 꺼냈으면 책임을 져야 하는 게 아닌가?"

"좋아요, 화가님. 하지만 모델은 오전 열 시에서 열두 시까지만 돼요."

"그건 또 왜…?"

"오후 두 시부터는 다른 알바에 나가야 하거든요! 스포츠댄스 학원의 강사 아니 조교걸랑요."

"그래? 좋아. 모델료가 많지는 않으니까."

"저… 이제 투잡 알바가 생겨서 말씀드리는데요, 제가 실은 대학생이 아니걸랑요."

"뭐라구…?!"

갑자기 속은 듯한 감정에 의구심이 솟았지만, 그녀는 참고 그의 다음 말을 기다렸다.

"…작년 고3입시 때 전 체대의 스포츠댄스과를 지망했어요. 그런데 한 학교에서 한 명만 추천받는 특기생 후보로 우리 학교 이사장 아들과 라이벌이 됐어요. 결국 체육선생님의 억지 권고로 제가 양보 아닌 탈락이 됐죠. 그래서 스포츠댄스 학원에서 알바를 하면서 내년 입시에 도전하려구요."

"으음, 니쿤에게 그런 상처가 있었군?"

암튼 이런 사연으로 그동안 그녀가 고수해온 〈보리밭+여자 누드화〉는 그 주인공을 남자로 교체하게 되었는데, 마치 고향의 보리밭에 누드 여자를 넣을 때처럼 다시 막막해지고 말았다. 왜냐하면 처음에 여자 직업모델을 써보니까, 이건 꼭 마네킹을 가져다 놓은 것처럼 감정이 박제된 알몸뚱이에 불과했던 것이다. 그래서 나파엘 장 화가는 마치 길거리 캐스팅을 다니는 연예기획사의 매니저마냥 모델감을 사냥하기 위해 대학가를 비롯해 대학로까지, 그리고 젊은이들이 몰린다는 강남 등 번화가를 찾아 헤매고 다녔다. 하지만 그녀가 마음속에 그리는 모델감으로 보리밭에서 벗어줄 대상은 쉽사리 발견되지 않았다.

바로 그때 어느 날 저녁 용산 전철역 앞 거리를 지나던 그녀는 놀라운 풍경을 보고야 말았다. 이제 겨우 날이 저문 초저녁인데도 바로 저만큼 골목의 줄지어 선 유리창 쇼윈도 안에 납량 공포영화의 여주인공처럼 하얀 스미즈바람의 야한 옷을 걸친 젊은 여자들이 형광 불빛을 받아 더욱 요괴스런 모습으로 지나가는 사내들을 호리고 있는 게 아닌가? 그것은 마치 지옥을 넘나드는 사탄 같기도 했고 에덴동산의 이브처럼 요염하기도 했다.

'아! 바로 저 여자들이야!'

그녀는 당장에 뛰어가 쇼윈도 안의 여자들에게 모델을 부탁하고 싶었으나, 며칠 동안이나 망설인 끝에 어렵사리 포주를 만나서 보증금과 모델료를 지불하고서야 겨우 모델 계약을 성사시킬 수가 있었다.

"저… 솔직히 까놓고 얘기하세요. 댁은 혹시 레즈(비언)가 아닌 가요? 호호호."

하지만 나파엘 장 화가에게 누드모델의 경험이 전혀 없는 쇼 윈도 여자가 이런 엉뚱한 질문을 던져오기도 했던 것이다. 그러나 꾹 참고 보리밭에 그녀들의 누드를 그려 넣었다. 그때 그녀들의 표정과 알몸뚱이에선 희망이 꺾여진 절망! 절망에서도 다시 찾으려 하는 희망이 더러운 연못에 뿌리박은 연꽃처럼 눈부시게 피어났다고나 할까?

＊

이제 나파엘 장 화가는 지금껏 초지일관 보리밭의 여자 누드 모델만 고집해온 작품 소재에서 일대 변신을 감행하여 남자 누드모델로 바꾸게 되었다. 그건 이번 그녀의 일곱 번째 전시회에서 만난 니쿤의 아이디어에 의한 결단이었는데, 그만큼 왠지 스포츠댄스 학원에서 알바를 한다는 그에게 무언가 끌려버린 게 아닐까?

'맞아! 난 지금 20여 년 전 고향의 보리밭에서 서울로 유학 갔던 동네 대학생 오빠와 연애하던 시절로 되돌아가고 싶은 거야!'

그렇다면 바로 재수생인 니쿤이야말로 그때의 오빠가 되는 셈이고, 그녀는 40의 나이에서 절반을 빼버려야 한다. 하지만 그것은 아주 불가능한 일이 아니었다. 예술가에게 나이란 그야말로 숫자에 불과할 뿐이라고 할 수 있지 않을까? 그러기에 한국 화단의 원로 김홍창 화백은 50년 연하와도 결혼하지 않았는가 말이다. 거기에 비한다면 그녀와 니쿤의 나이 셈법은 까짓 꺼릴 것이 없을 터였다. 그런데 막상 니쿤과 모델을 약속한 날에 그녀와 만난 그는 전혀 엉뚱한 조건을 내걸었으니…

"화가님, 어쩌죠? 제가 모델하는 건 좀 어렵겠네요. 죄송해요."

"뭐… 뭐라구? 이제 와서 무슨 소릴 하는 거야?"

"저… 실은 제가 알바를 하는 스포츠댄스 원장에게 투잡 얘기를 하니까 안 된다고 펄쩍 뛰는 것 있죠?"

"니쿤이 개인적으로 하는 모델 알바인데 왜 원장이 막아?"

얼핏 이해가 안 돼 그녀가 화난 얼굴로 묻자, 그가 몹시 난처한 듯 머리를 긁적이며 더욱 뜻밖의 사연을 말하는 것이었다.

"저기… 스포츠댄스 학원에서 하는 일은 단순한 알바가 아니구요, 실은 비밀계약 사항이 있거든요."

"아니, 비밀계약은 또 뭐야?"

"그게… 수강생들이 거의 다이어트를 위해 오는 줌마들인데요, 강사… 아니 조교인 저희는 그런 학원생을 끌어와야 수당을 받는다구요."

"오! 그러니까 날더러 니쿤이 알바하는 스포츠댄스 학원생이 돼야 한다는 조건인 거지?"

"네. 하지만 화가님은 다이어트가 필요 없으신 너무나 아름다운 몸매잖아요?"

"아냐. 그러잖아도 요즘 아뜨리에에서 붓을 잡고 작업을 하려면 체력이 딸리는 느낌이었다구. 잘됐네. 이번 기회에 나도 스포츠댄스 한번 배워 볼까? 니쿤처럼 몸짱이 된다면… 호호."

그리하여 나파엘 장 화가는 니쿤이 알바하는 스포츠댄스 학원에 수강생으로 등록을 했고, 동시에 그는 그녀의 아뜨리에에서 모델 알바를 하게 되었다.

"와아, 화가님! 정말 부자세요! 이렇게 넓은 저택에 사실 줄 몰랐다구요!"

나파엘 장 화가가 그녀의 차에 니쿤을 태워 청와대 뒷동네 평창동의 숲속에 자리한 집으로 안내하자 그가 눈이 휘둥그레져서 외치듯 말했다.

"으응, 나 혼자 살기엔 좀 크지만 그림을 그리기엔 좋은 집이야. 우선 화장실에 가서 샤워부터 하고 나오라구."

나파엘 장 화가는 니쿤에게 이런 지시를 한 후에 문득 떠오르는 추억에 잠겼다. 그녀가 이 집에서 살게 된 것은 그녀가 사사한 은사님 덕분이었다. 20여 년 전 고향의 보리밭에서 연애했던 동네 대학생 오빠가 다시 서울로 올라가 소식을 끊어버리자, 그녀는 대담하게도 가출하여 오빠가 다니던 대학을 찾아가 캠퍼스를 뒤져서 기어이 만났던 것이다. 그러자 오빠는 그가 다니는 미술과의 교수인 최돈만 화백에게 소개를 해주었다. 홀아비였던 최돈만 교수의 가사도우미가 마침 나가게 되어 그녀가 대신 채용된 셈이었다.

"교수님, 저의 고향 동생이에요. 미술 공부가 하고 싶어서 무작정 상경했다고 합니다. 어차피 대학에 갈 형편이 못 되거든요."

고향 동네 대학생 오빠는 자신의 은사에게 천연덕스럽게 거짓말을 해댔고, 또한 그녀도 당장 오갈 곳이 없고 보니 공범자가 되지 않을 수 없었던 것이다.

"네, 저에게 미술지도를 해주신다면 전 가사도우미로 만족해요.”

“으음, 그러니까 나의 문하생이 되고 싶단 이런 말이지?”

그때 최돈만 교수가 두 사람을 바라보며 묻자, 그들은 동시에 합창하듯이 대답했다.

“네, 감사합니다!”

그리하여 그날부터 그녀는 최돈만 교수의 가사도우미이자 문하생이 되는 행운을 얻었다고나 할까? 그녀는 원래 중고등학생 때부터 그림에 소질이 있어 특별활동 시간에 미술반이었으며, 여러 차례 미술대회에 나가서 상을 타기도 했다.

“장봉순이라고 했지? 우선 너에게 그림이란 뭐라고 생각하니?”

그녀가 최돈만 교수댁에서 기거하게 되었을 때 그녀를 화실로 불러 묻는 말이었다.

“네? …그건 꿈이라고 생각합니다. 저의 희망이 항상 그림을 그리는 거였으니까요.”

너무 뜻밖의 질문에 잠시 망설이다가 그녀가 이렇게 대답하자, 최돈만 교수가 고개를 끄덕이며 말했다.

“으음, 그 말도 일리가 있구나. 하지만 나에겐 미술이란 삶이란다, 오늘날까지 한평생을 오로지 그림을 그리며 살아왔으니까. 그럼 이 물감은 뭐라고 생각하니?”

“…?”

하지만 이건 그녀에게 너무나 어려운 질문이어서 대답을 못 하자, 이윽고 최돈만 교수가 얼굴에 가득 미소를 지으며 마치 수제자에게 비도(秘道)를 전수하듯이 나직이 말했다.

“화가에게 물감은 생명체란다. 자, 보아라. 빨강에 파랑을 섞으면 어떻게 변하는가?”

하면서 최돈만 교수는 팔레트에 빨강과 파랑 물감을 더해서 휘저었다. 그리고 그것을 화선지에 듬뿍 칠하자 두 색깔과 전혀 다른 보라가 탄생했다.

“봤지? 네가 학교에서 생물시간에 배웠겠지만, 여자의 난자와 남자의 정자가 만나면 생명체가 탄생하듯이, 물감도 합하면 이렇게 새로운 생명체처럼 바뀌지 않니? 화가란 바로 이런 물감을 가지고 그림을 아니 새로운 생명이 깃들인 작품을 창조하는 것이야. 알아듣겠니?”

“네…”

이때 그녀는 고개까지 주억이며 대답했지만 머릿속은 모호하기만 했다. 그리고 그녀는 최돈만 교수의 살림살이와 수발을 도맡으면서 열심히 화가 수업의 사사를 받아 몇 년이 지나자 국전에 응모했고, 미대 학생들도 어려운 대상을 수상하게 되었다. 바로 그 후 어느 날 화실에서였다.

“…장봉순 화가야, 이젠 내가 더 가르칠 게 없구나.”

“선생님, 감사합니다. 모두가 선생님 은혜예요.”

그녀가 진심으로 말씀드리자 그윽이 그녀를 바라보던 최돈만 교수가 낮으나 엄숙한 목소리로 말했다.

“이제 내가 널 갖고 싶구나!”

“…?!”

그때 그녀는 너무나 충격적인 말이어서 경악에 찬 눈길로 그를 쏘아보자

“허허, 내 그림의 누드모델로 말이다. 넌 내 앞에서 벗을 수 있

겠지?”

“…네. 선생님이 원하신다면…”

그 순간 그녀는 감히 거절할 수도 없었지만 이미 고향의 동네 대학생 오빠에게 순결까지 바친 여자였기에 조용히 옷을 벗었다. 아니 지난 몇 년 동안 최돈만 교수에게 미술수업의 사사를 받아 오는 동안에 그림이란 삶과 생명을 위해서라면 인간의 도덕과 위선의 탈쯤이야 얼마든지 과감히 벗을 수 있잖은가 하는 예술적 자유인으로 거듭 태어나고 싶었다고나 할까?

“허허, 장봉순 화가는 아름다운 그림을 그리기 이전에 스스로 미의 여신이로구나! 내가 만난 어느 모델보다 눈부시단 말이야!”

이렇게 시작된 최돈만 교수의 모델 노릇이 어느덧 일 년쯤 지났을 때, 그녀에게 최후통첩 같은 그의 명령이 떨어졌다.

“이젠 너의 육체를 나에게 줄 수 있겠니? 우린 사제관계가 아니라 같은 화가의 길을 가는 예인(藝人)으로서 하나가 되고 싶구나. 지금까지 봉순인 오직 육(肉)으로만 내 앞에 존재했으나, 이젠 나의 영(靈)을 섞어 너와 내가 영육(靈肉)을 함께하고 싶단 말이다!”

“…!”

그녀는 말없이 스승의 얼굴을 바라보았다. 50여 평생을 아내도 없이 오로지 그림하고만 살아온 고통과 환희로 마치 빨강과 파랑 물감이 섞여 보라가 탄생하듯이, 그는 세상의 평상인들과는 전혀 다른 모습으로 그녀에게 비쳐 보였던 것이다. 그 순간 그녀는 그를 위해 아낌없이 전부를 바치고 싶어졌다.

“고맙다. 정말 이래서 안 되는 줄을 안다만… 화가가 모델과

부적절한 관계를 갖는 건 독약을 마시는 거라고, 나에게 그림을
가르쳐 주신 스승님이 그렇게 강조하셨지만, 난 역시 별수 없는
인간인 모양이야…"

그는 독백처럼 중얼거리며 이미 누드모델로서 나신이 되어 있
는 그녀에게 그의 몸 전체로 육화(肉畵)를 그리기 시작했다.

'스승님, 바로 그다음 날 심장마비로 세상을 떠나셨죠. 하지만
이 집과 모든 유산을 제게 남겨 주신다는 유서를 미리 써놓으셨
을 줄이야…'

나파엘 장 화가가 최돈만 교수의 추억에서 깨어났을 때, 니쿤
은 벌써 완전한 누드가 되어 그녀가 한창 작업 중인 보리밭 배경
의 화폭 앞에 우뚝 서 있는 게 아닌가.

"화가님, 무슨 생각에 그리 골똘하셨어요? 절 이렇게 세워놓
고…?"

"으응, 어느새 벗은 거야? 호호."

그녀가 미안하고도 쑥스러워서 이렇게 얼버무리자, 니쿤이 그
의 습관적 살인미소와 함께 짓궂은 표정으로 바꾸며 말했다.

"아무리 화가님의 모델이지만 여자 앞에서 벗는 모습을 보이는
건 쪽팔려서 미리 벗었죠. 근데 이렇게 벗기만 함 되나요? ㅋㅋㅋ."

여자 누드모델들과 달리 니쿤은 영 어색해하면서 몸 자세와
시선 처리에 쩔쩔매고 있었다.

"니쿤은 서울 출신이야? 그래도 종달새 우는 시골 보리밭의 풍
경은 상상할 수 있겠지? 그 푸른 초원에서 청노루처럼 당당하게
포즈를 취해보라구!"

"어떻게… 이거 어때요? 스포츠댄스를 할 때 도약의 폼인데요."

하면서 명랑한 투로 지껄이는 니쿤의 알몸에 그녀는 천천히 시선을 던졌다. 재수생이니까 스무 살로 이미 청년기에 들어섰겠지만, 그의 모습은 요즘 한창 인기 드라미인 〈제빵왕 김탁구〉에서 주인공 김탁구 역을 맡은 텔런트 윤시윤과 너무나 닮아 소년처럼 귀여운 티와 온갖 시련에도 굴복하지 않고 견디는 다부진 의지가 엿보이고 있었다.

"그래, 그 포즈 좋아요. 그대로 있어 봐!"

나파엘 장 화가는 니쿤의 머리끝부터 차근히 훑어 내려갔다. 젊음만이 가질 수 있는 웨이브가 풍성한 긴 머리칼이 그의 얼굴을 여자처럼 작아 보이게 했다. 하지만 흘러내린 그 머리칼에 살짝 숨은 두 눈썹은 검은 페인트로 찍은 듯 뚜렷했고, 그 아래 길쑴한 속눈썹에 둘러싸인 고양이 눈처럼 크고 동그란 눈동자는 스스로 섬광을 뿜어냈다. 그리고 요즘 신세대답게 우윳빛 피부의 뺨엔 칼끝으로 파낸 자국 같은 상큼한 보조개가 눈길을 끌었고, U자형의 턱선 아래 목울대에 튀어나온 애플 자국이 성인임을 과시했다. 이어서 양쪽으로 튼실하게 자리 잡은 어깨에서 뻗은 두 팔은 스포츠댄스로 단련되어 날렵하고도 더욱 길쑥하게 보였으며, 몸통의 가슴골은 불끈 솟은 젖가슴으로 굴곡이 깊게 파이고, 바로 그곳에 요즘 인기 연예인들이 목숨 걸고 매달리는 왕(王)짜 복근이 체육대 지망생으로서 충분한 자격을 갖추었음을 증명해 보였다.

바로 그 아래에 엄마의 뱃속에서 영양을 공급받던 흔적인 배꼽이 움푹 자리 잡았는데, 거기부터 돋기 시작한 거웃 털줄기는 그의 심벌을 에워싸고 무성하게 우거진 흑잔디 밭과 합류했다. 그런데 놀라워라. 그녀의 샘을 찾아 목마른 듯 헐떡대던 중년 사내의 심벌만 보았던 그녀에게 청년 니쿤의 그것은 너무나 수줍어하는 자태로 매달렸다.

"에이, 화가님. 하지만 저도 화나면 어른만큼 자신 있다구요!"

이윽고 그의 심벌이 그녀의 시선에 잡힌 것을 알아차렸는지 니쿤이 볼멘소리로 투덜거렸다. 그러나 나파엘 장 화가는 여전히 침묵으로 일관하면서 허리선을 구분하는 양편 골반에서 뻗어 내려간 그의 두 허벅지와 무릎과 껑충한 종아리를 감상했다. 그리고 이를 한꺼번에 조망하여 그의 나신을 한 눈으로 바라보자, 절로 감탄이 터져 나올 만큼 멋지고 아름다운 남자의 색기가 넘쳐났다. 그것은 확실히 지금까지의 여자 누드모델에선 느낄 수 없던 남자 누드모델만의 독특한 매력이었다고나 할까?

"화가님, 쪽팔리게 그만 보시구, 어서 그림이나 그려주세요. ㅋㅋㅋ."

니쿤은 또 한 번 완성된 한글 글자로는 표기가 어려운 인터넷식 웃음을 흘리며 재촉했다.

"알았어, 화가는 과학자랑 같아. 관찰을 잘해야 좋은 그림을 그릴 수 있거든. ㅎㅎㅎ."

순간 나파엘 장 화가도 니쿤과 비슷한 웃음을 지어내며 붓을 들어 팔레트에 개어놓은 물감을 찍어서 화폭으로 가져갔다.

＊

"니쿤, 너 줌마랑 잘 돼가고 있겠지?"

나파엘 장 화가의 누드모델이 된 니쿤이 일주일쯤 알바를 했을 때, 스포츠댄스 학원의 금달 원장이 그에게 물어오는 질문이었다. 여기서 금달이란 스포츠댄스 전국경연대회에 출전해서 금메달을 땄다는 원장이 스스로 작명한 그의 별명이었다.

"뭐예요? 그분은 왕년의 미스코리아처럼, 아니 〈제빵왕 김탁구〉에 나오는 탤런트 전인화처럼 미모 짱에 카리스마가 장난 아니걸랑요."

"오, 그래? 그럼 더욱 잘 꼬셔서 대박 터뜨려야지. 너 내년에 대학가려면 등록금도…!"

"알았어요, 금달 원장님! 모자라면 대신 내준달 땐 언제구요?"

니쿤이 짐짓 짜증 섞어 대꾸하자 그가 얼른 웃음으로 얼버무려 달래왔다.

"얌마, 그건 걱정마! 하지만 줌마(아줌마)들 다이어트해 주는 수강료만으론 학원 운영이 택도 없잖아?"

"흐유, 그래서 우리 같은 선수들 모아 호스트빠처럼 영업하는 거 솔직히 처음엔 기절할 뻔했다구요!"

이를 좀더 구체적으로 소개하면 니쿤이 이곳에 알바를 구하러 왔을 때였다.

"그러니까 내년 대학입시에 스포츠댄스과 지망생이라구? 잘됐네, 여기서 실기도 배우고 줌마들 꼬셔 돈도 벌면 일거양득 아냐?"

"저… 오후반과 저녁반을 다 뛰면 페이는 얼만데요?'

그때 니쿤이 묻기 힘든 질문을 눈 딱 감고 해버리자, 금달 원장은 조폭 두목처럼 험한 얼굴로 바꾸며 위협조로 속삭였다.

“이봐, 재수생! 여긴 밤새워 일하는 24시 슈퍼나 호스트빠가 아니야! 네가 광고지 뿌려 물어온 줌마 수만큼 수당에다가 간혹 바람난 줌마들 잘 꼬셔 외박 나가면 그건 5대 5란 말야!”

“네에? 뭐… 뭐라구요?”

아주 기겁하여 놀라자빠질 지경의 니쿤에게 그러나 금달 원장은 오히려 어이가 없다는 듯 일갈했다.

“싫으면 말구. 하지만 강남에 가면 이런 유사업종이 발길에 채일 걸, 아마…”

‘그럼 그렇지. 대학 졸업하고도 88만 원 세대인 요즘에 알바가 그렇지 뭐…’

역시 니쿤도 현실의 흐름에 따르지 않을 수 없었기에 벌써 반년 가까이나 이 학원에서 스포츠댄스를 매개로 줌마들로부터 젊음까지 팔아 용돈과 입학등록금을 마련하는 알바를 해왔다.

‘어? 벌써 나파엘 장 화가에게 알바 나갈 시간이 됐잖아?’

요즘 들어 자꾸 늦잠을 잘 만큼 피곤해진 니쿤은 오늘도 아홉 시가 넘어서야 이불 속에서 눈이 떠졌다. 이쯤 되면 아침 식사는 커녕 세수도 하는 둥 마는 둥 전철역으로 달려가야 겨우 그녀와 약속된 시간에 대어갈 수 있을지 모르겠다.

‘가만… 오늘도 지각하면 짤릴지 몰라!’

니쿤은 번갯불에 콩 구워 먹듯 서둘러서야 가까스로 나파엘 장 화가의 아뜨리에에 겨우 지각을 면하고 누드모델로 섰던 것이다.

“니쿤, 네가 하는 일은 예술이야. 그럼 좀 더 열정을 바쳐야지!”

그녀의 꾸중 섞인 책망을 들으며 니쿤은 얼굴뿐 아니라 온몸이 달아오르는 것 같았다. 그렇다. 저번에 인사동 갤러리의 미술 전시회장에서 만나 알바를 하게 된 나파엘 장 화가는 니쿤에게 다른 줌마들과는 달리 영 딴판의 방향으로 흘러갔다. 오전부터 혼자 사는 그녀의 아뜨리에서 누드를 보인다면 몇 번만에 쉽사리 그녀의 침대에서 함께 뒹굴거라고 자신만만했었는데, 그러나 니쿤은 그녀의 그림 속 보리밭에만 설 수 있을 뿐이었다.

"니쿤, 왜 맨날 비슷한 포즈랑 표정뿐이지? 좀 다른 걸 보여달 라구!"

그녀가 보리밭 화폭 앞에서 물감을 흠뻑 적신 붓을 마치 칼처럼 휘둘러대며 신경질적으로 소리치니까, 니쿤의 몸에 매달린 심벌까지 겁에 질린 듯 얌전해지고 말았던 것이다.

"화가님, 이건 어때요?"

그래서 땀이 송글 맺혀진 이마를 덮는 머리칼을 쓸어넘기며 그녀에게 아부하듯이 말했다. 그리고 이삭이 잘 패어 풍년을 약속하는 듯 바람에 출렁이는 보리밭을 가꾼 청년 농부처럼 기쁨과 보람의 표정과 몸짓을 해 보였다.

"그거야! 바로 지금 너에게선 가난을 딛고 풍년을 거두려는 순수한 시골 농촌 젊은이의 느낌이 살아난단 말이야!"

하고 외치면서 그녀는 신들린 무당처럼 붓을 놀려서 니쿤을 보리밭 화폭 속에 담아냈다.

"아, 오늘은 정말 잘했다! 모델 노릇 힘들었지? 그만 이리와."

이윽고 작업을 마친 그녀의 부름에 니쿤은 말 잘 듣는 아이처럼 나파엘 장 화가의 앞으로 다가갔다. 그러자 그녀가 정말 니쿤을 아이인 듯 담쏙 가슴에 품었다. 하지만 키가 그녀의 목 위로 뻗은 니쿤이었으므로 오히려 그가 그녀를 가슴에 포옹하는 꼴이 돼버리고 말았다.

"오, 사랑스런 니쿤아! 좋은 작품 그리게 해줘서 정말 고맙다!"

바로 니쿤의 눈 아래에서 그녀가 올려다보며 속삭이듯 말했다. 바로 그것은 니쿤에게 스포츠댄스 학원에서 외박의 알바를 나갔을 때 줌마들과 마주한 모습과 같은 상황이 되었다. 순간 그는 연상의 애인에게 응석하듯이 맞받아 속삭였다.

"저도 사랑해요. 저 화가님이랑 뽀뽀해도 되죠?"

그와 동시에 곧장 그녀의 입술에 그의 입술을 덮쳤다. 그리고 몸부림치듯 몸을 흔들며 그의 알몸을 그녀에게 더욱 밀착시켰다. 그러자 그녀도 참지 못하고 더욱 세게 니쿤을 끌어안으며 뒤로 자세를 젖혔다. 하지만 거기에서 그녀의 행동은 멈춰졌다. 그리고 강하면서도 단호하게 니쿤을 밀어내면서 명령하듯 쏘아왔던 것이다.

"니쿤, 그만 저리가! 화가와 모델이 이러는 건 독약을 마시는 거라구."

"네? 독약을…?"

"그래 벌써 15, 6년쯤 됐나? 내가 문하생으로 사사했던 스승님께서 하신 말씀인데…"

"그럼 화가님도…?"

"맞아, 근데 나와 스승님은 그만 선을…!"

그녀는 잠시 그날의 추억에 빠진 듯 눈을 감고 부르르 몸을 떨었다. 순간 니쿤은 마치 이것이 신호인 양 그녀를 번쩍 안아 아뜨리에에 펼쳐진 널따란 보리밭 화폭에 눕혔다. 아울러 신혼여행을 온 신랑처럼 허둥대면서 그녀의 옷을 벗겨 자신의 알몸과 함께 하나로 만들기 위해 서둘러댔다.

"니쿤, 넌 아직 학생이야! 본분을 망각해선 안 돼!"

"화가님, 저 지금은 달라요. 이제껏 줌마들과 한 짓과는 다르다구요. 화가님의 그림 속에 진정한 모델이 되고 싶다구요!"

"그건 나도 알아. 사랑이 국경을 초월하듯 예술도 나이를…! 나도 처음부터 너의 순수한 모습에 끌렸으니까. 하지만 앞으로도 넘어서 안 될 선은 지켜가야 하지 않겠니?"

하지만 말과는 달리 그녀도 더욱 치솟는 몸 안의 불길에 덴 듯 몸부림쳤다.

"화가님, 우리 사랑을 함 되잖아요? 나이를 초월해서…"

이미 두 사람의 몸에서 뿜어진 땀으로 탐스런 이삭과 잎줄기로 가득 채워진 보리밭은 형편없이 뭉개어졌고, 드디어 니쿤이 허풍을 떤 대로 잔뜩 화가 난 그의 심벌이 그녀의 안을 찾아 가득 채우면서 파고들었다. 그리고 그녀와 그는 불꽃을 향해 날아드는 부나비처럼 처절한 몸짓을 멈추지 않았다. 그에 따라 둘이 하나로 꿰어진 부분에 참기 힘든 아픔과 함께 미칠듯한 쾌락이 교차했다. 그럴수록 니쿤은 젊음의 에너지를 더욱 발산했고, 나파엘장 화가는 두 팔로 그의 등짝에 매니큐어가 칠해진 손톱자국을 더욱 깊게 찍어댔다. 드디어 그녀의 위에서 발버둥치던 니쿤이 거미줄에 얽힌 곤충의 마지막 생명줄이 끊어질 때처럼 경련을 일으키며 몸을 떨었다. 순간 그녀는 크리스토퍼 안쪽 깊숙한 질벽에 그의 육즙(肉汁)이 뿜어지는 감각을 또렷이 감지했다. 그리고 그녀와 그는 함께 혼절상태로 빠져들었다. 그런 두 사람의 모습은 문

득 어느 공장의 외벽에 내걸린 현수막의 문구를 떠오르게 했다. 〈
당신이 흘린 땀방울이 아름답다!〉 그렇다면 세상엔 이보다 더욱
아름다운 땀방울도 있지 않은가? 그건 남녀의 성행위 노동이 빚
어낸 땀방울이 아닐는지?

"화가님, 우린 사랑을 한 거죠? 그렇죠?"

얼마의 시간이 흐른 후 휘몰아친 태풍이 잦아들자, 온몸이 흠
씬 젖은 니쿤이 안타깝게 그녀에게 하소연했다.

"…!"

하지만 그녀는 못 들은 듯 묵묵부답이다가 이윽고 눈을 떠
서 그를 올려다보며 독백하듯 겨우 알아듣게 작은 목소리로 대
꾸했다.

"니쿤, 네가 나를 다른 아줌마들처럼 생각하지 않는다면… 그
래도 스승님 말씀이 생각나는걸. 나랑 너랑은 화가와 모델이야!
그런데…"

"걱정마세요. 실은 금달 원장이 저의 이런 걸 알면 용서하지 않
겠지만, 비밀에 부치고 화가님께 알바를 온 거니까요. ㅋㅋㅋ."

이제야 기운을 회복한 니쿤이 일어나 앉으며 그의 살인미소와
함께 인터넷식 용어의 웃음을 날렸는데, 동시에 아뜨리에의 도어
가 사납게 열리면서 굵직한 사내의 목소리가 날아들었다.

"니쿤, 너의 그 비밀이 이제야 폭로됐군. 네가 날 배신 때리다
니… 화가의 모델이 됐다고 말해놓고서, 네가 우리 학원의 수강
생이 된 이 여잘 빼내 갈 때 난 벌써 알아봤다구!"

한 손에 쥔 아이폰이 유리창으로 밀려든 아침 햇살에 반짝
빛을 뿌리면서, 일그러진 얼굴의 금달 원장이 성큼 안으로 들

어섰다.

"아…!"

더 이상 아무 말도 못 하고 니쿤이 신음을 내자, 그녀가 용감하게 벌떡 일어나며 대적을 해주었다.

"당신은 누구죠? 남의 아뜨리에에 허락도 없이!"

"허락…? 흐흐흐, 허락 좋아하시네! 화가가 모델을 불렀으면 그림이나 그려야지 이게 뭔 짓이야? 대통령도 잘못하면 탄핵당하는 세상인데… 사회적 위치가 그만한 여자가 어린 학생을 유혹해 가지고…"

"금달 원장님, 그건 오해예요. 전 진짜로 화가님을 사랑한다구요. 흑흑."

니쿤이 울음까지 터뜨리며 호소하는데도 그러나 사내는 더욱 분노해서 마치 조폭처럼 비아냥 조로 협박해왔다.

"흐응, 하지만 니쿤. 너같이 알바하는 주제엔 책임질 능력이 없겠지? 그러니까 화가님이 알아서 해주시죠. 인터넷에 동영상이 뜨고 싶지 않다면… 네? …이건 대포통장이지만 오늘 중으로 적힌 금액을 송금해주시길 부탁드립니당!"

사내는 그녀 앞에 통장을 내던지고서 아뜨리에의 도어를 열고 바람같이 사라졌다.

이제 벙어리가 돼버린 나파엘 장 화가와 니쿤의 침묵으로 적막감에 휩싸인 아뜨리에의 바닥에 펼쳐진 보리밭 화폭엔 그토록 몸부림쳤던 그녀와 그가 호흡조차 멈춘 듯 쓰러지고 말았다. 이때 어디선가 산비둘기의 둔탁한 울음소리가 닫혀진 창틈으로 화실 안을 비집고 스며들었다. 이윽고 죽은 듯 꼼짝 않던 니쿤이 부스스 일어나 옷을 찾아 입고 조용히 사라졌다. 그제야 겨우 눈을 뜬 그녀가 물에 빠져 지푸라기를 잡은 사람처럼 절망적인 신음으로 중얼거렸다.

'스승님 말씀처럼 이러면 안 되는 거였어. 하지만 이게 사랑이라면…?!'

바로 그날 오후에 스포츠댄스 학원의 오후반이 시작될 무렵 니쿤은 다른 때보다 더욱 활기찬 모습으로 금달 원장에게 인사를 했다.

"원장님, 오늘 임무 잘 마치고 왔슴다!"

그러자 금달 원장이 그의 눈앞에 통장을 흔들어 보이며 떠벌였다.

"하하, 벌써 입금했더라! 근데 그 여류화가한테 내 협박이 통한 거야? 네가 좋아서 보낸 걸까?"

"어쩜 둘 다겠죠. 저도 딴 줌마때랑 영 달랐걸랑요. ㅋㅋㅋ!"

"그래! 암튼 아까 너의 연기 기막히더라. 니쿤, 너 앞으로 연예계로 진출해도 되겠던데… 하하."

"에이, 전 내년 스포츠댄스과에 입학해 원장님처럼 전국경연대회 나가서 금상 먹는 게 목표라구요. 근데 금달 원장님, 우리 이러다가 짭새(경찰)들한테 꼬리를 잡히는 건 아닌가요?"

"뭐? 그런 건 걱정을 하덜마. 이미 돈맥질 쳐놨으니까. 그리고 세상엔 우리보다 더 나쁜 놈들 너무나 많아. 지난 국회 청문회 때만 봐도 그렇고, 어디 하나 속속들이 썩지 않은 곳이 없다구. 하하."

"하긴 저도 첨엔 이런 일이 겁났지만 지금은 좋은 알바라 느

꺼져요. 어차피 요즘 청년 일자리가 없잖아요? 그래서 고작 88만 원 세대란 용어도 생겼지만요. ㅋㅋㅋ.”

“자, 그래도 너무 잘 처먹어 하마가 된 줌마들의 개강시간이 다가온다. 새로 안무한 스포츠댄스 연습이나 해 보자.”

“넵, 금달 원장님!”

재빨리 수영복처럼 몸에 착 달라붙는 화려한 스포츠댄스복으로 갈아입은 니쿤이 온통 유리거울로 부착된 벽면 앞에 서자 금달 원장이 반주음악 CD를 걸었다. 순간 스포츠댄스 교실엔 귀청을 찢는 댄스음악이 폭포처럼 쏟아졌다.

“좋아! 좀더 신나게! 다이어트 줌마들이 뽕가게 섹시하게 추란 말이야!”

금달 원장의 명령에 니쿤은 더욱 격렬하게 온몸을 던져 섹시한 스포츠댄스의 춤 속으로 빠져들었다. 어쩌면 그의 이런 몸짓은 오늘 오전에 나파엘 장 화가의 보리밭 화폭 속에서 그녀와 함께 벌인 알바의 행위와 같았다고나 할까?

(2019년 제9회 세계문학상 대상 수상작)

이영철

1981년《죽순문학》데뷔, 1984년《한국문학》데뷔
1995년 한국문예진흥원 문인창작기금 수혜
《언어세계》주간,《한류문예》발행인
klason film 영화사 부사장
한국소설가협회 편집장, 한국소설가협회 부이사장
남북문학교류위원회 위원, 한국문인협회 이사
제38회 한국소설문학상, 제11회 한국문학백년상, 제6회 한국문협작가상
소설집『성불』『이 비가 그치면』
장편소설『청어와 삐삐꽃』(전 2권)『비 오는 날의 쇼팽』(전 3권)『더블 클릭』(전 2권)
『예수』『겨울 벚꽃』外

작가노트

바람이 낮은 포복으로 엎드린 밤,
생각이 많은 날은 좀처럼 지워지지 않는 얼굴들이 있다.

아버지의 반지

1

— 아버지 산소를 이장해야겄다. 아버지 모신 산에 아파트 단
지가 들어선대. 이장할 산소 자리는 나가 다 알아서 준비했다. 니
는 다음 주 토요일에 내려오니라. 손 없는 일요일 날 이장허자잉.

지난주, 형과의 통화였다.

빗방울이 점점 거세졌다. 윈도우브러시도 빠르게 움직였다. 서
해안 고속도로는 붐볐다. 주말을 맞아 남녘으로 벚꽃놀이를 가
는 차들로 가다 서기를 반복하고 있었다. 서둘러 나왔지만 이런
상태로 가면 해가 떨어질 무렵에야 형 집에 도착할 것 같았다. 기
다리고 있을 형에게 전화했다.

"그려 찬찬히 오거라잉. 빗길 조심허고."

아내와 아이들이 함께 가고 있다고 하자 형은 아버지가 어린
아들에게 당부하듯 말했다. 아내는 피곤했는지 진즉 잠이 들었
다. 뒷좌석에 있는 두 녀석도 마치 봄나들이 꽃 여행이라도 나선

듯 재잘댔다. 잠깐 들린 휴게소에서 우동 한 그릇씩을 뚝딱 해치웠다. 그리곤 어느새 빗소리를 자장가 삼아 고개를 옆으로 떨어뜨린 채 깊은 잠에 빠져 있었다. 아빠가 운전하다 졸면 큰일 난다고 참새가 조잘대듯 앞다투어 요즘 유행한다는 유머 시리즈를 떠들어댄 것이 채 십 분도 지나지 않아서였다.

고2, 중3이라지만 키나 체격만 커다랬지 아직도 약병아리 티를 벗어나지 못한 녀석들이었다. 막내 녀석은 아직도 한밤중에 천둥 번개가 치면 무섭다고 베개를 안고 팬티차림으로 안방으로 불쑥 쳐들어와 아내와 나 사이를 비집고 들어오는 놈이었다.

며칠 전, 천둥 번개와 함께 소나기 퍼붓는 밤이었다. 그날도 아내와 나 사이에 누워서는 수염이 곰실곰실 돋아난 턱을 들이대며, 헤헤거리며, "ㅋㅋ 오랜만에 엄마 젖 한번 먹어볼까?" 하며 아내의 잠옷을 들추다, "애가 왜 이래, 징그럽게. 저리 안 가!" 아내는 막내의 손을 송충이 털어내듯 했다. 끝내 젖가슴을 한번 만진 막내는 엉덩이가 불이 나도록 두들겨 맞고는 제 방으로 쫓겨나야만 했다.

어머니는 내가 결혼하면서부터 모시다 막내가 초등학교에 입학한 해 봄에 돌아가셨다. 그때 큰놈은 초등학교 3학년이었다. 두 녀석은 아직도 어머니를 기억했다. 하지만 아내와 애들은 아버지를 빛바랜 사진첩에서나 보았을 뿐이었다. 아버지는 내가 열 살인 초등학교 3학년 눈보라가 치던 새벽에 돌아가셨기 때문이다.

"제수씨가 어디 노는 사람이다냐. 괜찮어, 그런 마음만 있으면 됐제. 음식이야 느그 형수허고 누이들이 해도 충분허당께. 제수씨

헌티는 마음 쓰지 말라고 전하그라잉."

아내라도 먼저 시골에 내려보내려 했다. 아버지 산일에 올릴 음식을 만들기 위해서였다. 형은 한사코 만류했다. 아내가 수업을 빼먹으면서까지 그럴 필요가 없다는 거였다. 아내는 여자중학교 미술 교사였다.

나에게 있어 형은 아버지와도 같은 존재였다.

나이는 여섯 살밖에 차이 나지 않았다. 하지만 시골에서 과수원 일과 농사를 짓느라 고생해서 그런지 나이보다 훨씬 겉늙어 보였다. 해마다 추수가 끝나면 손수 지은 쌀 몇 가마와 된장과 고추장을 비롯해 고춧가루며 시래기, 참기름 등을 올려보냈다. 그러지 말라고, 사서 먹어도 된다고 해도 막무가내였다. 군산에서 반도체부품 만드는 회사 다니는 큰조카 차에 실어 서울까지 올려보냈다. 큰조카가 군산에서 시골 형 집에까지 가서 그것들을 싣고 서울까지 올라오고 다시 군산까지 내려가는 기름값이나 고생하는 걸 생각하면 사서 먹는 게 경제적이었다. 하지만 형이 나를 생각하는 마음을 알면서 막을 수만은 없었다. 형 때문에 직장 다니느라 피곤한 큰조카만 일 년에 한 번은 주말에도 쉬지 못하고 서울을 올라와야 했다.

"나가 니한티 해줄 게 뭐시 있간디. 그나마 논마지기와 밭뙈기라도 있으니께 그럴 수 있는 게지. 니가 먹을 쌀은 일부러 농약도 안 쳐 메뚜기와 우렁과 미꾸리가 어깨동무하고 뛰논 논에서 거둔 무공해 쌀이랑께. 서울선 그런 쌀을 구할 수도 없응께 암말 말고 받어. 그래야 형으로서 늙으신 엄니를 군말 않고 모신 제수씨에게 그나마 체면이 설 거 아니겠어. 니 생각만 하지 말랑께. 니하고 난 동기간이라 그렇다 칠 수 있지만 어디 제수씨하고 난 그렇냐. 그깐 쌀 몇 가마니로 제수씨가 엄니 모시느라 마음고생한 걸 다 갚을 수는 읎겠지만, 이렇게라도 해야 내 맴이 편하니께 다시는 안 받겠다는 말을 하지 말란 말여. 내 말 알아듣겄냐?”

나는 왜 지금도 형만 생각하면 늘 가슴 한구석이 짠하게 아려오고 죄스러운지 몰랐다. 형은 서울에서 제 앞가림을 하며 사는 나를 대견하게 생각하지만, 난 형과 함께 있으면 내 앞에 도저히 뛰어넘을 수 없는 벽이 서 있는 듯, 한없이 작아지는 걸 느꼈다. 형은 중학교를 자퇴했다. 2년 터울로 줄줄이인 누나들과 나를 가르치고 생계를 꾸리기 위해서였다. 비록 초등학교는 시골이고, 중학교는 군산이라는 작은 도시이긴 했지만, 형은 초등학교는 물론 중학교를 자퇴할 때까지도 반장과 전체 수석을 한 번도 놓친 적이 없는 수재였다.

중학생인 형이 자퇴하는 상황까지 간 그때, 아버지는 금괴 찾는 일에 몰두하고 있었다. 8·15해방을 맞이하기 직전인 전쟁 막바지였다. 일본군이 극비리에 군산항에서 금괴를 일본으로 가져가다 미군의 폭격을 맞아 고군산열도에 수장된 군함과 미처 일본으로 옮기지 못하고 무인도 동굴 어딘가에 숨겨뒀다는 금괴였다. 아버지의 바람처럼 운 좋게 엄청난 금괴를 찾으면 하루아침에 큰 부자가 되겠지만, 금괴를 찾을 때까지는 수입이 전혀 없고 지출만 계속되는 투기였다.

시간이 지나면서 여유 있던 집안 살림은 점점 어려워져 최악의 상태에 이르렀다. 마을 사람들은 소문으로만 전해지는 금괴를 찾는 일이 허무맹랑한 일이라 생각하면서도, 다른 사람이라면 몰라도 그 당시로써는 드물게 일본에서 대학까지 마치고 온 똑똑한 사람인 아버지가 하는 일이기에 반신반의했다. 하지만 엄마만은 아버지가 하는 일을 맹목적으로 믿었다. 결국 금괴 찾는 일이 늦어지면서 대대로 물려받은 그 많던 논밭과 선산까지도 남의 손에 들어갔고, 급기야 금괴 찾는 일에 동참할 투자자들을 찾아다녀야 했다.

아버지는 보물 지도를 신앙처럼 믿었다. 어디서 구했는지 모르지만 금괴를 싣고 수장된 배 위치와 금괴를 숨겨둔 곳이라 표시된 무인도 지도였다. 허나 어쩜 전설처럼 전해지는 것을 누군가가 거짓으로 만든 건지도 몰랐다. 집안이 기울고, 몇 년의 시간이 지나도 금괴를 찾지 못했다. 사람들은 반신반의하던 눈길을 거두고 미친 짓이라 비웃기 시작했다. 그런 와중에도 아버지와 뜻을 함께한 꿈을 좇는 몇몇 투자자들은 불확실한 장밋빛 미래에 매달려 바다와 섬에서 세월을 보냈다.

형은 아버지가 남들처럼 정상적인 생활을 했다면, 아니 있는 재산만 그대로 지키고 있었어도 충분히 대학까지 마치고도 남았다. 형은 자퇴만은 안 된다고 울며 매달리는 엄마의 손을 뿌리치고 마당 한가운데 교복과 책을 쌓아놓고 불을 지르며 절규했다.

"엄니는 헛된 망상에만 집착하는 아버지만 믿다가 저 어린 동상들을 학교도 못 보내 무지렁뱅이로 만들고, 가만히 앉아서 굶겨 죽일 작정이신게라? 명색이 장남인 내가 뭐시라도 해서 동생들을 책임져야 하지 않겠냐고요. 예, 나도 다른 애들처럼 공부하고 싶고 부모님 사랑받으며 좋은 집에서 살고 싶당께요. 하지만 현실이 그렇지 않을 걸 어떡한다요. 아버지가 지금 하는 일이 옳은지 틀린지는 잘 모르겠지만… 어쨌든 지금 이 순간은 얼굴조차 보기 싫을 정도로 원망스러운 것만은 사실이지라."

"그래도 아버지잖냐?"

"엄닌 배알도 없으신게라? 나가 쬐깐했을 땐 그 인물에 그 학벌을 가지고 바람피우고 노름하느라 좋은 시절을 다 보내고 인제 와선 가족들은 나 몰라라 하고 허황된 금괴에 미쳐가지고는…."

"니가 아무리 니 아버질 미워해도 난 그럴 수 읎당께. 나헌틴 너무 과분한 분이랑께. 난 그저 니 아버지 그림자만이라도 멀리서 지켜볼 수 있다면… 그려, 난 그렇게 평생을 니 아버지 종매냥 살래도 살아갈 수 있당께. 그러니께 니가 날 원망하는 거시라면 몰라도 내 앞에선 니 아버지에 대한 험담이나 원망은 하지 않았으면 좋겠당께."

엄마의 그 말에 형은 할 말이 많은 듯했지만 입을 꾹 다물었다.

그때 나는 국민학교 2학년.

온 산에 진달래가 불타는 봄이었다. 치솟는 불길에 교복과 책이 하얀 재로 변해 흩날릴 때까지 형은 자리를 뜨지 않고 지켜보았다. 그걸 지켜보는 형의 두 눈에서는 산소용접기 불꽃 같은 시퍼런 불꽃이 튀고 있었다. 아버지에 대한 원망과 서러움과 분노 때문이었으리라. 엄마는 그날 이후로 며칠을 몸져누웠다. 아버지는 손님처럼 일 년에 서너 번 집에 들렀는데, 형은 아버지가 오면 동네 사랑방에서 자며 떠날 때까지 집 근처엔 얼씬도 하지 않았다.

동네 사람들이 하는 말을 들었다. 아버지는 면에서 한 명밖에 없는 일본에서 대학까지 마친 똑똑한 사람이었고, 엄마는 초등학교도 못 나왔다고 했다. 할아버지와 엄마의 할아버지가 아주 가까운 친구였는데 아버지와 엄마가 동갑내기로 태어나자 막걸릿 잔을 기울이며 짝을 맺어주기로 약속했다고 했다. 내 기억으로는, 아버지가 노름을 했는지 바람을 피웠는지까지는 몰라도 엄마를 무시하는 것을 한 번도 본 적이 없었다. 아버지는 엄마에게 늘 웃는 얼굴로 대했고, 엄마도 그런 아버지를 왕처럼 떠받들었다. 어린 내가 보기엔 두 분은 오누이처럼 사이가 좋아 보였다.

"차라리 아버지가 없었으면 좋겠어."

큰누이는 아버지에 대한 얘기만 나오면 서슴지 않고 독설을 내뱉었다. 형이 중학교를 그만둘 때, 두 누이는 초등학교 6학년과 4학년이었다. 누나들은 아버지를 대신해 농사도 짓고 집안을 꾸려가느라 고생하는 오빠를 보면서 노골적으로 아버지를 적대시했다. 나중에 안 사실이지만, 난 어려서 기억 못 하지만, 두 누이는 전에도 아버지가 노름과 바람으로 세월을 보내는 동안 동네 사람들의 수군거림을 알아들을 나이였다. 그런 와중에도 엄마만은 아버지를 떠받들었다. 어려운 살림에 명절 때라야 구경하는 하얀 쌀밥과 고깃국을 밥상에 올렸고, 집을 떠날 때는 언제 준비했는지 늘 말쑥한 새 옷을 입혀 보냈다. 아버지는 형과 누이들에게는 대접받지 못했어도, 엄마에게만은 변함없이 하늘 같은 지아비로서 떠받듦을 받았다.

아버지는 집에 오면 꼼짝을 안 했다. 그동안 잠도 못 자고 먹지도 못한 사람마냥 며칠 동안 안방에서 먹고 자기만 했다. 엄마 역시 그때는 아무리 농사일이 바빠도 모든 걸 제치고 아버지와 함께했다. 누나들과 나는 누가 시킨 것도 아닌데 아버지가 집에 있는 동안은 아래채에서 먹고 자며 누구도 안방 근처에 가지 않았다. 아버지와 엄마는 밤낮으로 안방에서 무얼 하는지 꼭 붙어있었다. 이따금 방에서 나오는 엄마의 머리는 막 잠자리에서 일어난 사람처럼 부스스 흐트러져 있거나, 술 먹은 사람처럼 얼굴이 발갛게 상기되어 있었다. 어느 때는 채 여미지 못한 옷고름 사이로 커다란 젖가슴이 보이기도 했다.

"이걸 형에게 전해주거라."

며칠 동안 엄마와 방에서만 지낸 아버지는 집을 떠나기 전에 꼭 나를 불러 한 움큼의 지폐가 든 봉투를 손에 쥐여주었다. 왜 엄마나 형에게 안 주고 나에게 주는지 알 수 없었다.

"그리고 이건 우리 막내 용돈이다, 너 쓰고 싶은 데 쓰거라."

아버지는 그때마다 내 까까머리를 쓰다듬으며 지폐 한 장을 따로 내 꼬막손에 꼭 쥐여주며 손등을 토닥였다. 나 같은 꼬맹이는 만져보기도 어려운 큰돈이었다. 아버지지만 함께한 시간이 적어서 왠지 낯선 느낌에 쭈뼛거리면, 환하게 이를 다 드러낸 채 웃으며 번쩍 안아 들고는 고슴도치처럼 수염이 돋은 턱으로 마구 볼을 비벼대다가 입을 맞췄다. 어린 볼따구니에 와 닿는 바늘 끝 같은 수염이 어찌나 따가운지 눈물이 핑 돌 지경이었다. 수염이 따가워서 어쩔 줄 몰라 쩔쩔매는 내 모습을 보며, 개구쟁이처럼 웃으며 입을 맞추는 아버지의 입에서는 늘 알싸한 담배 냄새가 났다. 이상한 것은 잊을 만하면 맡는 아버지의 그 담배 냄새가 싫지 않다는 거였다.

오랜 세월이 지난 지금도 아버지를 생각할 때면 그때 활짝 웃는 당나귀 같은 장난기 어린 표정과 담배 냄새가 먼저 떠올랐다. 아버지는 나를 내려놓고 내 눈높이에 맞춰 쪼그리고 앉아 말했다. 아버지의 눈은 황소처럼 속눈썹이 유난히 길고 쌍꺼풀이 깊게 드리워져 있었다. 시골에서는 보기 드문, 누가 봐도 영화배우처럼 얼굴 윤곽이 뚜렷한 미남이었다.

"막내야, 엄마 말씀 잘 듣고… 특히 형 말을 잘 들어라. 아빠가 집에 없을 때는… 형이 아빠나 마찬가진 거야. 내 말이 무슨 뜻인지 알지?"

"네."

'형이 아빠라고?'

그 말이 내포한 뜻을 확실히는 알 수 없지만, 어렴풋이 알 것도 같았다.

"그래, 너희에겐 내가 죄인이다. 특히 네 형에겐… 하지만 어쩌겠니. 인력으론 안 되는 타고난 방랑벽을… 두고 봐라, 아빠가 반드시 금괴를 찾아내 남들 보란 듯이 멋지게 성공하고야 말 테니까."

아버지는 알 듯 모를 듯한 말을 남긴 채, 내 입술에 싸한 담배 냄새를 남긴 채, 휘적휘적 걸어 느티나무가 있는 동구 밖으로 멀어져 갔다. 이제 또 언제 만날지도 모를 이별이었다. 나는 아버지의 뒷모습이 마을 고샅길에서 사라질 때까지 사립문 뒤에 숨어서 오래도록 지켜보곤 했다. 형에게 주라던 돈 봉투를 손에 꼭 쥔 채.

2

"학교 다녀왔습니다."

"막내 왔냐."

벽에 등을 기대고 앉아 있던 아버지는 내 손을 꼭 잡았다. 조선 솥뚜껑처럼 크고 튼실하던 손이 삭정이처럼 바짝 야위고, 단단해 보이던 체격도 어느새 빈 부대자루를 뒤집어쓴 허수아비처럼 뼈만 앙상했다. 시골 사람들과는 다르게 뽀얗던 얼굴도 까맣게 변했다. 집에는 아무도 없었다. 엄마와 형은 밭에 고추 모종을 심으러 나간 것 같았다. 아버지 머리맡에 있는 요강은 반쯤 차 지린내를 풍기고 있었다. 요강을 비우고 수세미에 비누칠을 해 깨끗이 닦아다 놓았다.

"막내야, 나 물 좀 다오."

아버지는 한 모금 삼키고는 몇 번이나 잔기침하더니 겨우 또 한 모금 삼켰다. 기침을 멈춘 아버지는 까맣고 움푹 꺼져 병색이 완연한 눈가에 희미하게 눈웃음을 지으며 물었다.

"공부 재밌냐?"

"별로 재미없어요."

나는 고개를 저었다. 솔직히 하지 않을 수만 있다면 하고 싶지 않은 것이 공부였다.

"하긴 재밌어서 하는 애들이 몇이나 되겠냐. 그냥 다른 애들보다 뒤처지지 않을 정도만 하고 실컷 뛰어놀아라. 인생의 완성이 공부로만 된다면 몰라도⋯."

아버지는 고개를 끄덕이며 말했다. 나는 그때 아버지가 말하는

'인생의 완성'이란 말을 잘 이해하지는 못했지만… 조금은 알 것도 같았다. 막무가내로 무조건 공부를 열심히 하라는 엄마와 다른 점이었다. 가방을 열고 학교에서 점심때 나누어 준 옥수수빵을 꺼내 내밀었다. 반으로 쪼개 먹고 남겨둔 것이었다. 죽도 제대로 못 삼키는 아버지는 내가 가져다주는 옥수수빵만은 그래도 조금 먹었다. 그래서 매일 반씩 남겨왔다. 빵을 드리는 것은 엄마도 모르는 둘만의 비밀이었다.

"너도 먹거라."

아버지는 내가 건네준 빵을 다시 반으로 쪼갰다. 사실 다 먹어도 양이 안 차는 걸 아버지를 생각해서 남겨온 것이었다. 아버지는 빵 한 조각을 떼어 입에 넣고 오래도록 씹다가 삼켰다. 뭐든 먹으면 제대로 넘기지도 못하고 토하기 일쑤였다. 그렇게 음식을 먹지 못하다 보니 하루가 다르게 야위어갔다. 병원에 보름쯤 입원했다가 집으로 옮긴 지 두 달이 넘어가고 있었다.

아버지는 고군산열도 금괴를 찾던 배 위에서 쓰러졌는데, 위암 말기라고 했다. 때가 너무 늦어 수술해도 소용없다며 병원에서도 포기한 상태라고 했다. 마을 사람들은 목소리를 한껏 낮춰 수군거렸다. 천벌을 받아서 저렇게 된 게야. 젊어서는 노름에 기집질에 실컷 놀아나더니 때늦게 보물선을 찾니 뭐하니 하고 헛된 꿈을 꾸더니 병들어 갈 곳이 없으니까 기어들어 왔어. 그래도 군소리 없이 지 애비를 받아주는 명철이가 참 효자는 효자여. 맞어, 그렇게 공부 잘하던 어린 것이 누구 때문에 핵교도 못 다니고 지 동상들 거두었다고 그 고생을 하는디… 하며 아버지 흉을 봤다. 나는 동네 사람들이 아버지 흉을 보느라 수군거릴 때마다 못 들은 척 슬그머니 자리를 피하곤 했다. 그런 날은 식양굴방죽으로 가 팔이 아플 정도로 물수제비를 뜨곤 했다. 내 눈에는 농사짓는 다른 애들의 아버지보다 훨씬 멋있어 보이던 아버지가 이토록 아파서 초라해 보이리라고는 꿈에도 생각해 본 적이 없었다.

형은 한집에 살면서도 아버지 얼굴을 보지 않았다. 엄마와 함께 농사일을 마치고 돌아와도 아버지에게는 인사도 없이 아래채에서 따로 밥을 먹었다. 처음에는 누나들도 엄마의 채근에 마지못해 아버지와 겸상을 하긴 했다. 하지만 아버지가 밥을 먹다가 요강에 대고 토악질이라도 할라치면, 얼굴을 찌푸리며 '탁!' 소리가 나도록 숟가락을 밥상에 팽개치듯 놓고 핑하니 밖으로 나가곤 했다.

어느 날부턴가는 누나들도 아래채에서 형과 밥을 먹고, 아버지는 안방에서 등을 벽에 기댄 채 엄마와 나하고 겸상했다. 나도 처음에는 아버지가 밥을 먹다 말고 토악질을 할 때는 비위가 상해 도저히 밥이 넘어가지 않았다. 그런 일이 반복되다 보니 면역이 생겨 토악질 소리를 들으면서도 밥이 넘어갔다.

"막내도 아래채에 가서 밥을 먹지 그러냐."

한번은 아버지가 토악질하느라 뼈만 남은 목에 굵은 철사줄처럼 팽팽하게 돋은 힘줄이 가라앉기도 전에 말했다. 음식을 먹은 것이 없는 아버지는 요란한 토악질 소리와는 달리 요강에 쏟아낸 것은 말간 물밖에 없었다.

"아니에요, 괜찮아요. 전 아무렇지도 않아요."

거짓말이었다. 하지만 나는 일부러 아버지가 처연한 눈길로 볼 때 볼이 미어지게 밥숟가락을 떠 우걱우걱 씹었다. 사실은 아래채에 가서 형과 누나들과 밥을 먹고 싶었다. 하지만 나마저 아버지와 겸상을 하지 않는다면 너무 불쌍할 것 같은 생각이 들었다. 형과 누나들은 아버지를 싫어하지만, 나는 어려서, 철없어서 그런지는 몰라도 아버지에 대한 나쁜 기억이 전혀 없었다. 노름을 했건, 계집질을 했건, 집안을 돌보지 않았건… 가장으로서 직무유기를 한 것에 대한 평가를 내리기에는 난 아직 철부지였다.

아프기 전에 아버지가 이따금 집에 돌아올 때는 당시 시골 아이들은 구경조차 하기 힘든 장난감이나 운동화나 옷을 비롯해 생과자나 초콜릿 등을 한 아름 안겨주었다. 형이나 누나들은 아버지가 주는 선물을 받지 않았기 때문에 언제부턴가는 사 오지 않았다. 그러니 아버지는 엄마와 내 선물만 입이 딱 벌어질 만큼 사 들고 왔다. 주먹만 한 고무공도 귀하던 시절에 가죽으로 만든 진짜 축구공을 사다 주어 학교에서 일약 스타가 되기도 했다. 학교에도 없는 가죽 축구공이었다. 아이들은 내가 가지고 있는 가죽 축구공을 한 번이라도 차보기 위해 잘 보이려 갖은 아양을 떨었다. 게다가 아버지가 몰래 준 지폐는 용돈의 개념조차 모르는 시골 아이들의 대장노릇을 하는 데 결정적인 역할을 했다.

"오늘 소풍간다고?"

"네."

"내가 같이 가주면 좋으련만…."

아버지는 겨우 흰죽 몇 술을 뜨다가 숟가락을 놓고 벽에 등을 기댄 채 담배를 물었다. 엄마의 성화에도 불구하고 아버지는 끝내 담배를 끊지 못했다. 어차피 갈 날을 받아놓은 사람이 뭐 하

러 평생을 피워온, 좋아하는 담배를 이제 와서 끊어야 하냐는 것
이 아버지의 주장이었다. 뼈만 남은 손가락 사이에서 피어오르는
담배 연기는 묘한 이질감을 주었다. 아프기 전, 말쑥한 양복에 중
절모를 쓴 아버지의 뽀얗고 통통한 손가락에 끼어 있던 담배를
기억하던 내게는 똑같은 담배인데도 전혀 다르게 보였다. 그때는
담배 피우는 모습이 그렇게 멋있어 보였는데, 지금은 너무나 초
라해 보였다.

"여보, 지갑 좀 가져와."

아버지는 엄마가 서랍에서 가져온 지갑에서 몇 장 남지 않은
지폐 중에 한 장을 꺼냈다.

"자, 이걸로 소풍 가서 맛있는 것도 사 먹고 너 필요한 거 사
는 데 쓰거라."

아버지는 내게 지폐를 내밀었다. 나는 한 번도 엄마 앞에서 아
버지가 주는 돈을 받은 적이 없어 엄마 눈치를 살폈다. 받기도,
그렇다고 안 받기도 애매한 상황이었다. 아버지가 아프기 전, 집
을 떠나기 전에 주는 지폐를 받을 때는 항상 둘만 있을 때였다.

"아니, 아에게 무신 그런 큰돈을 주고 그런다요잉. 아가 어디
쓸 데가 있다고. 주려면 동전이나 몇 개 주든지."

엄마의 반응은 예상대로였다. 전에도 아버지에게 매번 지폐를
받아 몰래 다 썼다는 것을 알면 경을 쳐도 크게 경을 칠 것이 틀
림없었다. 엄마의 반응으로 봐서는, 아버지가 내게 용돈을 준 것
을 엄마에게 말하지 않은 것이 틀림없었다.

"이 사람아, 내가 이제 언제 우리 막내 소풍 가는 날 용돈을
줄 수 있겠어. 이번이 마지막일 텐데…."

짙푸르던 엽록소는 다 빠져나가고 겨울의 초입에 들어선 갈참나무 이파리처럼 바짝 마른 아버지의 목소리가 손톱 밑에 박힌 가시처럼 아프게 귀에 걸렸다. 아버지는 피우던 담배를 잔기침과 함께 재떨이에 눌러 끄고, 엄마의 눈치를 보느라 쭈뼛거리며 두 손으로 공손하게 용돈을 받는 내 얼굴을 새삼스럽게 찬찬히 쳐다보았다. 그런 아버지의 시선이 낯설어 눈길을 피해 밥상 밑으로 눈을 깔았다.

"어여 일어나, 핵교 늦겠다. 아빠가 주신 용돈은 한꺼번에 다 쓰지 말고 아꼈다가 학용품 살 때 쓰고."

"네, 소풍 다녀오겠습니다."

"고맙습니다, 해야지."

"네. 아버지, 용돈 고맙습니다."

나는 엄마 말에 따라 아버지를 향해 고개를 푹 숙이고, 엄마가 미리 챙겨놓은 김밥과 눈깔사탕과 과자와 칠성사이다 한 병이 든 가방을 들고 일어섰다. 꾸벅 숙인 고개를 들다가 다시 아버지와 눈길이 마주쳤는데, 아랫입술을 꾹 깨물고 처연한 눈길로 내 얼굴을 뚫어져라 바라보는 아버지의 두 눈엔 금세라도 넘칠 듯이 눈물이 가득 고여 있었다. 지금껏 한 번도 본 적이 없는 아버지의 눈물이었다. 학교에 가면서도, 소풍을 가면서도 아버지의 젖은 눈이 자꾸만 눈에 밟혀 그렇게 기다리던 소풍임에도 불구하고 즐겁지 않았다.

"이걸 엄마와 내가 함께 끼라고 사왔다 이거지?"

"네."

아버지는 내가 끼워준 반지를 보며 모처럼 환하게 웃었다. 소풍 갔다가 돌아오는 길에 문방구에서 산 싸구려 반지였다. 금색으로 도금된 링에 큼직한 유리알이 다이아몬드처럼 박힌 반지였다. 문방구 앞을 지나다, 다른 엄마들 손에는 반지가 끼워져 있는데, 엄마 손에는 아무것도 없는 것이 문득 떠올랐다. 왜 갑자기 그런 생각을 했는지는 모르지만, 엄마 손에 반지를 끼워주고 싶었다. 처음에는 엄마 것만 샀는데, 아버지의 손에도 반지가 없는 것이 생각났다. 그래서 똑같은 것으로 두 개를 샀다.

"호호, 우리 막내똥내구린내 덕분에 얼마 만에 껴보는 반지야!"

엄마는 내 볼에 입을 맞추고, 신기한 듯 반지 낀 손을 치켜들고 이리저리 살펴보았다.

"우리 막내가 나보다 낫구려. 없는 살림을 꾸려가느라 결혼반지마저 판 당신 손에 난 반지를 다시 끼워줄 생각조차 못 했는데… 미안하오."

"어디 나만 그랬당가요. 당신도 못 낀 반지를 제가 어떻게 낀다요."

엄마가 아빠의 말에 얼굴을 살짝 붉히며 치켜든 반지 낀 손을 감추었다. 아버지는 링이 커서 삭정이처럼 야윈 손가락에서 겉도는 반지를 한참 동안 만지작거리고 있었다.

그날 밤, 나는 아버지가 함께 자기를 원해 처음으로 아버지와 한 이불을 덮었다. 아버지는 배가 아픈지 밤새 끙끙 앓았다. 그 소리가 신경 쓰여 새벽이 다 되도록 잠을 이루지 못하며 뒤척이다, 뒷산 밤나무에 앉아 우는 부엉이 소리를 듣다가 여명이 터올 무렵에야 겨우 깜빡 여우 잠이 들었다.

3

　상복을 입은 형은 끝내 눈물을 보이지 않았다. 누나들도 마찬가지였고, 엄마만 자리에 누워 일어나지도 못했다. 아버지는 그렇게 벚꽃이 눈발처럼 흐드러지게 휘날리는 4월 초에 세상을 떠났다. 끝내 내게 약속한 금괴를 찾지도 못하고, 엄마의 몸부림만을 뒤로 남긴 채.

　형은 돌밭이나 다름없는 비탈진 산을 샀다. 그동안 아버지가 나를 통해 준 돈을 한 푼도 쓰지 않고 모아둔 것과 엄마의 간청에도 불구하고 병원에서 서둘러 퇴원해 마지막으로 얼마간 남겨 준 돈을 합한 거였다. 형과 엄마는 비탈진 돌산을 과수원으로 만들기 위해 새벽부터 밤늦게까지 소처럼 억척같이 매달렸다.

　형과 엄마의 손은 거친 돌산을 일구는 일로 갈라지고 터지기를 반복해 도저히 사람 손이라곤 믿어지지 않을 정도로 엉망이 되어갔다. 누이들도 토요일은 수업이 끝나기가 바쁘게 달려와 도왔다. 일요일에는 네 식구가 모두 돌산에서 땅을 뒤지는 산짐승처럼 살았다. 나만 형의 명령으로 그 일에서 제외됐다. 내가 할 수 있는 거라곤 땀 흘려 일하는 가족들을 위해 주전자에 시원한 물을 담아 나르는 게 전부였다. 가족이 힘을 합쳐 억척을 떨자 조금씩 논밭과 과수원이 늘어갔다.

　형은 내게 넉넉하지는 않지만 공부할 수 있는 경제적인 뒷받침을 했다. 중고등학교에 들어갔을 때도, 대학생이 되었어도, 이제 충분히 일할 수 있는 나이가 되었음에도, 아무리 과수원 일과 농사일이 바빠 고양이 손이라도 빌릴 정도가 돼도 절대로 일을 시키지 않았다. 아예 처음부터 농사나 과수원 일을 배우지 말라는 거였다. 너만이라도 공부를 제대로 해 집안의 기둥이 되라는 거였다. 누이들도 고등학교만 졸업하고 과수원 일과 농사일을 돕기 위해 대학 진학을 포기했다. 나는 일개미처럼 노동에 지쳐 있는 가족들을 생각하면 한시도 공부를 게을리할 수가 없었다.

대학 2학년 때.

내게 큰소리 한 번 안 치던 형에게 딱 한 번 따귀를 맞은 적이 있었다. 그 사건은 내가 지금껏 살아오면서 흐트러지려 할 때마다 하나의 경종이 되었다.

그날은 학교가 끝나고 모처럼 탈춤동아리 선후배들과 어울려 술을 마셨다. 너무들 취해 집에도 가지 못하고 단체로 여관방에 쓰러졌는데, 다음날 단체로 학교 오전수업도 빼먹었다. 점심 무렵에야 겨우 몸을 추스르고 쓰린 속들을 늦은 해장으로 달랬다. 집에 오는 동안에도 차멀미로 몇 번이나 헛구역질했다. 울렁거림과 쓰린 배를 움켜쥐고 마당에 들어서자마자 형이 마루에 앉아 있다가 벌떡 일어났다.

"니 어디서 오는 중이냐?"

나는 형의 물음에 입이 떨어지지 않았다. 엄마는 부엌에 있다가 형 목소리에 급히 달려 나왔다. 엄마는 형 뒤에 서서 소리도 내지 못하고 뭐라고 입을 바삐 움직이며 다급한 손짓을 했다. 형 모르게 내게 무슨 말인가를 해주려 애썼지만, 엄마가 하고자 하는 말을 눈치챌 수가 없었다.

"다시 묻겠다! 니 지금 어디서 오는 중이냐?"

형의 목소리는 평소와 다르게 이제 막 제재소 톱날을 통과해 나온 각목의 모서리처럼 날카롭게 각이 져 있었다. 거짓말을 할 수는 없었다.

"…동아리 선후배와 술 한잔하다가 취해 그만 여관방에…"

채 말을 끝내기도 전에 왼쪽 뺨 관자놀이에서 번쩍 번갯불이 튀었다. 어찌나 세게 맞았는지 휘청하며 달팽이관이 다 먹먹할 정도였다. 그 순간, 엄마가 튕기듯 달려와 나를 덥석 얼싸안으며 형을 향해 울부짖었다. 울부짖는 엄마의 두 눈에선 시퍼런 불꽃이 튀었다.

"이놈아! 니가 뭐시간디 야를, 니 동상을 함부로 때리는 겨. 니 아버지는 단 한 번도 니들을 때리긴 고사하고… 쳐다보는 것도 아까워서 솜털조차 건드리지 않았어. 쬐깐한 막둥이를… 남들맹크로 제때 제대로 멕이지도, 입히지도 못한 그런 불쌍한 것을… 니놈이 왜 때리는 겨. 니 아버지도 안 때린 매를 니가 무신 자격으로 행사하는 겨! 천하에 불쌍한 막둥이를 때리려거든 나를 패라, 이놈아! 차라리 나를 패!"

엄마는 때때기(방아깨비) 같은 여린 몸매로 자신의 몸 두 배도 넘는 왕치(방아깨비 암컷)만 한 나를 온몸으로 부둥켜안고, 주먹으로 가슴을 펑펑 치며 몸부림치며 울부짖는… 나는 뭐라 형용할 수 없는 연민으로 불쑥 뜨거운 응어리가 치밀어 올라 가슴이 꽉 막혀왔다.

형에게 맞아 아직까지 고막이 먹먹한 귀빰의 아픔보다, 아버지에 대한 아픈 기억이, 엄마의 몸짓이, 울부짖음이 더 가슴을 먹먹하게 했다. 처음 느껴보는 엄마의 모습. 매일 보아왔던 엄마의 체구가 그날따라 그렇게 작아 보일 수 없었고, 미처 모르고 지나쳤던 흰 머리카락이 여기저기 보이고… 얼마나 다급했는지 고무신이 벗겨진 줄도 모르고 달려와 부둥켜안고 절규하고 있는 이 여인이, 내 어깨 정도밖에 와 닿지 않는 키의 바짝 마른 쑥부쟁이 같은 여린 몸매의 여인이 진정 내 엄마의 모습이었단 말인가. 온몸으로 형의 시선을 막고 있는 엄마의 손을 잡은 나는 또 한 번 놀라지 않을 수 없었다. 손바닥엔 개울가 차돌멩이처럼 동그랗고 단단한 굳은살이 박이고, 손가락이 갈퀴처럼 굽고, 손가락 마디가 옹이 진 늙은 소나무 등걸처럼 거칠고 굵었다.

'엄마!'

나는 심장이 터질 것만 같았다. 어쩌면 가장 가까이에 있었기에 모르고 지나쳤는지도 모르는 엄마라는 실체이자 존재감이었다. 얼굴이며 행동거지 하나까지 아버지를 쏙 빼닮았다고, 나를 보면 마치 아버지를 보는 것 같다며, 막내지만 조심스러워하던 엄마였다. 어떤 땐 잠든 내가 깰세라 조심스럽게 얼굴을 쓰다듬거나 손을 잡고는 손등에 입맞춤하던 엄마였다. 엄마는 나를 통해 먼저 간 아버지에 대한 그리움을 위로받고 있는지도 몰랐다. 그렇게 나를 통해 아버지가 빙의됐는지도 몰랐다.

형은 그런 엄마와 나를 처연한 눈길로 쳐다보다, 이제 막 노을이 번지는 핏빛 하늘을 올려다보며, 마당 한가운데 우두망찰 장승처럼 서서 깊은 한숨과 함께 쓸쓸한 담배 연기 한 자락을 허공을 향해 길게 내뿜었다.

"명식이 자냐?"

“들어오세요.”

형이었다. 누워있다 벌떡 일어나 이부자리를 구석으로 밀었다. 간밤에 마신 술의 여독으로 아직 속과 머리가 개운하지 못한 상태였다. 방에 들어서는 형에게선 소주 냄새가 역하게 풍겨왔다. 형에게서 술 냄새를 맡기는 처음이었다. 술 냄새를 맡자 불편하던 속에서 울컥 신물이 넘어왔다. 토할 것 같았지만 넘어온 신물을 눈을 질끈 감고 억지로 꿀꺽 삼켰다. 시큼했다. 형이 들고 온 까만 비닐봉지 속에는 소주 한 병과 어디다 부딪쳤는지 찌그러진 종이컵 두 개와 마른오징어 한 마리가 들어있었다.

“형, 한잔했다잉.”

형은 혀 구부러진 소리를 내며 충혈된 눈으로 나를 보며 시니컬한 미소를 짓고 있었다.

“…?”

나는 그런 형의 눈길을 마주 볼 수도, 외면할 수도 없어 당황스러웠다.

“명식아, 형도 술 마실 줄 안당께. 형도 다른 사람들맹크로 슬플 때면 울고 싶고, 기쁘면 웃을 줄 아는 사람이란 말여.”

“…”

“자, 일단 한 잔 받그라잉.”

형은 찌그러진 종이 잔 가득 넘치도록 소주를 따랐다. 잔을 놓고 두 손으로 공손히 형 잔을 채웠다. 형은 단숨에 술을 입에 털어 넣었다. 많이 마신 것 같았지만 만취한 것은 아니었다. 소주잔을 놓고 형과 나 사이에 긴 침묵이 깊은 강의 여울처럼 흘렀다. 그 어색한 침묵을 먼저 깬 것은 형이었다.

"긴말 않겠다잉. 니는 다른 애들처럼 그렇게 어영부영 살면 안 된당께. 아버지 마지막 유언이 뭐신지 아냐?"

형이 내 얼굴을 쳐다보았다. 나는 학교에 있어 아버지 임종을 지켜보지 못했다. 당연히 모를 수밖에 없었다. 내가 국민학교 3학년에 올라가 벚꽃이 분분히 지던 봄이었다. 아버지 임종은 엄마와 형이 지켰다고 했다.

"…바짝 마른 나무토막 같은 손으로 내 손을 꼭 부여잡고…"

거기까지 말하고 한동안 말이 없던 형은 끝내 굵은 눈물방울을 비닐장판 위에 후두둑 떨어뜨렸다. 그토록 아버지를 미워했던 형이 임종을 지킨 것도 의외였지만, 지금껏 몇십 년이 지나도록 단 한 번도 '아버지'란 말을 입 밖에 내지 않던 형이 아버지 이야기를 하면서 눈물까지 떨어뜨리는 것은 쉽게 와 닿지 않았다.

"…당신을 대신해서 널 어떻게든 고등학교까지만 졸업시켜주면 고맙겠다고 했당께. 그 죗값은 지옥에 가서라도 당신이 다 받겠다고 하시믄서… 아버진 아직 철부지로만 보이는 막둥이 니 때문에, 니 걱정 때문에… 숨을 거두시기 직전에 명식이 니 이름을 몇 번이나 부르다… 결국 눈도 못 감고 돌아가셨당께."

형은 손수 술잔을 채워 단숨에 들이켰다.

나는 형의 그 말을 듣는 순간, 어릴 적에 들었던 '내가 없으면 형이 내 대신'이라던, 형이 아버지나 마찬가지니 형 말을 잘 들어야 한다던 아버지 말이 불현듯 떠올랐다.

"그리고 말이다잉. 마지막에 남기신 말이… 그건 낭중에, 낭중에 말해주마."

나도 잔을 채워 단숨에 삼켰다.

아버지를 생각할 때마다 어둑한 동굴에 낮고 짙게 깔린 안개 같은 뭔지 모를 슬픔으로 늘 가슴이 답답하고 먹먹하게 아팠었다. 어려서는 잘 몰랐지만, 머리가 굵어지면서 다른 사람은 몰라도 나는 아버지를 이해할 수 있을 것 같았다. 주변 사람 모두가, 누이와 형까지 아버지를 손가락질했다 해도, 나만은 아버지가 우리 가족을 나름대로 얼마나 사랑했는지 그 마음을 알 수 있을 것 같았다.

"아버지가 마지막 남기신 말씀이 뭡니까? 그 말이 어떤 말이라도 이제 나도 그 정도는 소화할 수 있는 나이가 됐다고 생각합니다."

나는 아버지가 형에게 마지막 남겼다는 그 말이 몹시 궁금했다.

"아니다, 때가 되면 말해줄게. 그건 그렇고… 명식아, 형이 돼갔꼬 아까 니한티 손찌검한 건 미안하다잉. 난 니가 걱정돼서 학교까지 갔다 왔당께. 한 번도 그러지 않던 니가 밤새도록 아무런 기별도 없어 혹시라도 무신 좋지 않은 일이 생겼나, 벼라별 방정맞은 생각이 다 들어 엄나나 나나 한숨도 못 잤당께. 그란디 술 마시고 수업까지 빼먹었단 말을 니 친구에게 듣고는… 명식아, 넌 적어도… 너만은 두더지처럼 흙이나 뒤지며 사는 형 같은 무지렁뱅이 농사꾼이 돼서는 안 된당께. 니는 형을 위해서도 누이들을 위해서도, 아니 불쌍하기 그지없는 엄니를 위해서라도 우리 식구들에게 손가락질하던 남들 보란 듯이 성공해야 된당께. 그래야 지금까지 나나 엄니의 모진 삶이 헛된 것이 되지 않는 것이랑께. 넌, 형 몫까지 공부해서 반드시, 반드시 성공해야 한당께. 내 말 알아듣냐? 넌 누구보다 잘 알잖여. 내가, 이 형이 얼마나 공부하고 싶어 했는지를…."

　나는 입을 꾹 다물고 형의 빈 잔에 소주를 채웠다. 네, 알고말고요, 형. 가슴에 피멍울로 응어리진 공부에 대한 한을 알고말고요. 수재였던 당신이 아버지 대신 가족을 위해 교복과 책가방과 책을 불사르던 그 심정을 알고말고요. 나는 험한 과수원일과 농사일로 투박해진, 엄마 손보다 더 험한 형의 손을 보며 터져 나오려는 울음을 참기 위해 아랫입술을 피가 나도록 깨물어야 했다. 뒷산에선 아까부터 밤 부엉이가 울어대고 있었다.

4

　형은 두 누이와 내가 결혼할 때마다 아버지 몫을 대신했다. 다행히 두 매부는 건실한 사람이어서 형의 걱정을 덜었고, 내가 결혼하면서 싫다는 어머니를 서울 집에 모셨다. 그동안 시골에서 형과 고생만 하신 어머니를 조금이라도 편하게 모시고 싶어서였다. 하지만 어머니는 일 년에 6개월 정도는 형 집에서 보냈다. 서울 생활은 몸이 근질거려 못 살겠다는 핑계였다. 그래서 농사일이 뜸한 겨울과 무더위가 극성을 부리는 여름철만 우리 집에서 보냈다. 나는 일 년에 6개월 정도만 내 집에 있으려는 어머니의 마음을 알고 있었다. 어머니는 시골에서 고생하는 형의 일손을 조금이라도 도와주고 싶어 늙으신 몸을 놀리지 않으려는 것을.

　어머니는 아내의 극구 반대에도 불구하고 집안일을 맡았다. 새벽에 일어나 아침밥을 준비하는 것은 물론, 반찬거리와 빨래와 아이들 돌보는 것까지 도맡았다. 아내에게는 아이들을 가르치는 선생 노릇도 힘드니 집안 살림은 맡기고 모자란 아침잠을 조금이라도 더 자라는 거였다. 나도 처음에는 늙으신 어머니가 젊은 며느리를 놔두고 그러는 것이 보기 싫어 반대했지만, 당신이 좋아서 그러는 거라 생각하고 편하게 마음먹었다. 다행히 어머니와 아내는 모녀간처럼 사이가 좋았다. 어머니가 자기를 그렇게 끔찍하게 생각해주자 아내도 마음을 열고 어머니를 친정엄마처럼 스스럼없이 대했다.

"할머니, 나 유치원 간다."

"오냐, 내 강아지. 어서 업히거라잉."

이제 일곱 살 된, 덩치가 어머니만 한 큰 강아지는 신발주머니와 가방을 들고 헤헤거리며 쪼르르 달려가 쪼그리고 앉아 있는 어머니 등에 찰거머리처럼 덥석 붙었다. 어머니는 아침마다 큰놈을 동네 유치원까지 업고 갔다가 유치원이 끝날 시간이면 기다렸다가 슈퍼에 들러 아이스크림을 하나 입에 물려 역시 업고 왔다. 집에 오면 또 샘을 내는 작은 강아지를 업어주어야만 했다. 두 강아지는 할머니를 제 엄마보다 더 따랐고, 어머니는 살림하고 손자들 뒷바라지하는 것을 낙으로 삼았다. 아내가 매번 용돈을 주면 손자들 옷이나 운동화 등을 사고 간식거리를 장만하는 데 다 썼다. 당신을 위해서는 단 한 푼도 쓰지 않았다.

"어머니 언제 오시지? 빨리 올라오시라고 전화할까?"

"이 사람 말하는 것 좀 봐. 늙으신 시어미 못 부려먹어서 안달 난 사람 같아."

"누가 들으면 진짜인 줄 알겠네. 보고 싶으니까 그렇지."

아내는 어머니가 형 집에 내려가면 오히려 불편해했다. 그건 아이들도 마찬가지였다. 매일같이 전화를 걸어 언제 올라올 거냐고, 몇 밤 자고 올 거냐고, 빨리 오라고 떼를 썼다. 그러던 어머니가 어느 날 갑자기 화장실에서 지병이던 심근경색으로 쓰러져 손쓸 새도 없이 우리 집에서 세상을 떠나셨고, 아버지 산소에 합장했다.

오래전부터 형에게 그렇게 부탁했다는 거였다, 죽으면 꼭 아버지와 함께 묻어달라고. 아버지가 신혼 초부터 바람이 나 딴 살림을 차려도 단 한 번도 싫은 내색 하지 않던, 밤새도록 노름하고 새벽에 들어와도 군소리 한마디 없이 해장국을 끓여 바친 어머니였다. 아버지를 향한 어머니의 한없이 착한 그런 심성이 결국은 아버지로 하여금 어머니 곁으로 돌아오게 했는지도 몰랐다.

어머니 관을 묻을 때 가장 슬피 운 것은 형도 누나들도 나도 아닌 아내였다. 그렇게 매사에 똑 부러지고 냉철하던 아내가 하관하려는 어머니의 관을 붙잡고 어찌나 우는지 장례를 치르는 가족과 친척 모두가 아내 때문에 어머니를 여윈 슬픔이 배가됐다.

5

어머니와 아버지를 합장한 산소 주변은 형이 산과 들에서 캐다가 심은 야생화들로 꽃동산을 이루었다. 산소로 들어서는 초입 100여 미터 길 양쪽에 심은 산벚꽃도 어느새 우람하게 자라 바람이 살랑살랑 불 때마다 하얀 꽃잎을 눈발처럼 흩날렸다. 누가 보아도 정성껏 가꾼 흔적이 역력히 보이는 양지바른 산소였다. 제를 지내고, 지관의 명에 따라 산일을 하는 사람들이 봉분을 들어내고, 아버지와 어머니를 합장한 석관을 땅 위로 올렸다. 모두가 지켜보는 가운데 지관이 관 뚜껑을 열었다.

"엄마!"

"어머니!"

누나들과 아내는 석관 속에 백골만 남은 채 나란히 누워있는 아버지와 어머니의 유골을 보고는 울음을 토해냈다. 지관은 산소 잔디에 창호지를 넓게 펴고 아버지의 머리뼈부터 아래로 하나씩 맞춰갔다. 이제 세월이 많이 흘러 잔뼈들은 삭아 없어지고 큰 뼈들만 남은 아버지의 유골이 눈 부신 햇살 아래 전체의 윤곽을 잡아갔다. 그때였다. 아버지의 유골을 맞추던 지관이 뭔가를 치켜들고 이리저리 살펴보다 고개를 갸우뚱하며 말했다.

"이게 뭐당가? 분명 유골은 아닌 것 같은디…."

지관의 말에 누나와 아내가 지관 옆에 쪼그리고 앉아 지관의 손에 들린 것을 같이 살펴보았다. 나도 궁금증이 일어 지관 옆으로 다가갔다. 지관이 연신 고개를 갸우뚱하며 말했다.

"반지 같기도 허고…"

"반지요?"

큰누나가 지관의 말을 되물으며, 지관의 손에 들린 동그란 형태의 것을 가져다 수건으로 세심하게 닦기 시작했다. 오랜 세월 덕지덕지 묻은 흙과 녹이 닦여나가자 정말 반지 형태가 드러났다. 반지의 한가운데 있는 콩알만 한 보석 같은 것이 봄 햇살을 받아 반짝 빛을 발했다.

"어머나, 정말 반지 맞네!"

순간, 큰누나의 얼굴이 놀라움으로 출렁였다. 작은누나와 아내도 방금 전까지 슬픔에 잠겨 있던 모습은 온데간데없고 뜻밖에 석관에서 나온 반지에 호기심이 가 있었다. 반지의 링은 삭아서 금방이라도 부서질 것처럼 형태만 남았지만, 다이아몬드처럼 생긴 알만은 전혀 손상이 없었다.

"잠깐, 여기 모친 손가락 부분에도 똑같은 게 있네!"

지관이 이번에는 어머니의 유골에서 방금 전과 똑같은 반지를 집어 들었다. 이번에는 작은누나가 황급히 수건으로 닦기 시작했다. 어머니의 유골에서 나온 반지는 아버지 것과 똑같았다. 누나들과 아내는 무슨 영문인지를 몰라 어리둥절해했다. 그건 나 역시도 마찬가지였다. 아버지는 몰라도 어머니 입관 때는 나도 분명히 있었는데, 어머니의 손가락에 반지를 끼워준 기억이 없었다. 아무리 생각해도 이해가 되지 않는 일이었다.

나는 두 개의 반지를 손바닥 위에 올려놓고 유심히 쳐다보았다. 순간, 뭔가 분명 머릿속을 반짝 스쳐 지나가는 것이 있긴 했는데, 김이 서린 거울에 비친 사물을 보듯 명징하게 잡히진 않았다. 처음 보는 것인데도 이상하게 낯선 느낌이 들지 않는 반지였다. 주변에 있던 친척들도 난데없는 두 개의 반지 출현에 잔뜩 호기심이 어린 표정이었다.

그때였다. 그때까지 한마디 없이 서 있던 형이 입을 열었다.

"그 반지는 두 분께 내가 끼워드린 거다."

사람들의 시선이 일시에 형에게 쏠렸다. 형은 내 손에 들려 있던 반지를 가져가 손바닥에 올려놓는가 싶더니 꼭 쥐었다. 그렇게 반지를 쥐고 모두의 시선을 받으며 한동안 말이 없던 형이 갑자기 주르르 눈물을 흘렸다, 투명한 봄 햇살이 가득한 분분히 날리는 하얀 벚꽃 속에서.

"막둥아, 닌 아직도 모르것냐잉? 이 반지가 어떤 반진지?"

그 순간, 나는 벼락을 맞은 듯 온몸에 전율을 느꼈다.

아, 맞다! 그 반지!

나는 형 손에 들려 있는 반지를 황급히 가져다 손바닥 위에 올려놓고 다시 한번 보았다. 그랬다! 두 개의 반지는 내가 초등학교 2학년 때 소풍 갔다가 돌아오면서 문방구에서 사서 아버지와 엄마에게 끼워드렸던 싸구려 알 반지였다. 벌써 40여 년 전의 일이었다. 그런데 어떻게 이 반지가 여기에 있는 것일까. 나는 영문을 몰라 형의 얼굴을 보았다.

"아버지는 숨을 거두기 직전에 내 손을 꼭 잡고 그동안 당신이 잘못 살아온 것에 대한 용서를 빌었고, 명희와 명애에게도 못난 애비를 용서해 달라 전한다고 부탁했당께. 그리고 마지막으로 명식이를… 우리 막둥이를 고등학교까지만이라도 졸업시켜 달라는 말과 함께 막둥이가 소풍 때 사온 이 반지를 꼭 함께 묻어달라고 하셨고… 마지막 숨을 몰아쉬는 그 순간까지도 명희와 명애 니들을 애타게 찾으며… 이름을 부르며 눈도 감지 못하고 돌아가셨당께. 특히 어린 막둥이 명식이 걱정에…"

"아버지!"

"아빠!"

형의 울먹이는 말에 그제야 처음으로 누나들 입에서 오열과 함께 '아버지', '아빠' 소리가 동시에 튀어나왔다. 지금까지 우리 가족에게 있어 아버지에 대한 말은 약속이나 한 것처럼 금기시되어 있었다. 특히나 누나들은 더 심했다. 제물을 직접 준비해 와 음식을 만들던 어머니의 제사와는 달리 아버지의 제사 때는 형수 혼자서 음식을 장만했고, 누나들은 형수와 시누이인 아내 때문에 체면상 마지못해 형식적으로 제수거리 비용으로 돈을 얼마 보내고 제사에 참석했다가 끝나기가 바쁘게 돌아가곤 했다. 두 누이에게 있어 아버지란 기억에서 지워버리고 싶은, 차라리 없느니만 못한 존재였다. 누이들은 백골 앞에서 그 긴 세월 가슴에 맺혔던 그 응어리를 풀어내고 있었다.

"엄니 유품을 정리하다 수건으로 몇 겹이나 정성껏 싼 것을 발견하고 풀어보니께 아버지 반지와 똑같은 것이 있어… 직감적으로 막내가 소풍 때 사와 두 분 손에 끼워준 반지란 걸 알았당께. 그래서 엄니 입관 직전에 너그들 모르게 내가 끼워드렸당께. 니들도 알다시피 두 분은 을마나 사이가 좋았냐. 돌아가셔서도 나란히 누워 어린 막둥이가 사 온 똑같은 반지를 끼고 있으면 을마나 좋을까, 내 나름대로 생각했당께."

'아버지!'

'엄마!'

나는 끝 간데없는 저 가슴 깊은 곳에서부터 솟구쳐 오르는 오열을 참으며, 반지를 쥔 손을 가슴에 모아 쥐고 속살이 파헤쳐진 봉분 앞에 주저앉았다. 온몸을 쥐어뜯으며 몸부림이라도 치고 싶은 심정이었다. 그때까지 태어나서 처음으로 겪는 낯선 광경에 멀뚱한 눈길을 주고 있던 큰놈과 막내의 두 눈에도 반짝 이슬이 맺혔다, 형의 말을 듣고는. 할머니의 등에 업혀 어린이집과 유치원

을 오가고, 아이스크림을 물고 히히대던 아련한 철부지 시절의
할머니 모습을 떠올리기라도 한 것처럼.
산벚꽃이 눈발처럼 분분히 날리는 사월의 눈 부신 햇살 아래.

이광복

충남 부여 출생. 1976년『현대문학』소설 추천. (사)한국문인협회 이사장(제27대), 국립한국문학관 이사, 6·15민족문학인남측협회 대표회장, 한국예술문화단체총연합회 부회장 역임. 현재 (사)한국문인협회 명예회장. (사)한국소설가협회 최고위원. (사)국제펜한국본부 자문위원. 소설집『화려한 밀실』『사육제』『겨울여행』『먼 길』『동행』『만물박사(전3권)』『뿌리』외 다수. 장편소설『풍랑의 도시』『목신의 마을』『폭설』『겨울무지개』『사랑과 운명』『계백』『황금의 후예』외 다수. 대통령표창(1987·1995), 제20회 한국소설문학상, 제14회 조연현문학상, 제28회 국제PEN문학상, 부여 100년을 빛낸 인물(문화예술부문), 제30회 한국예총예술문화대상, 제35회 대한민국예술문화대상, 제61회 한국문학상, 제21회 창조문예문학상 외 다수.

뿌리

한식날이었다. 서울남부터미널을 떠난 버스는 고속도로로 들어서자마자 전용 차로를 따라 휙휙 신바람 나게 달려가고 있었다. 고향 부여로 성묘 가는 길이었다. 양지바른 도로변 산기슭에는 산수유꽃이 노랗게 피어있었다. 다른 나무들 중에서도 몇몇 부지런한 녀석들은 긴 겨울잠에서 깨어나 엷은 연둣빛으로 기지개를 켜고 있었다. 눈에 넣어도 아프지 않을 고향의 아우들과는 10시 50분 부여시외버스터미널에서 만나기로 약속되어 있었다.

우리 동기간은 4남 3녀 7남매로 '향기 복(馥)' 자 돌림이었다. 나는 윤복(允馥), 둘째는 차복(次馥), 셋째는 선복(善馥), 넷째 막내는 계복(季馥)인데, 전원 우리 한산이문(韓山李門) 대종회가 정해 놓은, 즉 시조로부터 28세 항렬 '향기 복' 자에 준거한 작명이었다. 4형제와 달리 3자매는 큰누님 연희(蓮姬), 둘째누님 채희(彩姬), 누이동생 옥희(玉姬)로서 그 이름에는 대종회 항렬과는 관계없이 임의의 돌림자인 '계집 희(姬)' 자가 들어있었다. 한산은 지금의 서천군에 속해 있었다.

나는 세 살 때 (큰)아버지 내외분에게로 출계했다. 종가인 큰집에 종통을 계대(繼代)해야 할 후사가 없기 때문이었다. 종가의 무후. 그 절박한 마당에 아버지 어머니께서 일생일대의 중대 결단을 내렸다. 친가 부모님은 둘째딸을 큰집으로 보낸 데 이어 나까지 어머니 젖을 떼자마자 입후, 즉 양자로 바친 것이었다. 이로써 나는 졸지에 종가의 종손이 되어 누대(累代) 선조님의 제사를 모셔야 할 사손(祀孫)으로 자리매김했다. 운명이 바뀐 것이었다. 나는 그 사실을 훨씬 나중에야 알았지만, 철모르는 코흘리개 어린 아들을 떠나보낸 아버지 어머니 입장에서는 억장이 무너지는 생이별이었다.

나는 유년 시절 (큰)아버지로부터 한글과 한문을 배웠는데, 석양국민학교(지금의 석양초등학교) 들어가기 전 너덧 살 때 한글을 깨치고 천자문을 뗴었다. (큰)아버지께서는 그런 나에게 틈만 났다 하면 세보(世譜)를 꺼내놓고 가문의 역사와 전통을 가르쳐 주었다. 어떻게 보면 나는 그때부터 위선(爲先)과 보학(譜學)과 집안 내력에 처음으로 눈뜬 셈이었다. 어느 날인가 (큰)아버지가 내게 말했다.

"윤복아, 너는 어디를 가든 항상 한산이가라는 사실을 명심하거라. 우리는 시조 호장공(戶長公)으로부터 7세 되시는 목은(牧隱) 할아버지 자손으로 양경공파(良景公派) 후손이여. 사람이라면 반드시 제 뿌리를 알아야 하느니라. 니가 조금만 더 크면 목은 할아버지를 비롯하여 우리 선조님들이 얼마나 위대하신 어른들이신가를 저절로 알게 될 겨. 내 말 잊지 말거라."

진실이었다. 당신은 한산이문의 후예, 목은 자손으로서 무한한

궁지와 자부심을 가지고 있었다. 비록 끼니를 잇기 어려울 만큼 형편이 곤궁할지라도 가문의 명예와 자존심에 흠이 될 만한 일이라면 거들떠보지도 않았다. 선조님을 흠숭하는 당신의 일편단심은 타의 추종을 불허했다.

안방 뒷문 문설주 두어 뼘 위에는 가로로 퍼진, 뻘건 테두리에 금박 당초문을 두른 직사각형의 액자가 걸려있었다. 어느 집에나 다 있는 아주 촌스런 싸구려 액자였다. 사진 찍기가 아주 어려웠던 그 당시 유리를 끼운 액자에는 두고두고 기념할 만한 진귀한 흑백사진 몇 장이 들어있었다.

(큰)아버지는 액자의 오른쪽 맨 위 상단에 한산 시향 참례 때 화수회에서 받아 오신, 관복 입고 관모 쓴 명함판 크기의 목은 선조님 영정 사진을 신주처럼 모셔 놓고 있었다. 보통 정성이 아니었다. 액자와 문설주 사이의 공간에는 당신의 좌우명 자필 '安貧樂道'가 적힌, 좁고 갸름한 한지가 표구되지 않은 채 누런 벽지처럼 붙어있었다.

앞문 문설주 위를 가로지르는 시렁에는 여러 개의 버드나무 고리짝이 있었고, 그 큼지막한 고리짝에는 각종 목판본과 필사본 한적(漢籍)이 가득했다. (큰)아버지께서 귀에 못이 박히도록 가르쳐 주셨다시피 목은 선조님 자손인 우리는 8세 양경공과 9세 집의공(執義公)과 15세 병사공(兵使公)의 세계(世系)를 이어받았다.

선조님들은 대대로 과거에 급제하여 이런저런 벼슬에 올랐다. 당달봉사가 아닌, 역사와 보학에 조금이라도 관심 있는 식자층이라면 우리 한산이문이 어떤 가문인가를 어느 정도는 알고 있어서 구태여 긴 설명이 필요 없었다. 내 머릿속에는 족보에 기록된 직

계 선조님들의 함자와 그 어른들이 역임했던 관직명이 정확히 각
인돼 있었다.

근세에 들어와 21세 선조님 동기간은 두 형제분이었다. 형님
은 휘(諱) '낙(洛)' 자 '헌(憲)' 자, 아우님은 휘 '낙(洛)' 자 '일(一)' 자
였는데 제씨(弟氏)가 큰집으로부터 분가한 이후 또 하나의 새로운
계보가 파생되었다. '낙' 자 '일' 자 선조님의 아드님 22세 휘 '세
(世)' 자 '직(稷)' 자 선조님까지는 공주 탄천(灘川)에 살았고, 23세
휘 '엽(曄)' 자 '재(在)' 자 선조님께서 그곳으로부터 솔가하여 부여
군 석성면(石城面) 증산리(甑山里) 237번지 연화(蓮花) 마을에 백년
대계의 초석을 놓았다.

연화란 저 옛날 풍수지리에 정통한 어느 감여가(堪輿家)가 이
곳 지형지세를 두루 상찰하고는 연화부수(蓮花浮水), 즉 연꽃이 물
위에 떠 있는 형국의 길지라 경탄한 데서 유래한 명칭이었다. 선
조님께서 정주하신 그 아늑한 양택은 결국 우리 대소가의 본적
이 되었다. 그로부터 당내 후손들이 증산리 일대, 즉 연화와 시루
메 마을 두 동네에서 세거해 나왔다. 시루봉 아래 형성된 시루메
마을의 한자 명칭은 원증산(元甑山)이었다. 증산리 중에서도 '원조
시루메' 또는 '원래의 증산'이라는 뜻이었다.

연화 입향조(入鄕祖)는 곧 우리 '향기 복' 자 형제들의 현조부님
이신데, 어인 판국인지 24세 휘 '승(承)' 자 '연(季)' 자 고조부님과
25세 휘 '명(明)' 자 '직(稙)' 자 증조부님이 내리 독자였던 터라 손
이 귀했다. 그러다가 다행히도 증조부님께서 아드님 형제분을 두
었다. 바로 26세 '구슬 규(珪)' 자 항렬의 조부님과 종조부님이었
다. 조부님의 휘는 '철(哲)' 자 '규(珪)' 자, 종조부님의 휘는 '원(元)'

자 '규(珪)' 자였다.

조부님은 아드님 형제분, 종조부님은 아드님 3형제분을 포함해 4남매를 두었다. 조부님의 아들 형제분은 27세이신 (큰)아버지와 아버지, 종조부님의 4남매분은 역시 27세이신 큰당숙, 둘째당숙, 막내당숙 3형제분과 당고모 한 분이었다. 천우신조라고나 할까, 아슬아슬했던 벼랑 끝 혈맥의 불씨가 27세 '구할 구(求)' 자 항렬에 이르러 가까스로 되살아난 것이었다.

(큰)아버지는 바야흐로 '낙' 자 '일' 자 선조님 지파의 6대 종손이었다. 나는 어른들의 결정에 따라 당신의 종통을 계승하는 7대 종손이 되었다. 연화에는 조상님들의 유허가 있었다. 집터와 모정 밭이었다. 선대 어른들의 집터에는 장씨네가 들어와 살았는데 무슨 까닭에선지 오래전부터 폐가로 방치돼 있었다. 모정 밭은 조상님들의 모정이 있던 곳으로, 가세의 쇠락과 함께 정자가 헐린 자리는 밭으로 변모했다.

사실 입향조 이래 증조부님 때까지 우리 조상님들은 권세와 부귀와 영화를 누리며 아주 풍요롭게 살았다. 하인과 머슴이 여럿이었다. 스님이 탁발을 나오면 예외 없이 가장 먼저 고래 등 같은 우리 증조부님 댁부터 찾았다. 사랑방에 묵어가는 길손도 한둘이 아니었다. 비렁뱅이 동냥아치들 또한 그냥 지나치지 않았다. 광에서 인심난다고 했다. 증조부님은 물론 그 식구들까지 마음 씀씀이가 후덕해서 어려운 사람들에게 무엇이든 베풀었다.

그런데 웬걸 영고성쇠가 무상했다. 조부님 때 갑자기 들이닥친 괴질로 가족들이 잇따라 죽어 나갔고, 그 청천 날벼락에 위풍당당했던 가세가 눈 깜짝할 사이 급전직하로 곤두박질쳤다. 조부님이 연세 마흔넷에 급사했다. 팔월 스무이튿날이었다. 겹복을 입고 있던 상주 자신의 죽음이었다. 잇따른 줄초상으로 안방과 대청에는 궤연이 셋이나 차려졌다. 소름 끼치는 기괴한 사건이었다.

조부님 내외분은 본래 쌍둥이를 연거푸 두 번씩이나 출산하는 등 총 12남매를 두었다. 하지만 우환이 들끓어 한 해 동안 무더기로 열 명을 잃고 종당에는 조모님 당신까지 타계했다. 처참하기 짝이 없는 희대의 풍비박산이었다. 최종적으로 겨우 두 사람이 살아남았다. (큰)아버지와 아버지 형제분이었다.

살아야 했다. 망할 대로 망한, 그리하여 알거지로 전락한 형제분은 저승사자가 똬리를 틀고 발호하는 죽음의 흉가를 빠져나와 부랴부랴 살길을 찾아 나섰다. 그때 (큰)아버지는 최종적으로 보첩을 비롯한 수십 권의 옛 서책만 고리짝에 챙겨 짊어졌다. 행선지는 시루메, 즉 원증산 마을이었다. 사지로부터 벗어나 멸문지화를 모면하려는 필사의 탈출이었다. 물에 빠진 사람이 지푸라기라도 잡는 심정이었다.

(큰)아버지는 병오생(丙午生, 1906)이었고, 아버지는 신해생(辛亥生, 1911)으로 다섯 살 연세 차이가 있었다. 형제분에게는 집도 절도 없었다. 심신은 황폐화되었고, 가슴 한복판에는 환란의 만고풍상이 피멍으로 얼룩졌다. 앉으나 서나 연화에서 겪은 참변들이 골수에 사무쳐 혀를 빼물고 죽어도 시원찮을 판이었다.

살길이 막막했다. (큰)아버지는 석성보통학교(지금의 석성초등학교)를 다니다가 중퇴한 터라 식자도 아니고 농사꾼도 아닌 어정쩡한 처지에 있었다. 붓대로 살기에는 학력이 짧았고, 몸으로 때우기에는 노동과 농사일에 서툴렀다. 까막눈인 아버지는 무슨 일이나 빈틈없이 감당해 내는 일꾼 중의 만능 일꾼이었다.

화불단행(禍不單行)이라 했던가, (큰)아버지 형제분의 행로에는 줄곧 말 못할 비애와 불운이 꼬리를 물고 따라왔다. 더군다나 무슨 업장인지 (큰)아버지 내외분에게는 자녀가 없었다. 탄식, 탄식, 장탄식… 비운의 주인공인 (큰)아버지는 일천간장 녹아나는 천추의 통한을 품은 채 피맺힌 세월을 살아가고 있었다. 그때 친가 부모님께서 둘째누님과 나를 큰집으로 보낸 것이었다.

불행 중 다행이라면 두 집이 멀리 타동네로 떨어진 것이 아니라 원증산 한동네에 존재한다는 사실이었다. 두 집 사이의 거리는 2백 미터쯤 되었다. 아버지 어머니는 근거리에서 내가 자라는 과정을 지켜볼 수 있었다. 나 또한 친가를 수시로 들락거리며 아버지 어머니를 자주 뵐 수 있었다.

양가는 시루봉 들머리 말랭이 부근 높은 곳에 있었고, 친가는 큰집에서 빤히 바라보이는 저 아래 낮은 곳에 있었다. 나는 지대의 높낮이에 따라 자연스럽게 양가를 '윗집', 친가를 '아랫집'이라 불렀다. 두 집의 부모님 호칭은 똑같이 아버지, 어머니였다. 부득이 두 집의 부모님을 구별해야 할 경우가 생기면 윗집 부모님은 '윗집 아버지'에 '윗집 어머니', 아랫집 부모님은 '아랫집 아버지'에 '아랫집 어머니'라고 불렀다.

혹자는 양부모 친부모 어쩌고저쩌고 콩이네 팥이네 갈래를 타가면서 주접을 떨었지만, 나로서는 결코 그따위 불경스런 언사를 입에 담은 적이 없었다. 낳아주신 부모님이야 영원한 부모님이었고, 키워주신 부모님도 또한 불변의 부모님이었다. 내가 구태여 두 집 부모님을 거론하면서 양가 부모님을 먼저 언급하는 이유인즉 그 어른들이 친가 부모님보다 연세가 많아 서열이 높기 때문이었다.

국민학교 3학년 때던가 4학년 때던가 내면에서 강한 의문이 솟구쳤다. 다른 아이들에게는 부모가 각각 한 사람인데 나에게는 아버지 어머니가 두 분이어서 영 이상했다. 단초는 그것만이 아니었다. 동네 어른들 중 더러는 윗집 아버지를 '윤복이 큰아버지'로, 윗집 어머니를 '윤복이 큰어머니'라고 부르는 사람들이 있었다. 나는 윗집 부모님을 그냥 아버지 어머니로 부르는데 그분들은 어찌하여 '큰' 자를 붙이는지 무척 의아했다.

아무리 생각하고 또 생각해도 정답이 나오지 않았다. 궁금증을 달래다 못해 하루는 윗집 부모님 내외분께 어찌된 사연인지 여쭈어보았다. 그러자 그 어른들은 목멘 소리로 둘째누님과 나를 데려다 키운 입후의 비밀을 알려주었다. 당신들의 눈에서 닭똥 같은 눈물이 뚝뚝 떨어지고 있었다.

(큰)아버지는 이래저래 비참했다. 그 어른이 땅 한 뼘 없이 혹독한 빈곤 속에서 와신상담하는 동안 아버지는 극적으로 논 엿 마지기와 밭뙈기 두어 자리를 장만했다. 생양가 부모님 네 분은 한평생 5대 삭신 6천 마디가 물러나도록 뼈저린 고생을 하다가 곤고한 일기를 마치신 뒤 공동묘지나 다름없는 귀신보 국유지에 잠드셨다.

한편, (큰)아버지 형제분보다 한참 젊은 큰당숙이 연화에 살았다. 둘째당숙과 막내당숙은 몇 년 간 원증산에서 살다가 훗날 연화로 복귀했다. 정작 종가의 (큰)아버지 형제분이 향리를 떠났고, 지차(之次)의 당숙 3형제분이 영욕의 옛 터전을 지킨 셈이었다.

(큰)아버지가 극빈, 아버지가 빈농으로 허덕이던 그때 그 시절 연화 당숙들은 잰걸음으로 가난의 굴레를 벗어던지고 있었다.

큰당숙은 매년 농토를 늘려 가며 풍작을 일궈냈다. 둘째당숙과 막내당숙도 먹고사는 데는 별 지장이 없었다. 큰당숙과 둘째당숙은 돌아가신 뒤 당신들이 살던 연화에 잠드셨고, 6·25전쟁 참전 용사로 국가 유공자 반열에 오른 막내당숙은 국립임실호국원에 안장되었다. 현재 연화에는 막내당숙모가 살아 계셨다. 생존한 친족 중 가장 높은 어른이었다.

허망했다. 나보다 열두 살 더 많은 큰누님은 몇 년 전 세상을 떠났고, 큰누님보다 세 살 아래 나보다 아홉 살 많은 둘째누님은 10년 전 몹쓸 병으로 쓰러진 뒤 지금은 경기도 인덕원의 한 요양병원에서 투병하고 있었다. 둘째누님과 나 사이의 나이 차이가 크게 벌어진 것은 그 어간에 어린 3남매가 젖먹이 때 사망한 탓이었다.

7남매 중 통산 셋째이자 4형제 중 장남인 나는 스무 살 때 적수공권으로 상경했다. 그 뒤 산전수전 공중전 육박전 상륙전 세균전 화생방전 핵전을 겪으며 '눈물 없이는 감상할 수 없는 영화'처럼 살아왔다. 피눈물로 얼룩진 형극의 길이었다. 설상가상으로 부모님들이 앞서거니 뒤서거니 잇따라 돌아가시는 그 충격과 우여곡절 속에 나는 어찌어찌 마음씨 착한 여성을 만나 가정을 이루었다. 그때 내 나이 스물여덟, 아내는 스물일곱 살이었다. 우리 부부는 3남매를 두었다. 통산 다섯째이자 3자매 중 막내에 해당하는 누이동생 옥희도 일찍 서울로 올라와 결혼한 뒤 봉천동을 거쳐 이촌동에 정착했다.

고향에는 진실로 사랑하는, 내 분신이나 다름없는 아우들 세 사람이 살고 있었다. 둘째 차복 아우와 막내 계복 아우는 원증산에 살고, 셋째 선복 아우는 부여읍 쌍북리에 거주하고 있었다. 우리는 수시로 연락을 취하며 긴밀히 소통하고 있었다. 건강하게 장성한 조카들은 당진과 부여 일원에서 각각 직장생활을 하고 있었다.

돌이켜보면 선대 어른들 살아생전 원증산 두 집과 연화 세 집, 즉 (큰)아버지 형제분과 당숙 3형제분은 자타가 공인할 만큼 우애가 극진했다. 설이나 추석 때 대소 일가가 종가인 우리 집에 모여 차례를 지냈다. 기제 때에는 제사를 받으시는 분이 누구냐에 따라 집결지가 달랐다. 종가 선조님일 때는 원증산 우리 집, 종조부님 내외분일 때는 연화 큰당숙 집에서 봉사했다.

선산으로 성묘 갈 때에는 반드시 원증산 친형제와 연화 종형제 다섯 분이 동행했다. 그 어른들 뒤에는 올망졸망한 우리 당내간 형제들이 따랐다. 어린 시절 우리는 추석 성묫길에서 곧잘 아그배나 명감을 따먹곤 했다. 일가 전원이 단체를 이루어 성묘 다니는, 우리 집안 특유의 가풍을 보면서 타성들이 부러워했다.

알다시피 우리 친형제는 원증산에서 자랐고, 재종형제들은 대부분 연화에서 성장했다. 그들은 지금 증산리 이외에도 세종 서울 인천 창원 거제 등지에 뿔뿔이 흩어져 살고 있었다. 원증산의 우리 친형제보다 연화의 재종형제들이 훨씬 더 번창했다.

원증산의 '향기 복' 자 항렬이 네 사람인데 비추어 연화의 '향기 복' 자 동항은 아홉 사람이었다. 원증산 친형제들에게 사촌이 없는 반면 연화 당숙 어른 자제들 사이에는 친형제 이외에도 사촌들까지 뒤섞여 있었다. 원증산과 연화의 '향기 복' 자 항렬, 즉 육촌 이내의 동항 형제간은 총 13명이었다. 우리는 선대 어른들처럼 사이좋게 지내왔고, 특히 집안 경조사에는 끈끈한 응집력으로 벌떼처럼 뭉쳤다.

굳이 대소간 서열을 따지자면 21세 선조님 이래로 내가 종손이지만, 나이로는 큰당숙의 장남인 춘복(春馥) 형님이 나보다 네 살 더 많았다. 대전에서 동장을 지내고 정년퇴직한 그분은 지금 세종에 살고 있었다. 법 없이도 살 수 있는, 남한테 듣기 싫은 말 한마디 할 줄 모르는 무골호인이었다.

형님 이외의 다른 형제간은 전부 나보다 나이가 적었다. 나보다 한 살 아래이면서 국민학교 2년 후배인 육촌 근복(近馥) 아우는 둘째당숙의 장남이었다. 그는 고향을 지키며 축산과 특용 작물 재배 등 농업에 종사하고 있었다.

2019년 3월 12일 춘복 형님이 형수를 잃었다. 형수는 형님과 같은 동네인 연화 출신이자 나하고는 석양국민학교 동기 동창인데, 병명도 잘 알려지지 않은 해괴한 희귀병으로 수년 동안 병석에 누워 고초를 겪다가 세상을 떠났다. 비보를 듣고 대전의 장례식장으로 달려갔을 때 형수는 이미 이 세상 사람이 아니었다. 눈물이 앞을 가렸다.

형님은 고인을 화장하여 고향 연화에 안장한다는 방침을 세워 놓고 있었다. 물론 자녀들과 상의를 거친 결정이었다. 연화 초입에는 형님 소유의 임야와 전답이 있었다. 임야는 증산리 47-3, 전답은 각각 증산리 211-1, 212-1이었다. 이 땅은 모두 경계를 맞대고 있어서 사실상 한 필지나 다름없었다.

형님 동기간은 오래전 큰당숙이 돌아가시면서 물려주신 집과 논밭을 모두 처분했다. 하지만 형님은 이 세 필지를 특별한 지성으로 관리하고 있었다. 당숙들 묘소가 자리한 땅이기 때문이었다. 형님이 내게 말했다.

"동생, 연화 입구에 내 산 있잖아. 이번 계제에 거기에다 가족 묘지를 만들까 하는데 어떻게 생각해?"

형님이 말하는 산이란 증산리 47-3 임야를 의미했다. 규모는 작지만 가족 묘지를 조성하기에는 안성맞춤인 땅이었다. 연화 진입로 갓길로 용머리처럼 뻗어 나온 야트막한 야산이었다. 내가 말했다.

"아주 좋은 생각입니다."

"현조 할아버지부터 전부 한자리로 모시면 어떨까? 직계 조상님들과 원증산 아저씨 아주머니들은 물론 우리 육촌들까지 합쳐서 당내간 가족 묘지를 만들자는 거야."

'원증산 아저씨 아주머니들'이란 나의 (큰)아버지 내외분과 아버지 내외분을, '육촌들'이란 우리 친형제들을 지칭하는 표현이었다. 나는 순간적으로 깜짝 놀랐다. 족보 계선으로 따지자면 21세 선조님부터 27세 (큰)아버지 내외분과 아버지 내외분까지는 명색이 종손인 내가 책임져야 할 조상님들이었다.

막말로 형님이 그 어른들을 빼놓고 26세 종조부님 이후 연화 쪽 당신의 직계 가족 묘지를 따로 만든다 한들 나로서는 할 말이 없었다. 그런데도 형님은 범위를 넓혀 입향조 이래의 일가 전체를 망라하자는 것이었다. 종손인 내가 해야 할 일을 방손인 형님이 먼저 그런 제안을 하다니 참으로 놀라웠다.

　지난날에는 당숙들이 종가 대신 연화를 지켜왔는데, 이번에는 재종형님이 당내간 가족 묘지를 조성하자고 나선 터라 감동의 진폭이 더욱 컸다. 그저 고마울 따름이었다. 사실인즉 나로서는 그런 위선 사업을 하고 싶어도 실천에 옮길 수가 없었다. 간단히 말하자면 소유한 땅이 없기 때문이었다.

　아무튼 형님의 그 말을 듣는 순간 나는 진정한 혈족의 의미를 거듭 확인했다. 어린 시절 어느 해 봄철 연화에 갔다가 형님과 함께 망태기 둘러메고 모정 밭 밭두렁에서 토끼풀 뜯던 옛 생각까지 떠올라 콧날이 시큰했다. 형님은 도보로 통학하는 나를 도로에서 만나면 자전거에 태워 주기도 했다. 잠시 생각을 가다듬은 뒤 내가 말했다.

　"그렇게 할 수만 있다면 더 바랄 나위가 없지요."

　"동의할 의향이 있어?"

　"동의라니요?"

　"우리 할아버지 할머니 아버지 어머니 작은아버지 작은어머니 산소 문제는 내 동기간들과 사촌끼리 합의하면 되지만 그 윗대 조상님들 산소 문제는 종손인 육촌 동생한테 최종 결정권이 있잖아. 그래서 상의하는 거야."

　"아, 잘 알겠습니다. 저는 형님 뜻에 따르겠습니다."

　형수의 장례를 치르고 나서 우리는 묘지 조성 계획을 의논하기 위해 부여읍의 한 음식점에 모였다. 정림사지 인근에 위치한, 주차하기 좋고 민물고기 매운탕으로 유명한 그 음식점은 내 단골집이었다.

　그날 오찬 회동에는 춘복 형님을 비롯하여 우리 4형제와 근복 아우가 참석했다. 형님의 중대 결단으로 장지가 확정된 만큼 모든 수순이 일사천리로 진행되었다. 형수의 유해는 임시로 어느 사찰에 위탁해 놓고 있었다.

우리는 먼저 각 세대가 성의껏 공사비 분담을 약정했다. 그런 다음 포클레인을 동원한 지반 정지 작업, 신산 묘실 축조, 비석을 비롯한 석물 설치 등 공사 전반은 십자거리 석재 공장에 일괄로 용역을 주었다. 석재 공장 사장과 근복 아우는 평소 자주 어울리는 친구 간이었다.

형님과 나는 묘지 조성의 기본 방향을 수립했다. 묘소 자체를 호화 분묘가 아닌, 검소하지만 옹졸하지 않은 초현대식 합동 납골묘로 시공하되 묘역의 면적을 줄이는 데까지 줄여 자연 훼손을 극소화하기로 의견을 모았다. 그러고 나서 주변에 좋은 꽃과 나무를 심어 궁극적으로는 꽃동산 묘원을 만들 구상이었다.

나는 비문을 근찬했고, 석재 공장에서는 오석에 각자까지 마쳤다. 이로써 만반의 준비가 완료되었지만, 문제는 묘원 예정지 현장 사정이었다. 아직은 겨우내 꽁꽁 얼었던 땅이 녹느라 질척거려 손을 대기가 마땅치 않았다. 그리하여 4월 중순, 얼부풀고 들떴던 땅이 차분하게 가라앉아 제자리를 잡고 나서 날씨까지 푸근해졌을 때 본격적인 작업에 착수했다.

근복 아우의 주도 아래 석재 공장에서 보낸 포클레인이 임야 47-3 산기슭을 다듬기 시작했다. 석재로 묘실을 앉히고 그 전면에 널찍한 제절을 확보하기 위해 경사면을 평면으로 깎는 기반 정지 작업이었다. 포클레인은 본격적으로 땅을 파기 전에 부릉부릉 부르릉 부르릉 힘을 쓰면서 걸리적거리는 땅거죽의 잡목들을 삽날로 찍어 넘기고 있었다.

그때였다. 동네 주민 강씨 아내가 나타나 근복 아우에게 공사 철회를 요구했다. 마을 이장도 자전거를 타고 와서 가세했다. 인가 가까운 곳에 묘지를 조성할 수 없다는 주장이었다. 틀린 말은 아니었다. 하지만 그 언저리에는 이미 여러 기(基)의 분묘가 있었고, 당숙들의 묘소 또한 공사 현장과 맞닿은 전답 211-1에 있었다.

그런데도 그녀는 면사무소와 군청에 민원까지 제기하면서 바득바득 묘원 조성을 가로막았다. 피차 멀다면 멀고 가깝다면 가깝게 지내던 사람이 안면을 몰수하고 나서서 제동을 거는 데는 마땅한 대책이 없었다. 모든 일이 순풍에 돛을 달고 술술 잘나가나 했는데 뜻하지 않은 암초를 만난 셈이었다. 어떻게 보면 시골 인심이 그전 같지 않다는 반증이기도 했다.

근복 아우는 공사를 중단했다. 부러뜨린 나무들을 한쪽 구석으로 긁어다 붙여 차곡차곡 쌓은 뒤 포클레인도 철수시켰다. 나는 원증산에 탯줄을 묻었지만, 춘복 형님과 근복 아우는 본디 연화 태생이었다. 연화 출신이 연화 자기 마을에 묘지를 조성하는 데 한동네 사람인 연화 주민이 막아서는 것도 이해하기 어려웠다.

4월 하순이었다. 춘복 형님은 이장을 설득하고 초장부터 시비를 걸었던 문제의 주민과 타협에 들어가 절충안을 마련했다. 임야 47-3 산기슭을 포기하는 대신 전답 211-1에 있는 기존 큰당숙 내외분의 쌍분을 헐고 그 자리를 재활용하는 방안이었다. 큰당숙 내외분의 쌍분은 마을길에서 조금 떨어진, 우리가 처음 손 댔던 47-3 산기슭으로부터 몇 걸음 안쪽에 있었다.

춘복 형님은 우리 4형제와 근복 아우에게 거의 모든 업무를 일임했다. 나하고 선복은 구산 파묘를 맡았고, 차복과 계복은 화장과 신산 산역을 담당했다. 나는 이 분야에 내 나름의 전문성을 가지고 있었다. 성당에서 연령회 활동도 했지만, 지인들의 장례와 이장에 직간접으로 관여하면서 풍부한 경험을 쌓았기 때문이었다.

삽과 호미 등 연장은 말할 것도 없거니와 유해를 개렴할 한지까지 충분히 준비했다. 골판지 상자, 면장갑, 나일론 끈, 필기구, 생수 등 소품도 챙길 만큼 챙겼다. 나는 아우들과 머리를 맞대고 백지에 도면을 그려가면서 작업 순서를 논의했다.

현조부님 이하 선조님들의 유택은 연화 이외에도 귀신보와 원증산 등 여러 산록에 산재해 있었다. 큰당숙 내외분 산소를 제외한 다른 어른들 묘소의 현장은 어디라 할 것 없이 국유지 아니면 남의 땅이었다. 연화에는 현조부님 내외분, 고조부님 내외분 산소가 있었다. 그 묘역은 본래 우리 선조님 소유였다가 집안이 몰락할 때 누군가에게 넘어간 뒤 이 사람 저 사람 여러 사람 손으로 전전했다.

그해 4월 29일이었다. 우리는 연화에서 멀리 떨어진, 귀신보에 있는 증조부님 내외분 산소부터 파묘에 들어가 차례차례 유해를 수습했다. 포클레인으로 봉분을 헐고 호미로 살살 광중을 긁어내면 유골이 나왔다. 골편이 진토 되어 전혀 유골을 찾을 수 없는 곳도 있었다. 그런 묘소에서는 유해가 산화한 내광을 굴토하여 도자기 골호에 담았다.

산역은 거칠 것이 없었다. 우리 형제들의 손발이 척척 잘 맞았다. 차복 아우는 막일이라면 못 하는 것이 없었고, 계복 아우는 화물차로 이것저것 실어 나르면서 신속한 기동력을 발휘했다. 석재 공장 사장은 물론 포클레인 기사와 인부들도 적극 협조해 주었다.

원증산 종조부님 내외분 산소를 파묘할 때에는 근복 아우도 합세했다. 우리 4형제는 그 어른들의 종손자이지만, 춘복 형님과 근복 아우는 그 어른 내외분의 친손자였다. 새벽녘에는 짙은 안개가 흐느적흐느적 눈앞을 가리면서 오락가락했으나 새때쯤 해서 말끔히 걷혔다.

우리는 합장묘를 포함해 총 열네 기의 산소를 파묘했고, 현조부님 내외분부터 큰당숙 내외분까지 열여덟 분의 유해를 수습했다. 선조님 중에는 부인이 전배와 후배 두 분인 경우도 있었다. 화장할 유해는 화장하고 화장하지 않아도 될 유해는 원상대로 골호에 모셨다.

큰당숙 내외분 합장묘 위치에 새로 축조한 신산의 석곽 묘실은 모두 열두 칸이었다. 장방형의 석곽을 세로로 2등분하고 가로로 6등분하였다. 저 위 사성 쪽을 시작으로 균등하게 칸칸이 가른 광중에 현조부님부터 큰당숙까지 내외분끼리 나란히 앉혀 열여덟 분의 골호를 차례차례 하관하고 횡대를 얹었다. 두말할 나위도 없이 골호와 횡대에는 잠드신 분의 휘와 배위(配位)의 성씨 명문을 넣었다.

묘실 두 칸은 당장 천묘하기 어려운 둘째당숙 내외분과 막내당숙, 생존해 계시는 막내당숙모의 훗날을 위해 공실로 남겨두었다. 그러고는 이 아래 제절 쪽 두 묘실에는 칸막이를 사이에 두고 춘복 형님 내외분과 우리 부부가 들어갈 자리를 설정해 놓았다. 형님 내외분과 우리 부부는 죽은 뒤에도 가장 가까이 묻히게 될 것이었다.

이제 형수의 유해는 언제든지 이곳 유택으로 모실 수 있었다. 향후 형님이 세상을 뜨면 그 곁으로 입실하게 되리라. 장차 우리 부부가 맨 아래 가장 낮은 귀퉁이 칸에 들어가 두고두고 역대 선조님들을 잘 모시리라는 다짐과 함께 자식들에게 묘지 걱정을 덜어주게 되었다는 생각이 맞물려 매우 흡족했다. 형님 연세는 일흔 셋이었고, 내 나이는 예순아홉으로 일흔에 턱걸이하고 있었다.

산역 작업자들은 교대로 십자거리 식당에 가서 점심을 먹고 돌아와 막판 공사에 박차를 가했다. 석곽 위에 흙을 올린 다음 떼를 입혀 봉분을 만들었고, 그 주변에 몽돌을 깐 뒤 석재로 테를 둘러 마감했다. 상석 앞에는 잘 다듬어진 화강석을 널찍하고 미끈하게 깔아 전천후 제절을 만들었다.

아담한 묘비도 세웠다. 앞면에는 '한산이씨집의공파묘원조성기(韓山李氏執義公派墓園造成記)'를, 뒷면에는 '한산이씨집의공파세계일람(韓山李氏執義公派世系一覽)'을 새겼다. 묘원 조성기에는 가문의 내력과 묘원 조성 경위를 간략히 썼고, 세계 일람에는 시조로부터 출가외인을 제외한 28세까지의 직계 존속을 명시하는 한편 28세가 낳은 29세 '멀 원(遠)' 자 항렬 16남 12녀 28남매의 이름을 적었다. 여기에 새긴 지친은 총 73인이었다. 그 맞은편 한쪽에는 '묘실안치도(墓室安置圖)'를 세워 조상님들께서 잠드신 현실(玄室)의 위치를 도면으로 적시했다.

해가 서너 발쯤 남아 있을 무렵 공사가 마무리되었다. 당초 예정보다 일찍 끝난 셈이었다. 우리는 곧 상석 위에 간소한 제물을 차려놓고 성분제를 지냈다. 화강석이 깔린, 그러나 아직은 흙 부스러기가 남아 있는 제절에 우리 형제들이 넙죽 엎드려 절을 올릴 때 내 가슴속에서는 실로 만감이 교차했다.

현조부님부터 조부님까지는 뵙지 못했지만, 살아생전 나를 끔찍이도 아껴 주셨던 종조모님과 (큰)아버지 (큰)어머니 아버지 어머니와 큰당숙 내외분의 모습이 뇌리에 떠올라 심장이 멎는 듯 거의 미치고 환장할 지경이었다. 그 반면 다른 한편으로는 선대 조상님들을 이처럼 번듯한 한자리 유택에 모심으로써 감개가 무량했다. 형수가 작고한 지 딱 49일째 되는 날이었다.

저 안쪽 옛 집터가 호적의 본적이라면 여기는 육친의 원적이었다. 지난번 공사를 중단한 언덕배기에는 드문드문 진달래와 개나리가 피어있었다. 며칠 후 형님 가족들이 형수의 골호를 이 묘소에 봉안했고, 형님과 재당질들이 수시로 들러 고인을 추모하며 슬픔을 달랬다.

역시 선대 어른들의 묘소를 한곳으로 이장 통합한 것은 아주 잘한 일이었다. 무엇보다도 남의 땅이 아닌, 우리 친족인 형님 땅이어서 그동안의 불안과 걱정을 말끔하게 씻어낼 수 있었다. 최소한 누군가 타의에 의해 분묘 개장을 강요받을 일은 없었다.

우리 후손들이 찾아오기도 용이했다. 종래에는 묘소가 여기저기 띄엄띄엄 여러 산록에 거리를 두고 있어 실전의 위험이 컸다. 우리 세대가 죽고 나면 객지로 나간 차세대의 경우 십중팔구 묘소를 찾기 어려울 것이었다. 하지만 이 묘원은 눈 감고도 찾을 수 있을 만큼 좋은 입지 조건을 갖추고 있었다.

이로움은 그것만이 아니었다. 성묘도 단 한 번 행보로 일원화되었다. 과거에는 원증산에서 출발하여 귀신보로, 연화로 한 바퀴 돌아야 했는데 이제는 그럴 필요가 없어졌다. 더군다나 이 근래에는 산이 숲으로 우거져서 산길을 찾기도 힘들었다. 하지만 이 묘원은 산이 아닌 잔디밭에 조성되어 숲을 헤치지 않고서도 얼마든지 접근할 수 있었다.

마을 어귀인지라 교통까지 편리했다. 승용차든 화물차든 마음만 먹으면 제절 앞까지 자유롭게 드나들 수 있었다. 당초 공사를 시작했던 47-3 산기슭이 아닌 까닭에 다소 미련이 없었던 것은 아니지만 사실은 이 자리가 그 자리만 못한 것도 아니었다.

벌초도 쉬워졌다. 그전에는 벌초 때마다 아우들이 예초기를 짊어지고 근동의 여러 산소를 찾아다니며 중노동을 했다. 고역이었다. 하지만 이제 한두 시간이면 일거에 모든 작업이 끝났다. 여러 군데 구산 파묘한 자리가 본래의 형상으로 복원되었으니 자연보호에도 일조한 셈이 되었다.

나는 지난 한 해 동안 여러 차례 묘소를 참배했다. 선친 기일인 음력 5월 열아흐렛날, 선비 기일인 7월 초닷새날은 말할 것도 없거니와 다른 일로 부여에 갈 때마다 반드시 아우들과 동행하여 먼저 가신 어른들의 영원한 안식을 빌었다. 여름철에는 봉분 잔디까지 파랗게 자라나 여간 보기 좋은 것이 아니었다.

발치 아래에는 또 하나의 밭이 있었다. 대추나무와 사과나무와 무화과나무와 매실나무가 드문드문 서 있는 그 땅은 아우들과 손아래 후손들의 몫이었다. 평장하기 딱 좋은 지형이었다. 부여의 아우들이야 수시로 만나지만, 전국 각지로 진출한 재종아우들은 어떻게 지내는지 몹시 궁금했다.

이런저런 상념에 젖어 그들을 그리워하는 동안 버스가 속력을 낮추면서 느린 동작으로 우회전하고 있었다. 부여시외버스터미널 입구였다. 아니나 다를까, 세 아우가 하차장에서 기다리고 있었다. 버스에서 내려 그들과 악수를 나누는 순간 얼마나 반가운지 눈시울이 화끈했다.

우리는 곧 각자 승용차에 분승하여 단골 음식점으로 이동했다. 차복 아우의 승용차에 계복 아우가 동승하고, 나는 선복 아우의 승용차에 편승했다. 길가에는 벚꽃이 활짝 만개해 눈이 부셨고, 주차장 언덕 위에는 하얀 목련이 소담스럽게 피어있었다. 아직 시간이 좀 일러 할랑한 음식점에는 춘복 형님과 근복 아우가 먼저 도착해 있었다.

무릇 한식날 풍습을 따르자면 불을 삼가고 찬밥으로 끼니를 때우는 것이 합당하지만, 진작부터 현대식으로 살아가는 우리는 서로 정겨운 담소를 나누면서 식탁용 가스레인지에 메기매운탕을 끓여놓고 따뜻한 점심을 먹었다. 그 집 음식은 언제 먹어도 입에 착착 붙을 만큼 맛이 있었다. 그렇다고 속내까지 마냥 즐겁고 흔쾌한 것은 아니었다. 어중간한 연세에 홀로 되신 형님을 바라볼라치면 안쓰러운 마음에다 예상 밖으로 단명했던 형수가 떠올라 목울대가 뻣뻣해지면서 음식이 찌룩찌룩 목구멍에 걸렸다.

식사를 마친 뒤 선발대는 연화로 떠났고, 나는 선복 아우와 함께 금동대향로 조각상이 백제의 역사를 알려주는 로터리 부근 농협 하나로마트에 가서 조상님께 올릴 주과포혜(酒果脯醯) 등 기본적인 제수를 구매했다. 조율이시(棗栗梨柿)는 진열대에 올라와 있는 여러 품목 중에서 가장 싱싱하고 실팍한 최상품으로 선택했다. 차복 아우가 좋아하는 믹스커피 한 상자와 형님께 드릴 담배도 두어 갑 샀다.

선복 아우가 각종 물품을 골판지 상자에 다문다문 담아 승용차 트렁크에 실었고, 우리는 서둘러 로터리를 벗어난 뒤 수년 전에 새로 개통한 제4호 국도로 들어섰다. 왕년의 제4호 국도는 이제 제10호 군도로 하향 조정돼 있었다. 승용차가 십자거리를 지나 사비문 방향으로 치달을 때에는 왼쪽으로 고개를 돌려 원증산을 눈알이 빠지도록 쳐다보았다. 예전에는 없었던, 새로 지은 빨갛고 파란 건물들이 알록달록 시야에 들어왔다.

우리는 새다리를 지나 묘원에 다다랐고, 먼저 도착해 있던 선발대와 합류했다. 묘소 앞 좌우 화병에는 아직 생생한 조화가 꽂혀 있었다. 형님네 자녀들, 즉 재당질들이 최근 며칠 사이에 다녀갔다는 증표였다. 그 아이들은 아직도 모친 잃은 슬픔에서 헤어나지 못하는 듯했다.

우리는 곧 상석에 제물을 진설하였고, 여섯 사람이 일렬횡대로 도열했다. 내가 초헌, 형님이 아헌, 근복 아우가 종헌을 맡았다. 우리는 헌작과 동시에 일제히 절을 올렸다. 독축은 생략했다. 나는 바닥을 짚고 엎드릴 때마다 조상님들의 명복을 빌면서 자손만대의 창대한 번영을 발원했다.

우리는 그 오른쪽의 둘째당숙 내외분, 당고모부 내외분 산소에도 잔과 절을 올렸다. 누런 잔디 사이로 예쁜 제비꽃이 피어있었고, 쑥과 냉이를 비롯해 자잘한 잡풀들이 파릇파릇 어린 싹을 내밀고 있었다. 모든 성묘 절차를 마친 뒤 우리는 반질반질한 화강석 제절에 둘러앉아 음복에 들어갔다. 과도로 저민 사과 한 조각을 젓가락으로 집어 들면서 형님이 내게 말했다.

"이 자리 참 좋지?"

"좋고 말구요. 천하 명당입니다."

"옛날 연화가 번창할 때 여기 이 자리에 안동권씨네 기와집이 있었대. 지금도 밭을 갈다 보면 기와 조각이 나와. 초가집 일색이던 시절 기와집을 짓고 살았다면 형편이 괜찮았다고 봐야지. 그 사람들이 주저앉은 다음에는 우리 선조님들이 그 뒤를 이어 떵떵거리며 가장 잘살았다고 하는데…"

형님은 말을 잇지 못했다. 지금 이 마당에서 유쾌하지 못한 과거사를 소환해 봤자 별로 도움이 안 되기 때문이었다. 한때 저 밑바닥까지 거꾸러졌던 우리 가문은 조상님들의 망극한 은덕으로 마침내 오뚝이처럼 다시 일어섰다. 더욱이 꺼져가는 촛불처럼 간당간당했던, 백척간두의 절손 위기에 처했던 우리 일가가 이만큼이라도 번창한 것은 미상불 기적이라 해도 과언이 아니었다. 내가 형님에게 말했다.

"형님 고맙습니다."

"뭐가?"

"형님 결단으로 이런 묘원을 조성한 겁니다. 제가 해야 할 일을 형님께서 실행하셨으니 얼마나 고마운지 모릅니다."

날씨는 화창했고, 광활하게 탁 트인 전망이 참 좋았다. 해마다 벼가 누렇게 익어 황금물결을 이루는 곡창 저 건너편으로 논산 광석면 슴말이 보였다. 슴말은 섬말, 즉 섬마을을 일컫는 우리 고향 사람들의 독특한 발음이었다. 그 오른쪽으로는 성동면의 일각이 그림처럼 펼쳐져 있었다.

광석면과 성동면의 경계를 이루는 종래의 국도 제4호, 즉 현재의 군도 제10호는 지난 시절 내가 중고등학교 다닐 때 원증산에서 논산까지 6년 동안 도보로 통학하던 길이었다. 단언컨대 예나 지금이나 나만큼 연일 그 길을 걸어 다닌 사람은 찾아볼 수 없었다. 굶기를 밥 먹듯 하던 시절이었다. 형님이 내게 물었다.

"동생, 오늘 서울로 올라가야지?"

"그렇습니다."

"건강하게 잘 지내."

"제가 형님께 드릴 말씀입니다. 혼자 사시는 형님이야말로 조석 끼니 잘 챙겨 드시고 건강에 각별히 신경 쓰셔야 합니다. 가까이 살면 자주 찾아뵐 수 있을 텐데 그러지도 못하고 정말 송구합니다."

"산다는 게 다 그런 거지 뭐."

우리는 음복하고 남은 제물을 주섬주섬 정리했다. 해는 아직도 하늘 한복판에 둥둥 떠 있었다. 그전 같으면 여러 군데 흩어진 묘소를 찾아 산판 능선을 더듬고 다닐 시간이었다. 우리는 진입로 갓길 느티나무 쪽으로 내려와 작별 인사를 나누었다. 차복 아우에게는 믹스커피를 선물로 건넸다.

우리 형제들은 각자 자기 승용차에 올랐다. 먼저 춘복 형님이 떠나자 그 뒤를 따라 근복 아우도 자기 집으로 출발했다. 아까 부여읍에서 그랬던 것처럼 차복 아우의 승용차에 계복 아우가 탔고, 나는 선복 아우의 승용차에 올라 동네 안쪽으로 들어가 막내 당숙모를 찾아뵈었다.

인기척을 하며 댓돌 쪽으로 다가가자 당숙모가 뒤뚱뒤뚱 맨발로 달려 나와 반겨주었다. 벌겋게 충혈된 당신의 눈에는 그렁그렁 이슬이 고이고 있었다. 허리는 굽을 만큼 굽었고, 치아가 다 빠져 합죽해진 두 볼에는 주름살과 검버섯만 자글자글했다. 병아리 눈물만큼 약소한 용돈을 드렸다. 당숙모는 팔순을 훌쩍 지나 구순을 바라보고 있었다.

그 어른이 부엌에서 떠다 준, 시원하면서도 꿀맛 같은 냉수 한 대접을 단숨에 들이켜고는 삽짝을 나섰다. 어디선가 바람이 불어왔고, 가랑잎과 지푸라기들이 풀풀 휩쓸려 날아다니고 있었다. 당숙모는 우리가 앞집 담장 모퉁이를 돌아설 때까지 댓돌 위에 서서 눈물을 훔치며 손을 흔들고 있었다.

우리는 곧 연화를 떠나 부여시외버스터미널로 직행했다. 며칠 전부터 한식 성묘에 무척 신경을 써왔는데 비로소 큰 숙제 하나를 간동하게 해결한 셈이었다. 홀가분하면서도 뿌듯했다. 나는 선복 아우가 사준 차표를 들고 버스에 올랐다. 내 좌석은 9번이었다.

버스가 승강장을 밀어내며 슬금슬금 뒷걸음질을 치자 아우가 내게 손을 흔들었다. 나도 창밖의 아우를 향해 손을 흔들어 주었다. 어머니 병환으로 유아기에 유난히 젖배를 많이 곯았던 아우도 어느새 환갑을 넘기고 노년으로 접어들었다 생각하니 속절없이 흐르는 세월이 야속하고 서러웠다.

그렇다. 나는 이다음에 죽어서라도 우리 집안의 뿌리가 박힌 부여군 석성면 증산리 선영으로 돌아와 조상님들 발아래 뼈를 묻으리라. 터미널 출구 골목을 벗어난 버스가 성왕상(聖王像) 로터리

방향으로 좌회전하면서 조금씩 속도를 높이고 있었다. (《월간문
학》2024. 2월호)

(제61회 한국문학상 수상작)

대한민국 소설포럼 대표작 선집 1

최성배 외 지음

발행처	도서출판 **청어**
발행인	이영철
영업	이동호
홍보	천성래
기획	육재섭
편집	이설빈
디자인	이수빈 ㅣ 구유림
인쇄	정우인쇄

등록	1999년 5월 3일 (제321-3210000251001999000063호)

1판 1쇄 발행 2026년 4월 15일

주소	서울특별시 서초구 남부순환로 364길 8-15 동일빌딩 2층
대표전화	02-586-0477
팩시밀리	0303-0942-0478
홈페이지	www.chungeobook.com
E-mail	ppi20@hanmail.net

ISBN   979-11-6855-446-7 (03810)